文春文庫

おもちゃ絵芳藤

谷津矢車

文藝春秋

おもちゃ絵芳藤／目次

主な登場人物

歌川国芳……………………江戸時代末期に活躍した大絵師。国芳塾という画塾を開き、多くの門下生を輩出する。

歌川芳藤……………………国芳の弟子の若頭格。仕事は丁寧だが華がなく、己の才能のなさを誰よりも痛感している。

月岡芳年……………………才能豊かで人気もあるが、性格は複雑で神経症気味の自分を持て余している。

落合幾次郎…………………いつでも自信満々。山っ気が強く、新しいものを積極的に取り入れていくセンスがある。画号は落合芳幾。

河鍋暁斎……………………狩野派で学んだ天才肌。豪放だが、絵師としての矜持を凄まじいまでに持っている。狂斎から改名。

歌川芳艶……………………国芳塾の出世頭でありながら、博打に溺れて破門される。

お鳥…………………………国芳の長女。〝登鯉〟の名で絵師をしていたが、いまは魚問屋のお内儀に収まる。

お吉……………国芳の次女。塗り師に嫁いだ後も、国芳塾で絵筆をふるう。

お清……………芳藤の女房。世間に認められない旦那の仕事を褒め、陰で支えている。

樋口屋…………馬喰町に店を構える版元。国芳との付き合いが古く、芳藤もよく仕事をもらっている。

条野採菊………版元兼戯作者。東京日日新聞の発起人で、版元を使って新聞錦絵を出させようとする。

小林清親………暁斎の弟子で、天性の素質に恵まれる。西洋の伝統的な絵画技法に憧れ、光線画を世に問う。

ジョサイア＝コンドル…建築を教える御雇外国人。暁斎に弟子入り。浮世絵に傾倒し、西洋での価値の高さを訴える。

おもちゃ絵芳藤

一章

文久元年（一八六一）の春の日、枕元に生けられていた桜の枝は蕾がほころびかけ、甘い香りをほのかに振りまいていた。抹香の匂いが漂うここでは、桜の花は申し訳なさそうに下を向いて所在なげにしている。

小さく作った祭壇に並ぶ、箸の刺さる飯茶碗と香炉。北枕。左前に合わせられた白装束。生前は型通りのことが嫌いな人だったけれど、死んでみれば皆と同じく経帷子に包まれる、そんな不思議を思い、しょうがないわな、とため息をついた。弔いはどうしたって本人ではなくて遺された人間の色に染まる。

歌川芳藤は、鈴を鳴らした。

もう少し生きてほしかった。もう少し絵を教えてほしかった。遣る方ない言の葉は鈴の余韻に溶けていく。

北枕に横たわる白髪の死人は、午睡に落ちているのかと見紛うほどに安らかな顔をしていた。その足元では、何匹もの猫たちが横たわったり背中を丸くしたり、じゃれあったりして時を過ごしている。まるで、ここの主の死になど関わり合いがないと言わんばかりだった。

井草芳三郎というのが、目の前で眠る仏の今世での名前だ。いや、絵師の名前である歌川国芳（くによし）のほうが通りもいいだろう。何十年にもわたって江戸で筆を振るっていた大絵師で、特に武者絵（むしゃえ）をよくしていた。数年前に中風（ちゅうぶ）を患（わずら）ってからも絵筆を手放すことなく、『あたしァ絵筆を握ったまんま死にてェ』と言っていたが、その願いは叶ったということでいいのだろうか。

手持無沙汰に、また鈴を鳴らす。

「にいさん」

懐かしい響きのする呼び声がした。振り返ると、戸の前に一人の男が立っていた。

年の頃は二十を少し出たばかり。面長で、大きな団栗眼（どんぐりまなこ）が顔の印象の多くを占める。ほつれかかってところどころ穴の空いた単衣（ひとえ）の着流しという、三月には少し肌寒い格好をしている。神経質に眉をひそめているのが常だが、今日ばかりはその大きな目を伏せて、神妙に首（こうべ）を垂れていた。

「おお、芳年（よしとし）じゃないか。久しいな」

「へえ、すっかりご無沙汰してしまいましてすみません。にいさんのご活躍はよく耳に入ってますよ」

「何を言うか。むしろ、最近はお前の噂をよく聞くようになったぞ。活(い)きのいい若手絵師ってな」

まんざらでもなさそうに後ろ頭を掻(か)くこの男は月岡芳年という。二十三と若いものの、確かな筆力と大胆な色遣いで絵師の口の端に上り始めている。まだ玄人(くろうと)筋で騒がれている程度の名だが、そのうち当たり作に恵まれることだろう。芳藤とは兄弟弟子の関係だ。独り立ちをしてしばらく経つから兄弟子も何もあったものではないのに、未だに『にいさん』と呼ぶのがくすぐったい。

「まあ、上がってくれ。師匠が待ってるよ」

「あ、ああ。すいません、にいさん」

のろのろと頭を下げた芳年は、履物を揃えてから祭壇の前に座り、抹香をつまんで手を合わせた。そのしじまに、締まりのない顔でぼやく。

「にいさん……、師匠でも、死んじまうんですねえ」

「そうだな。師匠と雖(いえど)も人間、だな」

「変な話と笑われちまうかもしれませんけど、師匠はずっと死なねえとばっかり思ってた。何でだろうなァ。あ、そうか、やっぱり師匠の絵のせいか。師匠の武者絵は古くならないんですよ」

「そうだなぁ」

相槌を打つと、外からこちらを呼ばわる声がした。

「入ってこい」

声を掛けると、一人の男がやかましく戸を開いた。

鮮やかな藍色の羽織に黒っぽい長着。首に手ぬぐいを巻いている。当世流行の町人髷を結い鯔背に立つ様は、生まれ持った鼻筋の通った顔の造作とも相まって、悪所に繰り出す若旦那のような趣を醸している。

「よおにいさん、あと芳年も来てるのかい。二人とも久しいねえ」

馴れ馴れしい口調も相変わらずだ。

芳藤は、軽く叱りの言葉を放った。

「あのなあ幾次郎、お前はどうも軽薄でいけないよ」

「それが俺なんだからしょうがねえじゃねえか。師匠だってそのくらい織り込んでおられるだろうよ」

傲岸不遜が着物を着て歩いているようなこの男は落合幾次郎という。芳年とほぼ同じ頃の入門だったと記憶しているが、芳年への態度を見れば、あるいは幾次郎のほうが少しばかり兄弟子なのかもしれない。こちらも絵師だ。落合芳幾の名前で絵を描いて、それなりに売れていると聞く。芳年が鼬だとするなら、こっちは狐だ。

履物を乱暴に脱ぎ捨てて框に上がり込んだ幾次郎は、北枕の国芳を見るや表情をなくした。いつものように皮肉の一つでも吐くのかと思いきやそんなことはなく、祭壇前に大人しく座って鈴を鳴らした。

振り返った幾次郎はもう神妙な顔はしていなかった。さっきまでの態度はどこに行ったのか、と聞きたくなるほど、表情にはいつもの不遜が滲んでいた。

「で、にいさん、俺たちをこんなに早く呼んだのはどうしたわけだい？」

芳年も乗っかった。

「俺も聞きたかったんです。なんで——？」

眠る国芳の姿をちらりと眺めながら、芳藤は頷いた。

「ああ。ちょいと、お前たちに師匠の葬式を手伝ってもらおうと思ったんだ」

「暇そうな俺たちを、ってことだね」

幾次郎はけらけらと笑った。

「何を言うか」

口では否んだものの、幾次郎の謂いもあながち間違いではない。

歌川国芳門下の多くは、金砕棒を振り回す獄卒のごとくに迫ってくる締め切りと、閻魔様のごとくに怖い顔をしている版元に日々責めたてられる売れっ子ばかりだ。芳藤も絵師の端くれ、絵師稼業の労苦は痛いほどわかる。忙しいのが目に見える兄弟子に弔いの手伝いを願うのは気が引け、名が知られてきたとはいえまだまだ暇そうな二人に声を掛けたのだった。

「面倒くせえなあ」

幾次郎は吐き捨てた。

こいつを選んだのは失敗だったかと気が気ではなかった。だが、芳年が身を寄せて頷いてくれたおかげで、まだ話の腰は折れなかった。

「で、にいさん、俺たちは何をすればいいんだい？」

「やることはたくさんある。旦那寺に話を通しに行かなくちゃだし、師匠の弟子みんなに声を掛けて回らなくちゃならない。それに、師匠のご家族にも伝えなくちゃならん。もしご家族が自分で葬式を出すってェなら、話はここで終わりだ。あとは引き渡せばいい」

なんだよ、と幾次郎が声を上げた。

「だったら最初っからそうすりゃいいじゃねえか」

「そうは上手くいかないだろう。師匠のご家族は……」

「そうだった」

あちゃあ、とばかりに幾次郎は己の額を叩いた。

国芳師匠のお内儀（ないぎ）は既に墓の下で、健在なのは娘二人だけだが、二人とも他家に嫁に行っている。『うちでは葬式なんて出せない』と盥回し（たらいまわし）にされることとてありうる。

もっとも、葬式くらい国芳一門で出すことはできる。芳藤にとっての一大事は別にある。

「あと……。もう一つ相談したいことがあってな」

「は？　あともう一つ？　なんですかい」

「ああ。国芳塾だ」

国芳師匠がずっと開いていた画塾だ。国芳門下の絵師は皆、日本橋にある国芳塾で学び、巣立っていった。目の前にいる芳年や幾次郎などもそんな若鳥たちだ。

「師匠はこの塾に心血を注いでおられたからな。師匠のためにも存続させたい。だが、塾には看板が要る」

晩年になってからも国芳師匠は塾を手放すことをしなかった。お世辞にも世話好きとはいえない師匠がそもそも塾をやっていること自体不可思議なことではあったが、思うところを聞く機会を得ぬまま師匠は冥途(めいど)の旅に出てしまった。けれど、いつだかの折に師匠が呟(つぶや)いていた『国芳塾を残したい』という言葉が、芳藤の耳朶(じだ)にこびりついている。

複雑な顔を浮かべる芳年から視線を外して、芳藤は己の心算を述べる。

「これから、国芳門下生の皆さんに師匠の訃報を伝えに回って、師匠の塾を引き継いでくれる人を探すつもりだよ。併せてそれも手伝ってほしいんだ」

話をすべて聞いた芳年は、目頭を押さえながら頷いた。

「へえ、承知しましたよ。門下一番の孝行息子のにいさんに頼まれちまったら断れないじゃないですか。ご助力しますよ」

「へっ。これだから芳年はお人よしって言われちまうんだよ。自分から苦労をしょい込むなんて馬鹿のすることでェ。——でもよ、今の俺があるのも国芳先生のおかげだし、国芳塾にも愛着はあるし、なあ。まあ、借りを返すのは今、ってことかもしれねえわな」

　なんだかんだで幾次郎も協力してくれるつもりらしい。

　芳藤は二人に弟子の住所録を渡した。

「ここに師匠の弟子たちの一覧がある。これを頼りに弟子の皆さんに訃報を伝えてほしい。名前の前に丸がついているのは名の知れた絵師さんだ。この人たちには国芳塾を引き取ってもらえないもんかと内々に頼んでほしい」

　手渡された紙切れを眺めて顔をしかめた幾次郎は、芳年のそれと見比べて抗議の声を上げた。

「おいおいにいさん、こりゃ贔屓（ひいき）だよ。なんで芳年のほうが回る人数が少ないんだよ」

「交換してもいいぞ。ただ、よくよく名前を見るんだな。そんなことは言えなくなるぞ」

　芳年の名簿を掠（かす）め取って目を通す幾次郎だったが、やがて口をへの字に曲げてそっと芳年に返した。

「はい。にいさんに従うぜ」

　それもそのはず。芳年に渡した名簿には、国芳一門の中でも札付きの弟子たちの名前が並んでいる。中には住まいが〝どこそこの賭場〟となっている者すらある。絵師になろうと心に決めたのは、毎日あくせく働くことも誰かの指図で働くこともできない浮草気質（かたぎ）と相場が決まっていて、往々にしてやくざな人間が紛れ込んでいる。酒代が嵩（かさ）んだだの丁半博打で負けただのというくだらない理由で廃業に追い込まれた絵師など、佃煮にするほどいる。

たまったものではないのは貧乏籤を引く格好の芳年だ。青い顔をして袖にすがりついてくる。

「にいさん、そりゃないですよ」

「安心しろ」芳藤は頷いた。「あたしも一緒に回るよ。その代わり、寺廻りとかこまごまとしたことには付き合ってもらうからね」

「ああ、もちろん」

萎れていた芳年の顔が、朝顔のようにぱあっと開いた。団栗眼が、浅蜊ほどに大きくなる。

「と、いうわけだ。二人とも、頼んだぞ」

二人の、合点、という返事を聞いて、芳藤は祭壇の奥で眠る師匠を一瞥した。

北枕の師匠に、ご安心ください、この不肖芳藤、なんとしても師匠最後の願いは叶えて見せますからね、と心中で声を掛けると、芳藤は裾を払って立ち上がった。

国芳師匠の住まい兼塾がある日本橋和泉町からそう遠くないところに、目的の商家があった。看板には魚問屋の文字。見れば天秤棒を担ぐ棒手振りたちがせわしく店の前を動き回っている。気の早い者などは、問屋の前で店を広げて道行くお客に鰯を売りはじめている。

青物臭いそんな一角で、芳年は鼻をつまんだ。

「どうも俺ァ生臭が苦手で……」

「天女様が出迎えてくれるぞ」

芳藤の言に、芳年は心棒が入ったかのように丸くしていた背を伸ばし、鼻息を荒くした。

「そそそそ、そうでした。にいさん、今日の俺ァびしっと決まってますかね」

「ああ、充分だ」

「よし！」

気を取り直して、魚問屋の暖簾をくぐる。

中も棒手振りでごった返していた。売られた喧嘩を買うどころか、売れば売るだけ男の華と言って憚らない棒手振りが、列をなして魚を買うのを待っている。

どうしたものかと思案していると、奥から女の声がした。

「あら？　芳藤さんじゃないですか。あと、芳年さんも！」

帳場からしたその声に向くと、桜色の小袖をまとい筆と帳面を持った女が手を振っていた。横の芳年が瀬戸物を揺らしたように歯を鳴らしながら、どどどどど、どうしましょう？　と芳藤の脇を肘で突いた。

「わあ、相変わらずお綺麗だ……。うわあ、すすすす、すげえ」

「ちょっとは落ち着いたらどうだい」

芳年の頭を小突くと、むっとした顔をしている棒手振りの間をすり抜けて、帳場の女に頭を下げた。鉄漿はしてはいるけれど、その容色は〝国芳塾の天女〟と誉めそやされたあの頃のままだった。

「ご無沙汰してますねえ、お鳥お嬢さん」

「お嬢さんなんて嫌ですよ。わたしァもう人の女房なんですからね」

「いや、師匠の娘さんだ。ずうっと〝お嬢さん〟ですよ」

「芳藤さんには敵わないわね」

頰に手をやって息をつくのは、国芳師匠の長女、お鳥だ。〝国芳の子が筆を握れないわけはねえだろう〟という周りの悪い大人たちの悪戯心がもとで、言葉を話すより前に絵筆を握らされていた。筋が悪いわけもなく、十五の頃には〝登鯉〟の名前で絵師をやって人気を取ったくらいだ。もっともそれは嫁入り前のことで、魚問屋の内儀に収まってからはすっぱりと筆を折ってしまった。この成り行きには、国芳師匠が、

『甲斐がねえや』

と、ぼやいていた。

そんなお鳥は、少し首を傾げ、眉を寄せた。芳藤の顔を見て思い至るものがあったかもしれない。

「どうしたの？　なんで二人がここに……。もしかして」

「きっと、お嬢さんのお察しの通りかと思いますよ」

「……そう、ご苦労様でした」

頭を下げたお鳥は、番頭に帳場を任せ、芳藤たちを奥の間へと通した。

小さいながらも手入れされている庭に臨む客間。畳の上に座ったお鳥は、父親に似たところがまるでない綺麗な顔を伏せ、諦めたようにかぶりを振った。

「お父っつぁんが死んだんでしょう」

「ええ、その通りで。何しろ急だったもんで、お嬢さん方をお呼びすることができなくて申し訳なかった」

「いいの。それより芳藤さん、今までお父っつぁんを看てくれて、本当にありがとうね。きっと幸せだったと思う。あの人、最期まで絵師でありたいって言ってたから」

「ああ、そうでしたねえ」

芳藤は脳裏に師匠の姿を浮かべた。

晩年の師匠は絵を描くためだけに心の臓を動かしているような体だった。中風を患って手に震えがくるようになってからは、満足な出来の絵など一作とてなかったことだろう。傍にあって絵の手伝いをしていた芳藤にも、師匠の懊悩は痛いほど伝わってきた。震える筆先が描き出す墨の線には、かつてはあった濁流めいた力強さ、躍動感が失われていた。『あたしにはもう、絵の神様は降りてこねえのかもしれねえな』、そう弱音を吐きながらも、鬼気迫る、なんて月並みな言葉では捉え切れない熱情を放ちつつ、師匠は最期まで筆を握っていた。

師匠が死んでいるのが見つかったのは、芳藤が国芳塾に顔を出した時だった。日課のごとく塾の中を覗くと、背中を丸めていつもの定位置に座る師匠の姿があった。右脇に絵筆がいくつも並んでいるところからして今日も朝から絵を描いているのだろう、と早合点して、朝一番に必ず出している白湯を運んでいったその時、師匠がこと切れているのに気づいた。死相にはまるで苦悩がなく、これまで見たことがないような柔和な顔をしていた。師匠は絵筆を握ったまま、じゃれ合う猫たちを描いた自らの絵を見下ろしていた。

――あたしは師匠の願いに添うことができたのだろうか。大恩ある師匠の最期に花道を用意して差し上げることができたんだろうか。そんな問いが、澱となって心の底に沈んでいく心地がする。

だが、感傷は二の次だ。

気丈に綺麗な顔でこちらを見据えるお鳥に、芳藤は切り出した。

「お嬢さん。今日こうしてお邪魔したのは、ちょいとこれからのことをご相談したかったからなんです」

「これからのこと？」

「ええ、葬式は誰がやるのかとか、ね」

お鳥は、ああ、と声を上げた。

「お父っつぁんは後継(あとつぎ)を作らなかったからねえ。……けど、うちで葬式を出すのは無理だと思う」

「でしょうな」

魚問屋は生ものを扱うゆえに忙しい。嫁の父親の喪主となる暇はなかろう。もしかしたら、という期待がなかったわけではないにしろ、断られることは予想の範疇にあった。むしろ、芳藤にとって大事なのはここから先だ。

「お嬢さん、実はね、師匠が遺言めいたものを残してましてね」

「遺言?」

「ええ。〝国芳塾は何が何でも残してえ〟と」

芳藤は首筋を少し掻いた。

「あの塾には、門下生一同の思い出が詰まってます。不肖芳藤の思い出も、この芳年の思い出も、それにお嬢さんの思い出だってあるはずだ。きっと師匠はあの塾がお好きだったんだ。だから、残したい、残したいってずっと言っていたんだと思うんです」

お鳥はしばし、無言を守った。思案しているというよりは、何かを憂えているような、そんな眉の寄せ方をして。

昔は控え目ながらもよく笑い、よく話す娘さんだった。魚問屋のお内儀という立場が変えたのか、それとも年を経るごとにそうなっていったのか、目の前に座るお鳥は、朝靄(あさもや)かかる湖のように冴え冴えとした静寂を身にまとっていた。

お鳥が声を上げたのは、しばらく経ってからのことだった。

「わたしはもう国芳塾に何にも言える立場じゃないから、塾のなりゆきは門下の皆さんにお任せします。わたしは国芳の娘だけれど、国芳弟子の登鯉の名前は嫁に入るときに師匠に返しちゃったんだもの」

反対されては引き下がるしかなかっただけにありがたい。

けれど、お鳥は首を横に振った。

「芳藤さん。もし、弟子だから師匠の言うことを聞かなくちゃならない、と思っているんだとしたら、なんだけど――。国芳塾は、お父っつぁんの城なの。だから、あの人が死んだらそのままペンペン草を生やしておけばいい。自分が死んだ後も城を残したいなんていうのはお父っつぁんの我儘よ。芳藤さん、もし弟子の務めでお父っつぁんの願いを叶えようっていうなら、もうこれ以上の義理立てはいらないからね」

「でもね、お嬢さん。あたしにはこういうやり方でしか師匠への恩返しができんのですよ」

我ながら不器用なことだと芳藤は心中で嗤った。

なあ芳藤よう。あたしの塾を手伝ってくれやしねえか。猫の手も借りてえくらいでよ。

師匠に頼まれたのは、いつのことだっただろうか。そのとき、師匠の膝枕に白い猫が丸まっていた。師匠の顔を直視できず、つい猫に目を向けていた。その頃の芳藤は一本立ちしたはいいものの、まったく引き合いがなくて食うに困っていた。師匠はそんな弟子の体たらくを見かねて蜘蛛の糸を垂らしてくれたのだろう。国芳塾といえば錚々たる浮世絵師を数多く出している画塾だ。その出身なのにまるで芽が出ない弟子を、師匠は一体どう思っているのだろう。怖くてしょうがなかった。どうしようもない不肖の弟子だ、とぼやいているのかもしれない。師匠の見えない肚の内を忖度しようと目を凝らすうちに、気づけば塾を手伝うことが決まっていた。

今でこそ国芳塾から出ている教授料は稼ぎ全体の半分ほどだが、昔はほとんど国芳塾で食わせてもらっているようなものだった。あの頃筆を折ってしまっていたら、芳藤なんて名前の絵師はとうの昔に忘れ去られていたはずだ。

本当なら絵師として出世して師匠に恩返ししたかった。

芳藤は頭を下げた。

「お嬢さんは師匠の我儘だ、って言いましたね。もしかすると、これはあたしの我儘でもあるんでさあ。お嬢さんには思うところはあるでしょう。でも、そこを曲げて目を瞑っちゃくれねえでしょうか」

お鳥は少し顔を伏せた。

「もっと、楽に構えなさればいいのに」

「ええ、でも、これがあたしですからねえ」

嫌になるくらいにあたしだ、そう自分のことを嗤いたくなった。

お鳥は薄く笑った。しょうがないお人。そう言いたげに。

「そういうことならわたしはもう何も申しません。それどころか、お父っつぁんのことで、色々心労を掛けて申し訳ありませんね」

「いえいえ、これが弟子の務めですから」

芳藤は首を垂れた。不肖の弟子にできることといえば、こうして骨を折ることくらいしかない。自分の不甲斐なさに嫌気が差した。

「いやあ、本当に登鯉……お鳥さんはお綺麗ですねえ、昔からお綺麗だとは思っていましたが、お内儀に収まってからも美人に磨きがかかったようで」

道すがら、顔を真っ赤にしながら手を組む芳年は、熱病やみよろしく目を泳がせている。鼻の下が伸び切っている。

こいつをお鳥お嬢さんの使いに選んだのは間違いだった、と芳藤は首を振った。

登鯉として絵を描いていた頃、お鳥は国芳塾の紅一点の一角だった。『あんなへちゃむくれの父親からどうしてあんな美人姉妹が生まれるんだ』という訝(いぶか)しみの声と、『国芳の娘は日本橋小町』という俗謡がないまぜに聞こえていた。

このからくりにはちゃんとした答えがある。国芳師匠はらんちゅうみたいな顔立ちだったけれども、江戸の快傑を絵に描いたような人だったから女にもて、美人のお内儀を迎えることができた、という寸法だ。

母親似の江戸美人、しかも控えめな性格とあって塾生たちの人気は凄(すさ)まじかった。お鳥が寺社に参詣すると言い出せば弟子たちが金魚の糞よろしくその道中に加わり、絵筆が古くなった、とぼやけば、懐寂しい弟子たちが金を工面して山のように筆を贈ってお鳥を困らせた。もっとも父親である師匠が怖くて口説こうなんていう輩は一人としておらず、また国芳師匠も浮世絵師の苦労を嫌というほど味わったからか、『うちの娘たちは弟子にはやらん』と明言していた。そのこともあって、お鳥は絵師の内儀には収まらず、国芳の絵を贔屓にしていた魚問屋の倅に貰われていった。

お鳥の祝言の際、塾生が自棄酒を飲んで大騒ぎをした挙句、道端で酔い潰れて往来の人々から白い目で見られるという醜態を晒したことがあったが、その中で一番ひどくやらかしたのは芳年だった。

「お嬢さんがどんなに美人だろうが、お前の手には届かないんだから別にいいだろうが」

「いやまあ、そうなんだけれども……。もしも、もしもだけど、あそこの旦那が死んじまって、それまでに俺が大絵師になってたら、もしかして」

「ないことではないが、お嬢さんの不幸を願うのはあまり感心できないな」

「ちぇっ」

芳藤は道の石を爪先で蹴った。この男は普段は割とまともなのに、お鳥のこととなるととんだスカタンだ。お鳥に逢えたのがよほど嬉しかったと見え、他の弟子たちへ訃報を伝えに行ったときにも場違いな浮かれ面を見せてしまい、芳藤が色々とばつの悪い思いをしたのであった。

曲がりなりにも挨拶回りが出来た。気難しい連中だけに、塾を引き継いでくれそうな者はいなかったにせよ、だ。長屋に戻ればやることがたくさんある。差し当たっては喪主から決めなくてはなるまい。思案しながら道を歩いていると、目の前を小さな子供が横切っていった。

その子供はほおずきのように顔を赤くして、風車を手に持って回している。何が楽しいのか、大人の側にはわからない。けれど、子供は本当に真剣だ。そしてそのまま裏路地から表へと駆け抜けていった。

吸い寄せられるように子供の後を目で追う。その子供の視線の先には、道行く人々が大きな人垣を作っていた。その中心では、高下駄を履いた小男が、身長の倍はあろうかという大太刀で、ひらひら舞う懐紙を斬っているところだった。

観客たちからやんやの歓声が上がる。先の子供などはぽかんとした顔をして風車を取り落としてしまっていた。

芳藤は風車を拾い上げると、なおも口をあんぐりと開いたままの子供に持たせてやった。

「ほら、大事なものだろう。しっかり持っておけ」

子供ははにかみながらも頷いて、けれど見知らぬ大人と話してはいけないとでも教わっているのか、そのままそそくさとこの場から離れてしまった。

腕を組みながら子供の背中を眺めていると、ようやく追いついてきた芳年が、へえ、と声を上げた。

「にいさん、相変わらず子供が好きなんですねえ」

「まあ、なあ」

ころころと変わる表情、生意気な口ぶり。大人になろうと背伸びしているさま。己の小ささすら自覚できていない。自分も確かにあのような時期があったはずなのに、心の内をまったく思い出すことができない。芳藤にとって子供とは、身近にいる、もっとも訳のわからない者たちだ。どれだけ見ていても飽きないし、ついつい子供たちの表情に見入ってしまう。芳藤の子供好きは国芳塾でも有名だ。

「にいさん、そろそろ行かないと」

「そうだな。悪い悪い」

頭から子供のことを追い出して、芳藤は帰途を急いだ。


国芳塾のある長屋に入るや、陽気な音曲が芳藤を出迎えた。

和音を受け持っているのは三味線。重い音で拍を取っているのは太鼓ではなく、盥や桶といったありもので代わりにしているのだろう。

芳藤は憤慨した。長屋の住人には人が死んだことは伝えてあるはずなのだから、鳴り物を慎むべきことくらいわかっていそうなものだ。

角を曲がり、国芳塾の前に至ったその時、あまりにも場違いな光景が芳藤の目に飛び込んできた。

長屋の前、車座に並べられた桶に座って、あでやかな形（なり）の芸者たちが三味線を弾いている。その横に座る幾次郎が音色に合わせて歌い、器用に桶の底を叩いている。見れば真っ赤な顔の幾次郎の足元には徳利がいくつも横倒しに転がっている。さらに、その車座の真ん中で裸踊りをしている男の姿があった。

「何をしておるのだ！　お前ら、今日は何の日かわかっているのか！」

三味線の音が止んだ。と共に、ほろ酔い任せに歌っていた幾次郎がわずかに肩を震わせながら、こっちに向いた。

「お、おや、にに、にいさんじゃねえか……。どうしたんだいこんな早い時分に。もっと時間がかかるかと思ったのによう……」

「馬鹿者が！　師匠がお亡くなりになったというのになんだこの乱痴気騒ぎは！　用事などそうかかるわけもないだろうが」

不穏な雲行きを察したのか、芸者たちは蜘蛛の子を散らすように逃げていった。それを見計らい、芳藤は車座の真ん中で未だに裸踊りを続ける男に怒鳴りかけた。

「いい加減にしないか、狂斎（きょうさい）」

「へっ？　あ、ああ、芳藤さんじゃねえか。なんでここにいるんだぃ」

「何を寝ぼけたことを言ってるんだぃ。あたしは歌川一門だからね。お前とは違って」

「嫌味だなあ、芳藤さんは昔っからそうだ」

「嫌味の一つも言いたくなるだろうが。師匠の弔いの場でこんな場違いな騒ぎをされてはな」

心中で苦々しく澱を吐き捨てながら、芳藤はもろ肌脱いで腹を丸出しにしている元門下生の顔を睨みつけた。さながら戯画の狸を思わせるような、福々しく、どこか可愛げのある顔を向けられると怒りの錐が丸くなる。しかし、努めてしかめっ面を作った。

この男は河鍋狂斎、れっきとした絵師だ。

元は国芳塾で学んでいたらしい。五歳くらいの頃のことらしいから、芳藤から見れば年下の兄弟子ということになる。入門してすぐ、いずこからかしゃれこうべを拾ってきて写生するという事件を起こして国芳塾を追われ、狩野派絵師に入門し直したという変わり種だ。とは言い条、他の狩野派絵師のように寺社の障壁画の直しに当たることは稀で、今は無頼の絵描きを気取っている。

あれァ、面白れェんだよ。

狂斎のことを国芳師匠はそう評していた。国芳一門を離れて狩野派の絵師になってもなお狂斎の来訪を拒まぬばかりか、やってくるのを心待ちにしている風すらあった。

だが、まさか師匠も自分の死の床で乱痴気騒ぎをされるとは夢にも思っておるまい。

「なんだってこんなことをしているんだい」

狂斎はまったく悪びれもせずに答えた。

「国芳先生は面白いもん好きだったからな。出替わりの日におっ死ぬようなお人だぜ？慌ただしい中で送られてえんじゃねえかって思ったんだよ」

そうだそうだ、と狂斎の陰に隠れた幾次郎が囃し立てたものの、芳藤がきっと目を向けると口をつぐんで肩をすぼめた。

今日は三月五日の出替わりか、道理で辻に大道芸人が立っていたわけだ、と芳藤は暦を思い浮かべた。年季が明けた奉公人が、田舎にお土産を買うために日本橋にごった返す、こんな晴れがましい日を狙い澄ましたかのように死んだ師匠。確かにお祭り好きかもしれない。

「とはいっても、今日ばっかりは奇抜なことは止めてくれ。師匠の顔に泥を塗るつもりかお前は」

「まあそうだわなあ」さっきまで自信たっぷりに笑っていたのに、少し寂しそうな顔を浮かべた狂斎は肩を落とした。「俺は歌川一門じゃねえしなあ」

少し言い過ぎたか。しかし、ここで甘い顔を見せれば神妙な顔をひっこめて変なことを始めるに決まっている。芳藤はあえて厳しい顔を作り、狂斎の後ろに隠れる幾次郎に尖り声を浴びせた。

「で、幾次郎、そっちはどうだった」

「ああ、だめだったよ。どいつもこいつも葬式を出す気はねえし、国芳塾を引き継いでくれそうな人なんていなかったよ」

「そうか……」

幾次郎に任せたのは人格者で通っている古株絵師ばかりだ。『この人にお願いできたら』と内心願っていた人も一人や二人ではなかっただけに落胆が隠せない。忘恩の徒どもが、と恨みがましい思いに身を包まれるものの、いや、兄弟子たちにもそれなりの事情があるのだろうと自らをなだめた。

首を振る芳藤に、でもよう、と幾次郎が言い放った。

「そんなに国芳塾を残したかったら、にいさんが国芳塾を継げばいいじゃねえか。そうすりゃあ万事うまくいくだろ」

「それができたら苦労はしていない」

幾次郎は芳藤の一番柔らかく、触れられたくないところを土足で踏みにじる真似をしてきた。

「いいじゃねえか、国芳塾改め芳藤塾……。って、あ、そうか……」

ようやく気づいたのか、幾次郎は、あっちゃあ、と言わんばかりに顔をしかめて黙りこくった。

場を白けさせた幾次郎に文句の一つもぶつけたいところだったが、そこから続く言葉を自分から口にする気にはなれなかった。

皆が二の足を踏む柔らかいところに狂斎が斬り込んだ。

「芳藤さんじゃあ無理だよ。名前が小さすぎらあ」

言い切ってくれる、と心中で悲鳴を上げた。だが、ここまですっぱりと断言されてしまうと、いっそ心地いいから不思議だった。

芳藤には当たり作と呼べるような作がない。別に不得手があるわけではない。国芳師匠の好敵手だった三代目豊国みたいに、女を描かせれば一流だが風景がてんで駄目、なんていうことはなく、どんな絵もそれなりにうまく描ける自負がある。けれど、いくら美人画をものしても風景画をやってみてもまるで当たらない。やけくそになって春画も描いても版元のところで売れ残る。なんとか女房を食わす程度の稿料は稼げているが、人気絵師の名声には程遠い。

画塾は剣術道場と似ている。師範の名前で繁盛するか閑古鳥が鳴くかが決まる。へっぽこな師匠からものを教わろうなんて酔狂(すいきょう)はそういない。金を遣うなら一流のところで。それが人情というものだろう。塾を開きたいなら、どうしたって客を集める大看板が要る。

当たり作が欲しかった。そうすれば、師匠の恩にも応えられたはずだった。

国芳塾で何を学んできたのか、兄弟子と何を研鑽(けんさん)してきたのか、弟弟子たちとどういう絵を模索してきたのかと自分自身を問い詰めたくもなる。

皮肉にも、ようやく長屋に葬式めいた空気が戻ってきた。芳年も、幾次郎も、そして腹を丸出しにしている狂斎も、口を真一文字に結んで下を向いてしまった。

と、そんな男四人を笑うかのような、軽快な履物の音が辺りに響いた。

「あれ？　どうしたの、顔を突き合わせてそんなところで突っ立って。お花見？」

やってきたのは、黄色い小袖姿の女だった。口元には鉄漿がしてあるが、顔立ちは娘さんでも通るようなあどけなささえ持っている。きっとそれは、なんとなく川獺に似た愛嬌のある顔立ちのゆえだろう。

声を上げたのは幾次郎だった。

「ああー、お嬢さん。お吉お嬢さんじゃないですか、探したんですよ。家に居ねえもんだからどこに行ったのかわからなくてよお、家の人に託けを頼んでおいたんだけれど、それを聞いてここにお越しで」

「え、聞いてないよ。あたし、まだ家に帰ってないから。天気がいいから桜を見に行った帰り、おっ父の顔でも見ようかって」

四人は苦々しい顔で目くばせをする。

このお人は、国芳の娘のお吉だ。お鳥の妹に当たる。一年ほど前に塗り師のところに嫁いだばかりの若内儀だ。結婚してからもたびたび国芳塾に顔を出しては絵筆を振るっている。

芳藤は一歩進み出る。

「お嬢さん」

「ああ、芳藤さん」まるでお日様のようなにこやかな笑みを向けてきた。「なんでそんな神妙な顔をしているのよ？」

「ああ……、驚かずに聞いてほしいんだけどなあ」

「何よ、またいつもの芳藤さんの癖が出てきたわねえ。いつもぐちぐちぐちぐち」

お吉の陽の気に持って行かれそうになる。ぐっとこらえ、芳藤は切り出した。

「師匠が、今日の朝、死んだんでさあ」

「え？　嘘でしょう？　おっ父が、死んだ？　そんなわけないじゃない。あたしを担ごうったってそうはいかないよ。だってうちのおっ父、やくざ連中に喧嘩を吹っかけて相手をのしちまうようなお人だよ。その人がそんなあっさり死ぬなんてあるはずがねえ、そうでしょう？」お吉は同意を求めるように、芳藤の後ろに控える三人に顔を向けた。けれど、芳年は下を向いてその視線を躱し、幾次郎は神妙な顔をしてそっぽを向いた。狂斎に至っては、浮かない顔をして国芳塾をくいと顎で指した。

「ま、まさか」

「ああ、もうお浄めも済ませて、安置させてもらいましたよ」

力なく答えると、お吉は芳藤を突き飛ばして国芳塾へ駆け込んだ。そうしてしばらくすると、地響きにも似た大音声が塾の中からした。余りの激しさに最初それが何なのかわからなかったものの、お吉の慟哭だと思い至った。

耳の穴を指で塞ぐ狂斎が芳藤の脇を小突いた。

「いやあ、すげえ泣きっぷりだ。こりゃ驚いた」

「ああ、だろうな」

お吉はかつて、お鳥と並んで国芳塾の紅二点の一角を占めていた。お鳥が控えめではかなげな感じのする美人だったのに対して、お吉は天真爛漫で人懐っこく、〝国芳さんところの娘さんは両方とも器量よし〟と色んな人から褒められていた。それでも国芳一門の中でお鳥に人気が傾いていたのは、ちゃきちゃきの江戸っ子で気風のいい国芳師匠をして『お吉はあたしよりもよっぽど江戸っ子だ』と言わしむお吉の性格のゆえだろう。

「入らねえのか?」

「いや、今入ると面倒くさい」

あの勢いで泣きつかれたらこっちの身が持たない。長年の付き合いでお吉との間合いは摑んでいる。

しばらくすると塾の中から響いていた声が止んだ。

満を持して塾の中に入ると、師匠の枕元で肩を落として座るお吉の姿があった。

「お嬢さん……、済まなかった、あんたにはイの一番にお伝えすべきだった――」

「そんなことはどうでもいいの。それより」

お吉の声は涙で嗄れかかっていた。けれど、声に籠る気概は国芳師匠に瓜二つだった。

「お葬式、誰が出すの? 姉ちゃんは」

「ああ、お鳥お嬢さんのほうでは出せないってことだったもんで。これから、どうやって葬式を出そうか弟子連中で相談しようと……」

お吉はこちらに振り返った。真っ赤な目、涙の跡が頬にくっきり残っている。父の死を受け止めつつも、打ちのめされている風はなかった。

「国芳塾はどうなるの？」

「それもまだ何にも決まっちゃいなくて——」

「だったら」

お吉はまるで侠客が凄むように片膝をついて床を鳴らした。裾から白い足が覗いている。慌てて芳藤は目を逸らす。

「あたしが全部面倒を見る。おっ父の葬式も、国芳塾も。だって、おっ父、言ってたもんね。国芳塾は残したいって」

「しかしお嬢——」

「芳藤さんは手伝ってくれるわよね？　ね？　ねえ？」

この強引さは間違いなく国芳師匠譲りだ。そして、侠気も師匠譲り、いや、それ以上かもしれない。

「お嬢さんには敵いませんや」

元より、芳藤からすれば願いが叶った格好だ。反対する理由などなかった。

「で、あんたは引き受けちまったってわけだね」

「ああ、すまねえ」

芳藤が頭を下げる。すると、何を今更、とお清は笑い飛ばした。

「それがあんたなんだ。あんたがそう決めたなら、あたしはそれに従うだけさ。それに、あんたのそういうところ、嫌いじゃないんだからさ」

寺の台所では、手伝いの女房衆がせわしなく動き回っている。そんな姿を眺めながら、お清は景気づけのように芳藤の背中を叩いた。

結局、国芳の葬式はお吉とその旦那が仕切ることになった。しかし、弔問客の多くを占める浮世絵師の取りまとめができないため、芳藤が出張ることになった。芳年は『いや、俺のような若輩(じゃくはい)が』と遠慮し、幾次郎は『俺はそういうこまごました雑務は嫌いだ』と言い放ち、狂斎は『まあ、このクズ二人よか、あんたがやるほうが適任だ』と無責任なことを言って押し付けてきた。芳藤に断る理由はなかった。

けれど、そんな旦那の事情は女房には関係ないことだ。

すまねえ——。芳藤は、女房に詫びたい気分になった。

今年二十四。女の盛りだ。だというのに、旦那の甲斐性なしに付き合わされて碌(ろく)なものを着ていない。今日着ている薄汚れた染めの小袖だってお古なのだ。だというのに、『喪主の手伝いをするってェのに、まさかお古で出るんじゃ男がすたるだろう？』と真新しい白裃(しろがみしも)を仕立ててくれた。

「なあ、お清——」

「はいはい、無駄話は後だよ。葬式の仕切り、しっかりやっておいで」

「お、おう……」

　礼を言いそびれたまま、芳藤は寺の台所から追い出された。

　本当にすまねえ、お清。喉から出かかった言葉は、向ける相手がいなくなったことで宙に浮いてしまった。

　言えなかった言葉を胸に秘めながら、芳藤は寺の本堂に向かった。

　そう広くはない本堂には大きな仏様が鎮座していた。その前に置かれた大きな桶の周りを取り囲むように、芳年や幾次郎、狂斎や、お鳥とお吉姉妹、お吉の旦那が立ち、坊主が数珠(じゅず)を片手に読経をしているところだった。

「芳藤さん、早く」芳藤に気づいたお鳥が手招きしてきた。「もう、蓋を閉めてしまうそうだから」

「ああ、今行きますよって」

　お吉と芳年の間に入らせてもらい、棺桶の中を覗き込んだ。

　清められた体を経帷子で包み、足を抱える国芳の姿があった。あれほど絵筆を持つことに拘(こだわ)り続け、事実死んでも手放そうとしなかったお人が、この時ばかりは何も持つことなく、ただ座っている。

　皆があの世への餞(はなむけ)にと筆や硯、藍の顔料を中に収める中、芳藤だけは肌合いの違うものをそっと置いた。それに気づいたのは、隣のお吉だった。

「あれ、芳藤さん、何で猫絵を……」

芳藤が棺桶の中に納めたのは、背中を丸めて顔を洗う三毛猫の姿を描いた小さな絵馬だ。

「師匠は猫がお好きでしたからねえ。もしかしたら、絵を描くことよりも猫のほうが好きだったんじゃないですかね。師匠への餞にはこれ以上のものはないと思いまして。まさか本物を入れるわけにもいきませんしなあ。まあ、あたしの筆だ。師匠は鼻で笑うだろうけれど」

国芳は絵を描くときでもいつも猫を侍らせていた。締め切りに追われていた絵を猫のせいで台無しにされた時だって、『猫のすることだからしょうがない』と許した。もしあんなことを弟子がやらかした日には烈火のごとく怒ったはずだろうに、だ。

「そうだねえ、ありがとうね、芳藤さん」

お吉は目尻に光るものを指で払った。

その時だった。荒々しい足音がお堂の中に響き渡った。何事かと振り返ると、入口前に一人の男が立っていた。真っ黒な着流しを着崩し、襟元は垢じみている。襦袢の代わりに晒を巻いて、腹の辺りをぽりぽり掻きながらこちらを見遣るその男の焦点は一つどころに居つかない。もう何か月も髪を結い直していないのだろう、原形を留めていない髪は獅子のように乱れている。

男は胡乱な足取りで中に上がり込んだ。下駄を脱いでいない。土足を坊主に咎められても意に介する様子もなく、芳藤の前に立った。

「久しいな、芳藤」

声を聞いた時、ようやく芳藤は目の前の男がかつての顔見知りであることに気づいた。

「もしかして、芳艶にいさんかい」

「おう」

酒の臭いを身にまとう男――芳艶――はぶっきらぼうに答えた。

その名前に聞き覚えがあったのか、幾次郎が騒ぎ始めた。

「おいおいおいおい、今、芳艶って言ったよな、にいさん。ってことはこいつァここに居ちゃいけねえ人間だろうが。だって」

おどおどと目を泳がせる芳年も、最後には頷く。

「師匠に縁を切られたって聞きましたよ。やくざもんに成り下がっちまったとかで」

芳艶は芳藤の兄弟子の中でも出世頭だった。塾生の頃から才能を国芳に愛されていたのみならず、一本立ちしてからは〝武者絵の国芳〟とまで謳われていた師匠のお株を奪うほどの優れた武者絵をいくつも描いている。このままいけば武者絵のみならず、国芳のもう一つの得意である妖怪画でも喰ってしまうのではないか、と絵師たちは噂し合ったものだ。

だが、そうはならなかった。

ある時から、芳艶は絵をあまり描かなくなった。やくざ者とつるむようになり、毎夜のように賭場に連れ込まれて博打の味を覚えた。やくざの道から抜け出せなくなってからは、どこぞの親分の客分に納まった。それを知った師匠は描いていた絵を勢いに任せて破り、途轍もない勢いで怒鳴り散らし、申し開きもさせずに芳艶に破門状を送りつけた。

それからは落ちるところまで落ちて、今や侠客そのものだと風の噂に聞いていた。国芳師匠の葬式には呼んでいなかった。居場所もわからなかったし、破門された人間を呼ぶのは筋違いだからだ。

お吉の旦那は芳艶を見上げた。

「何の御用で。今は棺桶の蓋を閉じようって時なんでさ。ここはごくごく近しい者以外はお断りしているんですよ。お引き取りを」

一瞬、芳艶は殺気じみた鋭い気を発した。しかし、のろのろと首を振って剝き出しの悪意を取り払った後には、春の空のような湿っぽく透明な表情が立ち現れた。それは、かつて芳艶がまだ尊敬される兄弟子だった頃によく見せた、憂いと才気がないまぜになった顔だった。

「頼む。後生だ」

お吉の旦那は助け船を求めるように芳藤に目を向けた。

どうしたものか。しばし芳藤は思案する。

幾次郎が割って入る。

「駄目だよ、師匠が一門から追い出した人だぜ。そんなのを」

「いや」芳藤はかぶりを振った。「師匠の死に顔、見てやってください」

場所を譲る芳藤は、こうしたほうがいい、という漠とした思いに駆られていた。

皆が悲鳴じみた声を上げる中、芳艶は茫洋とした顔で頷いた。

「すまねえ、芳藤」

芳艶と共に芳藤も棺桶を覗き込む。弟子たちが収めた筆や硯に囲まれて眠る国芳は、どこかよそよそしげに棺桶の中で胡坐をかいていた。

師匠の死に顔に、芳艶は短く笑った。

「はっ、信じられねえや。もう描くものが何もねえ、って顔してやがる。絵師の死に顔としちゃあ、これ以上はないわな」

独り言でも繰るようにそう口にした芳艶は、踏ん切りをつけるように裾を翻した。

「邪魔したな」

「いや……。線香の一つでも」

「顔だけ見られれば充分だ。無理言って悪かった」

やはり来た時と同じように、胡乱な足取りで、芳艶は本堂を後にした。

よろめく芳艶の後ろ姿に歯噛みしたのは幾次郎だ。

「よかったのかよあれで。あの世の師匠はカンカンだよきっと」

芳藤はかぶりを振った。

「今世はあの世までの旅みたいなもんだ。あの世に行かれた師匠からすれば、何でもかんでも〝旅の恥はかき捨て〟ってなもんだよ。ねえ、師匠」

棺桶の中の国芳師匠が、悪戯っぽく笑ったような気がした。

葬式は粛々と進行していった。弔問客を本堂に入れて、棺桶を前に坊主が読経を上げる。さすがは当世一代の大絵師の葬式、国芳門下の弟子が一堂に会し、生前、国芳が縁を持った摺師や彫師といった職人や版元も大勢やってきて、その人となりを偲んだ。中には場違いにも『国芳師匠にはまだお願いしていた絵があったのに』と悔しがる者もあった。

それだけではない。役者も数多くやってきた。『あの人、俺のことを随分不細工に描いてくれやがったけど、そのおかげで人気が出たようなもんだもんなあ』とぼやきながら、千両役者たちは抹香をつまんでいた。

華やかで浮足立った葬式はつつがなく終わった。墓の下に棺桶を埋めて、名残惜しげに卒塔婆(そとうば)を振り返る弔問客たちにあらかたの挨拶を終えた時、背中を叩く者があった。

「芳藤さん」

振り返ると、そこには藍色の羽織姿で丸顔の男が立っていた。顔見知りだ。

「おお、樋口屋さんじゃないか。来てくれたんだね、ありがとうな」

「何を言うんだい、大恩ある国芳先生の弔いだ。暇な店なんて放り出してでも来るよ」

樋口屋は馬喰町(ばくろちょう)に店を開く版元だ。昔から国芳師匠との付き合いがあって芳藤もよく仕事を貰っている。少し気難しいところのあった師匠に可愛がられていたこともあって、師匠と版元の取次役を買って出ていた、物好きな男だ。

「惜しい人を亡くしたもんだ。人はいつか死ぬ。でも、いつだって人が死ぬのは空しいもんだ」

「そうかもしれないね」

惜しんでもらえるのは人気者だけだろう、と心中で毒づきながらも頷くと、樋口屋はその丸顔を芳藤に近づけた。

「そういえば、国芳一門にちょいと相談したいことがあるんだけど、あんたでいいかね」

耳がよほどいいものと見え、近くにいた芳年や幾次郎がやってきた。樋口屋さんがまた面白い話を持ってきたみてえだぞ、と。

苦笑しながらも、樋口屋の言うところでは――。

歌川国芳の追善絵を売りたい版元がいくつもある。もちろん樋口屋としても手を上げているところだけれど、色んな版元から追善絵が出るのはあまり外聞のよいことではない。そちらについては、版元の側で籤でも引いて一本にすればいいだけの話で。

問題はここからなんだ、と樋口屋は言った。

「国芳先生の姿を描いてくれる絵師さん、それも、死ぬ直前の先生に近しかった一門の人を探しているんだよ。んで、その絵師をあんたたちのほうで決めてもらえねえかと思ってね」

樋口屋め、小狡いことを言う、と誰にも聞こえないように吐き捨てた。

版元側が絵師を決めてもいいはずだ。それをしないのは、版元側が国芳一門に余計な波風を立て、弟子の面目争いに巻き込まれるのを嫌うがゆえだ。一門側で選ばせれば、ごたごたが起こったとしても版元は知らぬ存ぜぬで通せる。

しかし――。樋口屋はこう付け加えるのを忘れなかった。

「あたしは、芳藤さんがいいと思うんだよ。死ぬまで国芳先生のお傍にあった若頭みてえなものだし、あんたの絵は丁寧だ。それに、葬式の取り仕切りまでやったんだ。それくらいの〝華〟は持ってもいいと思うんだよ」

これまでの絵師稼業、師匠お付の日々が報われたような気がした。地道にやっていれば見てくれている人もいる。

芳年も頷いた。

「確かにそうですねぃ。ここァにいさんにやって貰うのが筋って――」

その芳年の言葉は途切れた。

というのも、眉を吊り上げた幾次郎が芳年の背に蹴りを食らわしたからだ。ぼへ、と声にならない声を上げ、芳年は地面に転がった。埃にまみれる芳年の頭に足を載せて踏みにじった幾次郎は、はん、と鼻を鳴らした。

「何言ってんだよ、芳年。おめえは何にもわかっちゃいねえな」

「え、な、何が……」

「決まってんだろうが。国芳師匠の追善絵だぜ？　売出し中の若手からすりゃあ喉から手が出るほど欲しい仕事だろうがよ。何を情にほだされて勝手に譲ろうとしてんだよ、この馬鹿」

「ご、ご堪忍、ご堪忍」

地面に転がりながらも手を合わせて詫びる芳年を尻目に、軽く芳年の頭をつま先でついた幾次郎は芳藤に哀願と恫喝の色が混じった眼を向けてきた。

「なあ、譲ってくれよにいさん。可愛い弟弟子が描きてえって言ってるんだ。譲るのが兄弟子ってもんじゃねえのかよ」

さすがに樋口屋が幾次郎をたしなめた。

「何言ってるんだい。いくらなんでもその謂いっぷりはないだろうよ」

「おいおい樋口屋さんよ。あんたこう言ったじゃねえか。〝一門の中で描く人間を決めてほしい〟ってさ。だったらあんたが口を出すのはお門違いってやつじゃねえか」

「そりゃそうだけどよ……」

樋口屋にこれ以上の抗弁はならなかった。

そこに、話を混ぜ返しそうな奴がやってきた。騒ぎを聞きつけたのだろう。目をらんらんと輝かせて狂斎が首を突っ込んできた。

「おお、なんか揉めてるな。ほうほう、そこにいるのは版元の樋口屋さんで、芳藤さんが苦い顔、芳年がなぜか土にまみれてて幾次郎が芳藤さんを睨んでる、か。ってことは、樋口屋さんが追善絵の依頼でもして、誰がそれをやるのか揉めてる、ってあたりかい？」

どこかで見ていたんではあるまいな、と疑いたくなるほど、狂斎の見立ては完璧だった。

腕を組んだ狂斎は、うーむと唸った。

「まあ、この件に関しちゃ俺は除け者だからなあ。まあ、関係ないっちゃないからどうでもいいんだが。俺の意見を聞いてもらってもいいかい」

誰からともなく促すと、狂斎は幾次郎を顎で指した。

「幾次郎に任せるのが、絵として一番面白いと思うぜ」

「その、理由は」

樋口屋が眉をひそめて問いかけると、狂斎は首元を掻きながら続けた。

「まず、幾次郎は人間を描くのが上手い絵師だよ。ま、もちろんそりゃあ芳年もそうだけど、ほんのちょっとの差で幾次郎のほうが上手と俺は見てる」

さらに狂斎は続ける。

「あと、幾次郎は気遣い屋じゃねえっていうのがミソだ。普段はそれが裏目に出るってもんだが、追善絵なら思い切りの良さは面白味に繋がる。あんまりにも近い人間が似姿を描いちまうと、逆に何も見えなくなるもんさ。その点、芳藤さんも芳年も駄目だ。二人とも気遣い屋に過ぎるぜ」

普段無頼を気取ってへらへらとしている狂斎だが、絵のことを語らせると途轍もなく理屈っぽくなる。狩野派で絵を学んだ経歴のなせる業か、それとも本人の性向のゆえか。いずれにしても、絵のこととなれば目の色が変わる。

ここに来て、芳藤も黙っていられなくなった。

「やろうと思えばあたしにだって」

「じゃあ訊くが」狂斎の鋭い眼光が、芳藤を刺す。「あんた、幾次郎よりもいい絵が描けるって本当に思ってるのかい」

虚をつかれた芳藤に、狂斎は追い打ちをかけた。

「だとすりゃおめでたい頭だって話だ。言いたかねえが、あんたの絵には華がないよ」

ずっと胸に抱き続けていた恐怖を突き付けられた気分だった。

絵は残酷だ。何年やっていようが、どれだけ努力を重ねていようが関係ない。研鑽や努力がものをいうのは、一人の若者が三流絵師になるまでの道程においてだ。一流絵師に成り上がっていくためにはどうしたって天賦のものを足掛かりにするしかない。

華がないなど百も承知。それゆえに、ずっと丁寧な筆運びを身上にしてきた。今や国芳一門でも一、二を争うほどの筆遣いを自負している。けれど、丁寧になればなるほど、他の絵師たちの腕の中で咲き誇る華が、自分の手元からするすると抜け落ちていくような気がしてならなかった。

芳藤はこちらを見据える狂斎から視線を外した。しかし、そんな芳藤の目の奥に飛び込んでくるのは、いたたまれなそうに下を向く連中の姿ばかりだった。

こんな姿が見たくて絵師をやっているわけじゃない、そう叫びたい衝動に駆られた。けれど、そうやって叫んでしまえば、己の大事な何かが折れて元に戻らないことだって、察しの悪い芳藤にもわかっていた。

力なく芳藤は首を振って踵を返した。

「芳藤さん」

なおも呼びかける狂斎を尻目に、芳藤は呆然としている幾次郎の肩を叩いた。

「この件、お前に任せたよ。――いい絵、描いてくれい」

「お、おう。何が何でも……」

くぐもった声で幾次郎が答えたのを聞いた芳藤は、息苦しさを覚えて空を見上げた。巨人が逝ったというのに現金なまでに晴れ渡る空の下に、自分の居場所さえないような気がした。

ふと、己が日陰に咲く野の花なのではないかと思えてきた。

空を往く千切れ雲に、形を成さぬ問いをぶつけた。そんなこと俺に聞くねい、とばかりに、雲は春の風に流されていくばかりだった。

筆先を墨に浸して目の前の白紙に向かう。世の中には、頭を空っぽにしてこの瞬間に立ち会う天才もあったらしい。そんなものとは程遠い芳藤は、ここに至る前に、何百回も頭の中で絵を描いている。あとは実際に筆を動かす、というところまで明確な形を思い描いた上で、白紙という名の地獄に向き合うようにしている。

芳藤は筆先を紙に落とし、ゆっくりと輪郭線を描いていく。しかし、最初の一本を引いたところでいつも嫌になる。頭の中では国芳師匠にも負けない描線を引いているはずなのに、実際に手を動かしてみるとまったくの別物でしかない。所詮これがあたしの腕だよ、そう心中で独りごち、のしかかってくる己への失望を背負ったまま筆を進める。諦めのため息が出そうになるのをこらえながら、身を切るように。

やがて、一枚の絵が出来上がった。

芳藤は筆を脇に置いた。すると、洗濯から戻ってきたところなのだろう、盥を抱えたお清がその絵を覗き込んできた。

「おや、これもなかなかいいんじゃないかい」

「そ、そうか？」

「ああ、あたしにァよくわからないけどさ、あたしはあんたの絵が好きだよ」

よくできた女房だ。世間でまったく認められていない旦那の仕事を褒めてくれる女房など、そうはいない。

お清は盥をその辺に置いて、ふぅーん、と鼻を鳴らした。

「今回も玩具絵（おもちゃ）かい」

「そうだよ」

「あんたにも、いつか美人画とか役者絵の仕事が舞い込んでくればいいのにねえ」

「そうだなあ」

力なく芳藤は答え、今さっき自分で描き下ろした絵を見据えた。紙の上には瓜実顔(うりざね)の輪郭だけが描かれた人の顔があり、その脇に目や鼻や眉毛や口がある。顔の部品を切り取ってもらい、目隠しをした人がその部品を輪郭の中に置いていく、福笑いだ。

浮世絵師などをやっていると、何も事情を知らぬ者が『役者絵をやっているんですかい、それとも美人画?　いやいやもしかして相撲(すもう)絵ですかい』などと聞いてくる。役者絵にしろ美人画にしろ相撲絵にしろ、浮世絵の上澄みだ。武士といってもお大名からサンピンまであるように、絵師も絵も、色々ある。

子供を客に見込んだ玩具絵は、紙の玩具である。福笑いのように切り取って遊ぶ趣向のものも多いし、子供に人気のある稼業の人々の働く姿を描いた絵や、裁縫道具や大工道具といった道具類を紙面いっぱいに配したもの、人や動物などをひらがなにはめ込んで絵文字とし、いろはを示した絵もある。子供の知りたい、遊びたいという気持ちに寄り添うのが玩具絵だ。

子供相手の絵ゆえに『子供騙し』、『格下の仕事』という意識は版元にも浮世絵師にも強い。役者絵などとは違い大売れしない上、子供は絵師の名前で買うことをしないから、大抵玩具絵は駆け出しの絵師がやるのが常道となっている。五年程度玩具絵や他の雑多な絵で修業を積んで、これでよしとなったら檜舞台に立つというのが絵師としての大まかな道筋である。

己の立場が褒められたものではないことは、芳藤もとうの昔に気づいている。浮世絵師として立ってもう十年は過ぎているのに、未だに玩具絵の仕事から抜け出せていない。後輩絵師たちは玩具絵から離れ、役者絵や相撲絵、武者絵などの花形に飛び立っている。なのに――。

才能がない。残酷な現実には、嫌というほど向き合っている。

それでもやるしかない。心中でぽつりと呟きながら、芳藤は机の下から一枚の絵を取り出した。

肩越しに絵を覗き込んだお清は、あれ、と声を上げた。

「これ……。お師匠さんじゃないの」

紙の上には、ひとりの老人が座っている。大人しい色の羽織に袴を穿いて威儀を調える町人髷の老人だ。あの人は常に夏は裏地の派手な着流し、冬は派手などてらをまとって街を闊歩して煙管を振り回していた人だった。この絵に描かれているような改まった姿でいたことなど一度もない。この絵を一目見た瞬間に国芳師匠を描いたものだとわかるのは、この絵が記憶を超える真を切り取っているからだろう。

描いたのは幾次郎だ。樋口屋の持ってきた追善絵の仕事を果たしたのだ。

あたしにァ、こいつは描けなかっただろう。初めてこの追善絵を見たとき、そう認めざるを得なかった。それは、絵師芳藤が幾次郎に白旗を上げた瞬間だった。

「いい絵師になるよ。幾次郎は」

「そうかもしれないねえ。あんたが言うなら、そうなんだろうね」

お清の興味を誘わなかったらしい。お清は盥を持ち上げると、表へと出て行った。

一人部屋に残された芳藤は、幾次郎の描いた追善絵をしばらく眺め、わずかに立ち上がる妬心と戦っていた。

と――。

「おい、にいさん、にいさんはいるかい！」

遠慮なく戸を開いたのは幾次郎だった。普段は涼しい顔をしているのに、走ってここまでやってきたのか額には汗が浮かんでおり、息も随分上がっている。

「いるよ。ときに幾次郎、さっきからくしゃみし通しだったんじゃないかい」

「へ？　いや、くしゃみなんざこれっぽっちもしてねえけど……。ンなこたァどうでもいい。にいさん、大変なことになったんだ。来てくれ」

「え、え？」

「いいから早く！」

幾次郎は土足で上がり込んで、床に座る芳藤の手を取り引っ張った。最初は疑問でいっぱいだった芳藤もその形相(ぎょうそう)に鬼気迫るものを感じ、手に持っていた追善絵を机の上に置いて立ち上がり、幾次郎に言われるがまま履物をつっかけて表に出る。しかし、幾次郎はそれでも満足しないようで、速足で歩き始めた。

　その背中を追いながら、芳藤は幾次郎に問うた。

「何があった？」

「いや、それがさ……。芳年の野郎がなんかやらかしたみたいなんだよ」

「は？　あいつが？」

　俄かには信じられない。幾次郎ならまだしも。

「俺んところに連絡が来てよお。でも俺だけじゃ心配だからにいさんにご助力願ったんだが」

　そうこう話しているうちに、長屋から裏通りに出、人でごった返す表通りを歩くうちに日本橋の界隈までやってきた。そうして裏路地に飛び込んだり、脇道に入ったりしながら右へ左へと進むうち、ある一角に差し掛かった。

　そこは、お鳥の嫁ぎ先である魚問屋の前だった。

　一目見るなり、不穏なものを感じ取った。

　問屋の前には棒手振りの男たちがたむろしていた。いつも通りの光景なのだけれど、あからさまに不穏だ。天秤棒を手にした男たちは刺すような視線をこちらにくれている。売られた喧嘩は買う、どころか、売られてない喧嘩をも買いそうな気配だ。

「おーおー、喧嘩の大安売り、って感じだね」

「軽口を叩いている場合か」

横殴りの視線の中、二人は問屋の戸を叩いて中に入った。こほんと咳払いをして、幾次郎が中に向かって呼ばわった。

「あー、幾次郎です。今来ましたぜ。お鳥お嬢さん、いらっしゃいますかい」

しばらく待っていると、奥のほうからお鳥が現れた。相変わらずの別嬪だが、その顔には深い憂いが滲んでいた。

「ごめんなさいね幾次郎さん、お忙しいのに呼び出しちゃって。芳藤さんまで来てくださったのね、ありがとうございます」

恭しく手をつくお鳥を芳藤が押し留めた。

「お嬢さん、何があったんですか」

「それが――」

言いにくそうに視線を泳がせるお鳥に並々ならぬものを感じていると、奥からお鳥の旦那が姿を現した。いかにも商人風。いつもは温厚で笑顔を絶やさない人だが、今日に限っては怒気を全身から立ち上らせ、顔を真っ赤にしていた。

「あの芳年ってぇのはなんなんだい」

「う、うちの芳年が何かしましたかい」

「何をしたも何も」

主人は芳年の乱行を語り始めた。

一刻ほど前のことだった。朝の河岸での買い付けを終えて店に戻った主人を待っていたのは、店先の三和土（たたき）に頭をこすりつける芳年と、上がり框で困った顔をしているお鳥の姿だった。芳年は『お鳥さんくらいにしか頼める人がいないんです、俺を助けると思ってなにとぞ』と酒臭い息を吐きながら頭を下げ、お鳥は『そんなお願いをされても困るわ』と眉をひそめている。

主人が二人に割って入り、何があったのかを聞いた。すると――。

「信じられるかい、『絵を描く参考にするために身体を縛らせてくれないか』って言ってたんだぞ」

「そ、そりゃあ……、申し訳ないことをしちまった」芳藤は主人に同意せざるを得なかった。「で、今、芳年はそれから」

「あ、ああ、それがね」

普段は温厚で知られる旦那も怒鳴り散らした。

そんな主人の怒りの声を聞きつけたのか、表で煙草をふかしながらたむろしていた棒手振りたちが中に雪崩（なだ）れ込んできた。そして事情を知るや、数人で芳年を袋叩きにしたのだという。

「ってわけで、医者を呼んで手当てして、奥に寝かしているよ」

「そうでしたかい……。そいつァ、お手数を」

「いや、怪我をさせたのはこちらの落ち度。平に許してほしい。けど……」主人は顔をしかめ、言いにくそうに口にした。「これで手打ちにしてもらえないかい」

「お、おいおい、それぁいくら何でも虫が良すぎ――」

幾次郎の言葉を手で止めた。

主人の言っていることが本当だとすれば、芳年の受けた報いは当然だ。本来なら簀巻きにされて川に捨てられても文句は言えないところ、医者もつけて手当てまでしてくれたのは、きっと国芳師匠の代からの付き合いの賜物だろう。

「本当に申し訳なかった。あいつにも言って聞かせますんでなにとぞ」

芳藤が頭を下げると、お鳥が眉をひそめた。

「うん、もちろんあの人はお父っつぁんのお弟子さんだから、許すも許さないもないけれど。でも、わたしはあの人が怖くなっちゃった」

「そう、ですかい……」

芳藤と幾次郎は顔を見合わせた。

お鳥にも頭を下げて、芳藤たちは奥の間へと足を運んだ。

通された六畳ほどの日の差さないこの部屋は女中部屋か何かなのだろう。そこに身を横たえていたのは、晒に包まれ酒の臭いを振りまく芳年だった。芳年だとわかったのは、その晒の間から覗く団栗眼のおかげだ。

「ああ……、にいさん方じゃないですかい。どうしたんですかい」

「どうしたもこうしたもねえよ、馬鹿」幾次郎が怒鳴った。「おめえは馬鹿なのか、ええ？」

「すいません」

「謝って済んだら目明しはいらねえんだよ」

「本当に、ご堪忍ください」

声音に涙が滲んでいる。さすがの幾次郎もこれ以上何かを言う気になれなかったようだ。代わりに、憤懣やる方ない表情で手を差し出した。

「ほれ、帰るぞ。ここじゃあおめえもぐっすり眠れねえだろうが」

「面目ない、にいさん……」

芳藤と幾次郎は、肩を貸してやって芳年を立ち上がらせた。なんとか自力でも歩ける様子だが、時折ふらつくようだ。袋叩きのせいなのか、それとも吐息に混じって漂う酒精のせいなのかはわからない。

店先まで引っ張ってくると、腕を組んで待ち構える旦那と、悲しげな眼をしてこちらを見るお鳥の姿が目に入った。芳藤は二人に頭を下げる。旦那は怖い顔を引っ込めて芳藤に対しては恭しく頭を下げたものの、その横の芳年に対しては冷ややかな目を向けた。

「もう、うちには来ないでくんな、芳年さん」

芳年は、小さく、へえ、と頭を下げ、上目遣いにお鳥を見据えたものの、お鳥は肩を震わせて芳年から目を外した。しばしお鳥を眺めていた芳年だったけれど、諦めたように頭を下げた。

店から出て、しばし歩いた。店の前でたむろする棒手振りたちの怒気孕みの視線が届かなくなったところで、芳藤は苦々しい思いをそのまま吐き出した。

「お前はつくづくお鳥お嬢さんが絡むとスカタンになるな」

「め、面目ない」

決して悪い男ではない。折り目は正しいし、根は至って真面目なのだが、時として心の振れ幅が大きくなる。お鳥が絡むとなお一層のことだ。嫁ぐ前、お鳥が裏で『芳年さんはわけがわからなくて苦手』と肩をすくめていたのも知っている。芳年のことだ。思い人を前にするとあがってしまって何も喋れなくなって、素っ頓狂な行動を取ってしまうのだろう。女人から見れば気持ち悪いかもしれないが、弟弟子としてみれば可愛げがなくはない。

芳藤はこれ見よがしにため息をついて見せた。

「どうせお前のことだ、お鳥お嬢さんを前に何を言ったらいいのかわからずに、わけのわからんことを言い放っちまったんだろう」

「ご推察の通りで」

恋い焦がれのあまり、お鳥のもとを訪ねた。酒を口にしており気持ちが大きくなっていたから大胆な行動が取れたものの、口にまつり縫いでもされたかのように言葉が口から飛び出してこなかった。一方、今、仕事で女を縛る図を描こうと構想を練っているところだった。〝お鳥お嬢さんになにか言わなくちゃならない〟という思いと〝女を縛る図を描かなくちゃならない〟という混じり合うはずのない物事が交錯してああなってしまった、というようなことを芳年は言った。

袋叩きにも遭うだろう。芳藤は首を振った。

「旦那からも出入りしてくれるなと言われてる。二度と行くんじゃないぞ」

「え……」

「あたしのほうから、折を見てお鳥お嬢さんと旦那には取り成しておくから」

そう言い添えると、芳年は短く息をついて空を見上げた。その視線の先には、あまりに青すぎてよそよそしい空が広がっていた。

「俺ァ、駄目ですねえ。絵を描くことの他にはとんだスカタンですよ」

そこに幾次郎が割って入った。

「まったくだ！　おめえには絵しか取り柄がねえんだ。大人しく絵でも描いてろってんだ。おめえ、今がどういう時期かわかってるのかよ。もしあの仕事がふいになったら許さねえからな」

「堪忍してください、にいさん」

む？　二人の言いっぷりを聞き比べながら、なんとなく察するものがあった。何か二人の間で仕事が進んでいるのだろう。

芳藤からすれば、軽い口調ですら尋ねてみることができなかった。

どうせ木っ端絵師が何を言えるはずもない、そんないじけた思いに襲われていた。

自嘲を浮かべてみると、存外に心の靄が晴れた気がした。けれど、心の奥底にとんでもなく深く、取り返しのつかない傷がついてしまったような気もして、ひどく心地が悪かった。

てーん、てーん、てーん。

小さな鞠をつく子供の小さな手。紅葉とはよくぞ言ったものだ。年の頃五歳ほどの女の子の手は秋の冷たい風に吹かれて、鞠の朱糸にも負けないくらい赤かった。長屋の通路に置かれていた縁台に腰を掛け、一心に鞠をつき続ける子供を眺めながら、芳藤は目を細めた。

子供とはなんと可愛いものだろう。

不思議なものだ。自分も子供であった頃が間違いなくあったはずなのに、その頃のことは何一つとして覚えちゃいない。大人になった今となっては独楽が上手く回せなくて泣き出したあの日の悔しさも、一日汗まみれになりながら追いかけっこをするその原動力も、まるで思い出すことができない。けれど、今、子供という時代を生きている者たちは、必死に鞠をついて、独楽を回して、追いかけっこをしている。ひたむきさが子供の可愛さの源泉なのかもしれない。

緩やかに流れる時間の中、少しまどろみながらも鞠つきの様子を見ていると――。

「あんた」

頭の上から声がした。はっとして見上げると、そこには不機嫌な顔をしたお清の姿があった。

「おお、お清か。どうしたぃ」

「どうしたぃ、じゃないよ！　お隣さん方は皆もう働きに出てるってぇのにあんたときたら。今日は塾に出る日でしょうが。何してるんだね」

「ああ、ちょいとね」

芳年の起こした騒ぎからこの方半年あまり、糸の切れた凧のようになっているのを、
お清にたしなめられて気を引き締める日々だ。

縁台から立ち上がった芳藤はぐっと伸びをした。ばきばきと背中が悲鳴を上げ、血が
巡ってゆく。子供の時分には知らなかった大人の楽しみの一つかもしれない。一方で、
子供の時分に持っていた瑞々しいものが一つまた一つと欠け落ちているような気がして、
あまりいい気分ではなかった。

「……また、子供を見ていたのかい」

「まあ、ねえ」

曖昧に頷くと、お清は帯を巻いている腹を何度かさすった。

「ごめんねえ、子供が遅くって」

「そういうことは言うもんじゃない。二人のことなんだから」

「――そうだねえ」

平らな腹をさすりながら、哀しげにお清は笑った。

祝言を上げて五年は経つのに、二人の間には子供がいない。芳藤も子供が好きだし、お清も子供が欲しいと常々言っていたのだけれど、天の配剤は人の思いを裏切ってばかりだ。

しょうのないことは、世にいくらでも転がっている。

今度からはお清のいないところで子供を眺めることにしようと心に決めた芳藤は、少し顔を伏せたお清に声を掛けた。

「んじゃあ、そろそろ塾へ行ってくる。帰りに樋口屋さんに顔を出すから、先に飯を食っていてくれ」

「あいよ」

芳藤はお清に微笑みかけた。笑顔を作るのが下手糞だとよく馬鹿にされる自分が、果たして自然に微笑むことができただろうか。芳藤の側には、その内なる問いに答える用意が何もなかった。

物思いに沈んでいる方が絵は上手くいくから不思議なものだ。目の前にあるのは、樋口屋から頼まれていた玩具絵だ。子供向けの絵だからといって、馬鹿にできない。子供は大人よりも好みに厳しい。〝今回は調子悪いのかしらん〟とこちらへの忖度も一切してくれない。玩具絵を売るためには、毎度のように子供をあっと言わせるような趣向と、細かな筆運びが必要になる。

今は筆を手に持っているわけではない。米糊を練って脇に置き、描いたばかりの絵に鋏を入れて、人物の姿や林、陣幕の絵をそれぞれ切り離してから、しかるべきところに糊付けをしてやる。こまごまとした紙の部品を組み上げていくと、ようやく全体像がはっきりした。巌流島で決闘に際する宮本武蔵と佐々木小次郎の小さな姿が文机の上に現れる。

構想通りの仕上がりに、芳藤は頷く。

これは立版古だ。普通の錦絵とは違い、買った客が完成させる。鋏で紙から部品を切り出し、糊を使って立体像を組んでいく。その性質上、絵のちょっとした狂いでうまく組み上がらなかったりもするため、これはこれで描くのに修練が必要だ。

とはいっても、立版古――玩具絵の仕事が舞い込むあたり、版元の評価が透けて見える。心中忸怩たる思いで筆を運ばせた。

「先生」

「む」

呼ばれて自分の絵から顔を上げると、弟子の一人が申し訳なさそうに芳藤の顔を覗いているところだった。

「先生、お忙しいところ申し訳ないんですけど、絵を見てくださいませんか」

「ああ、構わんよ」

締め切りが近いからといって、自分の仕事を持ち込んでいる方が間違いなのだ。玩具絵の仕事に精を出すよりは後進の指導のほうが幾分かは有意義というもの、作ったばかりの立版古を脇に除けて、芳藤は弟子の描いてきた絵を文机の上に置いた。

紙の上に描かれていたのは三毛猫だ。背を丸くして、顔を洗っているその瞬間を切り取っている。構図は決して悪くない。

絵の中の猫を指差しながら、芳藤は続ける。

「うむ、なかなか筋がよろしい。が、背中から後ろ脚にかけての肉が描けていない。骨があって次に肉、その次にようやく毛皮がくる。見るに、最初から毛皮を描こうとしているからのっぺりとしてしまうんだ。そうだな、猫ならこの塾にもたくさんいるから、可愛がるついでに触って確かめてみるといい」

部屋の隅っこで三毛猫と白猫が寝そべりながらじゃれ合っている。芳藤は文机の隅っこに置いてあった猫じゃらしを持って二匹に近づく。三毛猫は嫌な気配を感じたのか逃げてしまい部屋の隅で丸くなったものの、白猫は猫じゃらしの誘惑に負けてその場で目をらんらんと光らせている。

その白猫を抱き上げた。抱かれ慣れているのか白猫はまったく抵抗することもなく、むしろ楽しげに尻尾をゆっくり振っている。その猫の後ろ脚を軽く握って、弟子に触らせた。

「毛皮の下に、骨と肉があるのがわかるだろう。描くときにこれを念頭に入れると入れぬでは、まるで絵の奥行きが変わる」

芳藤は白猫を弟子に預けた。しかしあまり猫に慣れていないと見え、手つきがぎこちない。そんな不穏を嗅ぎ取ったのか、さっきまで大人しくしていた猫が暴れ出し、哀れなことに弟子の顔に真っ赤な三本線がいくつもつく羽目になった。

「ああ、すまん」

と――。

部屋の隅っこで寝そべって、絵草子を広げて子供のように笑っていた幾次郎が茶々を入れた。

「いや、にいさん、ちょいとその教え方は親切に過ぎねェかね」

「国芳師匠の教え方がつっけんどんだったからな。教えることばかり上手くなっちまったよ」

亡き国芳師匠はよくこう言っていた。

『錦絵ってェのは狩野のお高い画じゃねえんだ。こう描け、なんて粉本はどこにもねえ。世の中に溢れているものというものを自分の目と筆で写し取るのが本道だ』と。

師匠はやり方を教えてくれはしなかった。骨と肉を意識して動物を見る、というのは、国芳の技を自分なりに解釈したものだ。当たらずとも遠からずというところだったらしく、そのように教えていても国芳師匠は何ら文句をつけることはなかった。国芳師匠は『技は見て盗め』という昔気質の職人だった。

師匠が死んで早数年。何とか塾をやっていられるのは、一世を風靡した国芳の名と、師匠の残してくれた絵に対する考え方のゆえだ。

着てきた羽織を掛布団代わりにして寝そべり、絵草子をめくっては欠伸をこく幾次郎に文句をつけた。

「お前な、国芳塾にいるんだったら絵を教えるのを手伝ってくれてもいいんだがね」

「やだね。面倒なことはしねえのが俺の流儀だ」

「少しは芳年を見習ったらどうだ。あいつなぞは面倒を見てくれているぞ」

弟子たちの机を見て回り、何かあればあれこれと指導をしている芳年の姿を見遣る。微に入り細を穿つ教導をしているようで、弟子の絵を前に長考に入ることすらある。ちょうど今はそのときだったらしく、顎に手をやりながら大きな目を見開いて絵を見下ろし、弟子を恐縮させ切っている。

だが、それを幾次郎は笑う。

「あいつの世話好きにはほとほと呆れるってもんだ。あんなお人よしと一緒にされたくねえや」

幾次郎の言いっぷりに腹が立たぬではなかったが、こうして今国芳塾が隆盛なのはこの男のおかげでもある。悪くは言えまい。

今にして思えば、国芳師匠が死んだ文久元年は一つの境目であった。

巨星・国芳墜つ。弟子にとっては激震に違いなかったが、世間が国芳の死をことさらに重く受け止めたことに、芳藤は面食らった。昨今の開国騒ぎや異国人の斬り捨て騒動、和宮様の降嫁などの常ならぬことが続いたせいか、国芳師匠の死は一つの時代の終わりを強く思わせたらしい。師匠の死んだあたりから、人気絵師の顔ぶれが大きく変わった。

潮目が変わった中、大きなうねりを捉えたのが幾次郎と芳年だった。

文久三年（一八六三）、ある版元が大きな企画をぶち上げた。歌川派の絵師を集めて将軍家茂公の東海道上洛の様子を描きつなぐ企画『御上洛東海道』だ。売出し中の若手や今一つ人気の出ていない実力派絵師を拾い上げんとする版元の意気をありありと感じるこの企画に、国芳師匠の追善絵を担当した幾次郎と若手の出世頭と見なされていた芳年が選抜された。国芳師匠亡き江戸の浮世絵界に名乗りを上げた形になった二人は人気絵師の階を一気に駆け上がった。

国芳塾には、人気絵師二人がいつもいるんだってよ。

じゃあ、あのお二人に教わる機会があるってことか？

噂が人を呼び、国芳塾は繁盛している。とあっては、幾次郎を邪険にもできない。

だが……。芳藤の中に、悔しさが未だにくすぶっている。

芳藤は『御上洛東海道』の選から漏れた。そもそもそんな企画があったことさえ知らされず、ある日、刷り上がった絵を版元の店先で見て知るという屈辱にも遭った。そういえば、幾次郎が芳年に大仕事があるようなことを言ってたっけ、と後で気づく間抜けぶりだった。

『御上洛東海道』には、幾次郎たち弟弟子だけではなく兄弟子だって何人か参加していて、兄弟子ともそれなりに仲良くしていただけに、なぜ誰もこの企画の存在すら教えてくれなかったのかと歯嚙みしたものだった。

気を遣ってくれたのだろう。だが、余計な気遣いが時として人の心をずたずたに引き裂くということを、誰も彼も知らないのだろうか。とはいえ同門の成功を妬むわけにもいかず、己の醜い本音をひた隠しにしてお祝いの言葉をかけて回ったのを今のことのように覚えている。

――もしも、あたしが『御上洛東海道』に参加していたら。芳藤の名前でこの塾は繁盛していたはずだし、あたしだって絵師として出世できたのにと悔しがる日々だ。

詮無きこととはわかっている。けれど、時代のうねりに乗って売れっ子絵師になっていく二人を眺めていればいるほど、自分の持ち合わせのなさに打ちひしがれてしまうのは致し方ないことなのだろう。

一方で、もしも『御上洛東海道』に名を連ねたとして、あそこに並ぶ絵師たちと張り合うだけのものが描けたか、といえば怪しい。結局は己が非力であるがゆえのなりゆきだ。

ふと見れば、さっき作った立版古の試作が倒れていた。釣り合いが狂っていたようだ。真剣な顔をして櫂を振り下ろさんとしている武蔵が寝そべっているその姿が自分の今を映しているようで、何とも情けない。

一人息をついた、その時だった。

「おう、芳藤さん、いるかい」

入口の戸が半開きになり、樋口屋がその隙間から頭を突っ込んできた。

まずい。今日いっぱいに出すはずの絵の催促か。それにしてもまだ昼前、ちょっと早すぎるだろうと文句を言いながらも、口をついて出るのは詫びだった。

「すまない樋口屋さん、ちょっと待ってくれ。絵っていうのは絵師が死んでも残るもんだ、だからてめえが納得いくまで描きたいものなんだい。だからもうちっと――」

師匠の口癖だった。木っ端絵師が口にするものではないとは頭でわかっていても、つい大絵師と同じことを言いたくなるのは人情だろうか。

が、なぜか樋口屋は申し訳なさそうな顔をして芳藤の顔色を窺っている。その顔は雨に濡れる猫のようで、とても絵の催促をする鬼版元の顔ではなかった。

何かあったのだろうか。

「どうしたんだい、樋口屋さん。そんなところに突っ立っていないで入ってきたらどうだい」

「いや、その、実ァ……」

いつもはきはきとものを言う樋口屋にしては、何とも歯切れが悪い。この男は、絵師に出していた仕事が吹っ飛んだとしても、絵師にはっきりとその旨を説明して頭を下げるほどの正直者だ。そいつが言い淀むほどのこととはいったい……。

「どうしたんだい、黙ってちゃわからないよ」

「実は、な。芳藤さんに頼みてえことがあるんだよ」

「はぁ？　なんだい、搦め手でくるなんて、あんたらしくないじゃないか」

「いや、本当は筋違いなんだよ。けど、あんた以外に引き受けてくれそうな人がいないんだ。だから……」

今日の樋口屋は本当にはっきりしない。気の長い芳藤もさすがにまどろっこしくなってきた。

「おい、だから、なんだってんだい」

ようやく意を決したのか、樋口屋は半開きにしていた戸をゆっくり開いた。戸に隠れて樋口屋と並んでいたその男の姿に、芳藤は声をなくさずにはいられなかった。

「なるほど、話はわかったわ」

机が片付けられてがらんどうになった塾の中、上座を占めるお吉は呆れ半分の声を上げた。

午後になってお吉が国芳塾にやってきたのに合わせて、塾を急遽休みにして皆で話し合いがもたれた。

あまりにことがことだった。独断で決めるわけにはいかない。芳藤はあくまで国芳塾を手伝っているだけで、実際にこの塾を主宰しているのは国芳の別号〝一勇斎〟を襲名して国芳一門の頭となったお吉だ。いつもお吉は午後に塾にやってくる。そのため、樋口屋にも午後まで待つように言い、同じ部屋で顔を突き合わせるのだって御免だ、といきり立つ幾次郎や、鳶に子を攫われた親猫のような顔をしている芳年を抑え込んだのだった。

「といった次第で……」お吉の横に座る芳藤は頭を下げる。「すみませんが、これぱっかりはあたしじゃ判断つきませんでね。お嬢さんに決めて頂こうかと思ったんですよ」

「うん、芳藤さんの判断は正しいわ」

お吉は目を鋭くして、この車座一番の下座に座る、問題の人物を見遣った。

そこに座るのは、ところどころ穴が開いた着流しを体に巻き、正座をしながらも肩をいからせ、所在なげにしながらも周りに威圧を放つ歌川芳艶だった。

「この人は、おっ父……亡き国芳師匠が破門にしたままの弟子。本来なら、何の関係もない他人のはずよ。なのに、どうして今になってここに」

「それァ……」

樋口屋が言いかけるのを、お吉は手だけで制した。芳艶本人の口から聞きたい、ということだろう。

それにしても。横に座っていながらにして、芳藤は舌を巻いた。樋口屋は芳藤と同い年のはずだから四十近いし、芳艶に至っては四十の半ばだ。大の男たちを三十前の女が仕切るとは……。やはり、このお人は国芳一門を率いる器の持ち主だ。

そう感じたのは芳藤だけではないようだった。誰も彼も、息を呑んで彼女の言葉に従った。言いたいことは山ほどあるだろうに、口を結んで芳艶に目を向ける。一人また一人と顔を向け、全員の視線が一点に集まったその時、皆の注目を浴びていた芳艶は追い立てられるように口を開いた。

「助けてほしいんだ。頼む」

「何をどう、助けてほしいのか、しっかと言ってちょうだいな」

「それァ——」

芳艶の言うところはこうだ。

数日前、博打で負けに負けて素寒貧（すかんぴん）になってしまった。絵筆や顔料、これまで集めた粉本や先人の書画の類まで抵当に入れた。長屋に払う銭すらなく、このままでは乞食に落ちてしまう。これでは絵が描けない。助けてはくれねえだろうか。

身勝手な。最初に聞いた時の芳藤の感想がそれだった。

そして、何度心中で反芻しても、その感想を拭い去ることができなかった。

自業自得でしょう。芳藤の感想を代弁するように切り出したのは芳年だった。

「身から出た錆（さび）としか言いようがねえですよ。師匠にあれだけ心配されたってのに賭場通いを止めずに、師匠の顔に泥を塗り続けたんです。それを今更助けてほしいなんて、ちょっと虫が良すぎなんじゃないですかね、芳艶さん」

どんな兄弟子に対しても敬意を込める芳年が、目の前の男に対してだけは名前で呼んだ。

「俺もまったくの同意見だぜ」幾次郎も厳しい目を芳艶に向けた。「博打で負けて素寒貧？　絵筆も抵当に入れちまったから絵が描けねえ？　挙句の果てには助けてほしい？　馬鹿ァお言いでねえや。ちったあ名前が売れてるからって、そんな無理が通るわけねえだろうが。博打のために命よりも大事な商売道具を手放すなんて奴ァ職人じゃねえよ。それを世間じゃ博打打ちって呼ぶんだ。博打打ちは博打打ちらしく、素寒貧になったならおとなしく凍え死ぬんだね」

樋口屋の顔が苦悶に歪んでいる。芳艶は『御上洛東海道』の絵師にも選ばれた人気者だ。むざむざここで筆を折らせるわけにはいかないのだろう。

が。陰鬱な空気を、お吉がすべてひっくり返した。高らかに鳴り響く柏手一つで。

皆が黙りこくったのを見計らっていたかのような時機で、お吉は皆を睨んだ。その顔はさながら明王様のようだ。

「あたしは皆さんのご意見を聞きたいわけじゃないわ。ただ、芳艶さんの言葉を聞きたいだけ。――ねえ、芳艶さん。あたしの問いに応えてくれる？」

「何だ」

虚ろな目でお吉を見上げる芳艶の目には、女だてらに、と言いたげな嘲りの色があった。しかし、そんなことを意に介することもなく、お吉は芳艶に問いかける。

「第一に。あなた、今、絵は描けるの？」

「……ああ、描ける。いや、描かせてほしい」

「良し。では第二。博打とは縁が切れるの？」

「……死ぬまで手を出さない。約束する」

「第三。国芳塾を手伝うつもりはあるの？」

「……置いてもらえるなら何だってする」

満足げに息をついたお吉は柏手をまた叩き、座を取り持つような笑みを浮かべた。

「じゃあ、うちとしては何ら困ることはないわ。国芳塾が芳艶さんをお預かりしましょう。芳艶さんには絵筆や顔料をお貸しします。また、この塾の中で生活することを許すわ。ただし、働かざる者食うべからず。国芳塾の下働きをしてもらいます。その面倒は、芳藤さんが見てください」

あと。お吉はこう付け加えるのを忘れなかった。

「破門を帳消しにはできません。なにせ、あなたを許せる唯一のお人は、もう墓の下なんですからね」

はっきりとした拒絶だった。

一瞬、芳艶は腹に小刀を刺されたような表情を見せたものの、やがて顔からこわばりが消え、最後には力なく頷いた。

「はい、これでおしまい。これでいいでしょ、樋口屋さん？」

「あ、ああ」唖然としていた樋口屋も慌てて何度も頷いた。「これ以上ないお裁きですなあ。まるで女大岡越前ってなやつだ」

「調子いいんだから。でも丸く収まるでしょう。では」

お吉は立ち上がり、表へと向かって行ってしまった。

「お、お嬢さん」

慌てて芳藤はお吉のあとに追いすがった。しかし、何度呼びかけてもお吉は振り返らなかった。それどころか、その背を追ううちに三和土に降りて下駄を履き、さらには戸を開けて外にまで追いかけなくてはならなかった。

長屋の共同井戸のほとりに、お吉は立っていた。芳藤のことを待ちかまえているかのように、悪戯っぽく笑いかけてきた。

「お嬢さん」芳藤はお吉に思いのたけをぶつけた。「あたしは反対ですよ。何せあの人ァ」

あの人が身を持ち崩したと知ったときの国芳師匠の気落ちといったらなかった。何に代えても可愛がる猫すらもどこか上の空で撫で、絵にもまるで力が入らずに版元に怒られていた。芳艶は師匠自慢の弟子だった。だからこそ、師匠は芳艶を許さなかったのだろう。

お吉は下駄の先で地面を何度もほじくる。

「わかってる。あの人がどういう人なのか。でもね、芳藤さん。ここは国芳塾じゃない？　だったら、これが正しいんだと思うのよ。——ねえ、芳藤さんは忘れちゃった？　おっ父が、やくざ者を匿（かくま）った時のこと」

あった。

　十年以上前のことだ。たまたま飲み屋で意気投合した男がその筋の者で、しかも追われる身だった。本当なら捨て置けばいいところ、出さなくてもいい俠気に駆られてこれを匿い、ついに東海道筋に逃がしてやったのだった。

「あの人ってそういう人じゃない。たぶん、もしおっ父が生きてたら、あの人に手を差し伸べたんじゃないかなって思ったんだ。だから」

「師匠なら、ですか。でも、今はもう師匠は」

「でも、国芳塾って看板なんだから、しょうがないわよね」

　大看板は客寄せにはなるが、その重さに縛られてしまうこともある。もしかすると、国芳塾を残したいと誰よりも願っていたあたしは、誰よりも国芳の名前に縛られて生きていかねばならないのかもしれない、そんなことを心の隅でふと思った。そして、その看板にお吉を縛り付けてしまったのも、もしかすると自分かもしれない、そう認めざるを得なかった。

「すまねえ、お嬢さん」

「何を謝るの？　そんなことより、こちらこそごめんなさい。実際にここを仕切ってくれているのは芳藤さんなのに、芳藤さんの考えに添わない〝お裁き〟をしちゃったみたいで」

「いや、それはいいんです。あたしは門人だから」

芳藤はゆっくりかぶりを振った。

師匠だったら、なァ。芳藤は自嘲気味に鼻を鳴らした。

己は、国芳師匠ではない。芳艶でも芳幾でも芳年でもない。木っ端絵師の歌川芳藤だ。その木っ端絵師が、師匠の願いを叶えたいなんていう大それたことをしでかそうとしたのが間違いの元だった。小物は小物らしく、流され流されて、時々川岸から垂れている薄にしがみついてはほんの少し抗うほかないのかもしれない。

そう考え直せば、目の前の靄が晴れたような気分だった。日々粛々と生きる。それでいい。

力なく、芳藤はかぶりを振った。


朝日の差し込みと冬を先取りしたような寒気で目が覚めた。

墨や藍の匂いが充満する部屋で寝るのには慣れない。板の間の上に掛布団だけで寝たせいか、肩から腰にかけて痛い。そのうち寝具も持ち込まなくちゃならないなあ、と独り言ちつつ体を起こすと、外から水音がするのに気づいた。うすぼんやりとした頭で表に出ると、共同井戸の前で、下帯一枚で水をかぶる芳艶の姿があった。髪を振り乱して水を浴びる様は修行僧のようで、迂闊に声を掛けられずにいた。すると、こちらに気づいた芳艶が声を掛けてきた。

「何か、やることはないか」

黄色く染まった目には、酒毒にやられた人間特有の虚ろさがあった。一方で、混濁の側に堕ちがちな魂を気合で押し留めようとしているのも見て取れる。まるでそれは、二人の人間が一つの体を巡って陣取り合戦をしているかのようだった。そんな兄弟子を前に、芳藤もどういう態度を取っていいのかわからない。

「朝飯まではやることがありませんよ、にいさん」

「――まだ、兄弟子と呼ばわってくれるのか」

「ええ。最初にあたしが絵を教わったのは、にいさんからだったから」

あの頃の芳艶は本当に格好よかった。思い出の中にいる芳艶は厳しくも優しい兄貴分だ。絵について質問すれば、ここの輪郭線の描き方がまずいんだ、こうしてああしてあしろ、と細かい指導をしてくれたし、よく飲みにも連れて行ってくれた。あの頃の芳艶はいくら酒を飲んでもまったくの素面で、酔い潰れる芳藤を家まで送ってくれたものだった。

そんな兄弟子はもういない。いるのは、酒と博打に身を持ち崩した、あの人の欠片みたいなものだ。あの颯爽としていたにいさんが、絵に描いたように落ちぶれた姿で戻ってきた。それが、ただただ悲しかった。だが、既にここにないものを並べても虚しいだけだ。

芳藤の心中も知らず、芳艶は水滴を垂らしながら長屋の中に入っていった。

どうしたんです、後を追いかけ問いかける芳藤に対し、口に出すのが時間の無駄、と言わんばかりに、早口かつ手短に応じた。

「絵を描きたいんだ。いいだろう？」

「え、ええ、そりゃあ」

芳艶の放つ気は、とてつもなく重かった。義務感、違う。衝動、違う。そんな軽いものではない。酒毒に苛まれて目の焦点すら定まらない男が、とてつもない熱気と、こちらの心胆を寒からしめる魔を背負っているのを感じる。

芳艶の後を追うようにして塾の中に入る。すると、もう芳艶は絵を描き始めていた。しかも、下帯一丁の姿で。

使っている紙は、塾生たちの練習用の藁半紙だ。手に持っている筆は、やはり自ら絵筆を買えない貧乏な塾生のために備えてある安い細筆。そして墨は昨日の内に磨っておいた墨汁だ。いずれにしてもあの芳艶が使うような画材ではない。

だが。

筆が動き始めたその時、朝のざわめきが遠ざかった。

芳艶が半紙に墨を落としたその時、見る側にも既に確信が芽生える。そして、その点からある光景を切り出さんと筆が躍るその時に、芽生えた確信が裏打ちされていく。本当に素晴らしい画というのは、線の一つ一つ、点の一つ一つがでんと構え、胸を張り、叫んでいる。さながら見る側に『すべてを見逃すな』と迫っているかのように。

筆を握る芳艶に声を掛けることはできない。芳艶はもうここにはいない。己の作り上げた絵の世界に自らの魂を置いている。

時はかからず、縦横無尽に腕を振るっていた芳艶は筆を置いた。

近づくことが叶った芳藤は、背中越しに半紙の上に目を向けた。

描かれていたのは鍾馗(しょうき)だった。縁起物なこともあって国芳師匠もよくものしていた画題だ。しかし、色んな絵師が描いてきた画題であるにも拘らず、半紙の上で見得を切る鍾馗はあまりに鮮烈だった。

芳艶は、黒い絵を描く。宵の中に蠢(うごめ)く妖怪や、闇でしか生きられぬ者どもを好んで描き出す人だ。鍾馗はその対極にあるはずだが、紙の上に描かれる姿は紛うことない芳艶の絵になっていた。この鍾馗は、万(よろず)の敵を討ち滅ぼしたのち、満身創痍(そうい)になりながらようやく立っている無惨な姿だった。この鍾馗の背中には、長い戦いの末の疲れと、辿った道への悔恨が滲んでいるような気がしてならなかった。

「相変わらず、すごい」

芳藤が声を上げると、ふん、と芳艶は不機嫌そうに鼻を鳴らした。

「何を言うか。まだまだだ」

「いや、本当にすごい。それににいさん、こんなに速描きの人でしたかい」

芳藤の記憶の中にある芳艶は、本当に丁寧な筆運びをする人だった。線を一本描くたびに筆先を清めて、また墨に浸して線を一本描く、ということを繰り返していた。なんでそんな面倒なことを？　そう訊けば、『線の一本一本に魂を込めるためだ』と答えてくれたのを思い出す。

　芳艶は悲しげに顔をしかめた。

「もう、時がないからな」

　芳艶が国芳塾で起居するようになって早十日。その間、ずっと塾の手伝いをしてもらっている。塾生たちの墨を磨ってやったり、筆を洗ったり、半紙を買い付けたりといった雑用に追われて悠長なことをしている暇がないのだろう。

　愚問だった。

　反省していると、表戸から芳藤を呼ぶ声がした。

「あんた、飯を持ってきたよ」

　お清だ。

「ああ、悪いな」

「本当だよ。本郷から日本橋まで毎日往復させられる身にもなっておくれよ。ほれ、これ、今日の飯だから」

　手ぬぐいに覆われた小さな飯櫃。ちょいと手ぬぐいをつまむと、大きな握り飯が四個並んでいた。櫃ごと受け取ると、芳藤は頭を下げた。

「ありがとよ」

「うん。じゃあ、もうわたしは行くから。仕事頑張ってくんな」

　お清は芳藤の肩を強く叩いて行ってしまった。

芳艶の面倒を見る。そう決まってから暫くの間、芳藤は国芳塾に泊まることにした。門人でもなんでもない人間を塾に泊めて何かあっては困るからだ。その旨をお清に伝えると、『じゃあ、毎食運ばなくっちゃだね』と腕に力こぶを作ったのだ。

ため息をついた芳藤は飯櫃を上がり框に置いた。

「にいさん、朝飯食べませんかい」

「ああ、頂くことにする」

芳艶は振り返りすらせずに手探りで飯櫃を探し当てて、器用にお握りを一つ取った。さっき描いた鍾馗の図を脇にのけて、二枚目を用意してから右手に筆を執った。左手の握り飯をかっ喰らい、咀嚼したまま筆を躍らせはじめた。

芳藤はその後ろ姿をただ見ているしかなかった。飯櫃から握り飯を拾い上げて口に運ぶ。少し塩辛いけれど、おいしい。

一つ目の握り飯を食べきって、手に残るご飯粒を口でつまんでいた芳艶が、ふいにこちらに向いた。

「お前の細君はよくできているな」

「あ、ああ、まあ」

「恋女房だったな。あれは八百屋の娘じゃなかったか」

「よくぞまあそこまで覚えてらっしゃいますな。昔の話を」

芳藤二十四の春のことだ。師匠のお使いで樋口屋へ行く道すがら、大根を手に道行く客を呼び止めるお清の気風に一目惚れしたのだった。その時、お清の口車に乗って食べる当てのない大根を何本も買ってしまい樋口屋に押しつけたことも、未だに冷やかされるなれそめだ。

　芳艶は、そういえば、と唸る。

「子供はまだいないのか」

「ええ、こればっかりはうまくいきませんなあ。天の配剤ってやつですから」

「そうか。子供好きでよく描いていたおめえがか。――ままならないもんだな」

「ええ、まったく」

　ああ、この人はやっぱり芳艶にいさんだ。芳藤は心の芯が温まるような心地がした。形(なり)は変わってしまった。けれど、心の芯には、かつて芳藤たち弟子を可愛がってくれた、あの芳艶にいさんが確かにいる。そのことが嬉しかった一方で、あまり己の家の話はしたくはなかった。

　どうしたものかと思案していると、二枚目の絵、布袋(ほてい)様を描き終えた芳艶が、話を変えた。

「なあ芳藤。おめえの絵、描いて見せてはくれないか」

「え？　あたしの絵ですかい。あたしの絵なんてにいさんにァ敵わない――」

「見せてくれ」

　強い口調で言われてしまっては断ることなどできない。手についた飯粒を舐めて、芳藤は板の間に上がり込んだ。半紙と筆を手に取り、芳艶から墨を譲ってもらうと、筆に墨を吸わせて真っ白な紙に向かい合う。

この時が一番怖い。真っ白な混沌。白紙を前にすると、茫洋たる天地に一人立たされているような気分になる。何をしてもいい。何でもできる代わり、地図もなければ道案内もない。そんなところに立たされて不安でない人間なんていない。だが、これまで幾千もこの光景に相対してきた芳藤は知っている。一点を決めさえすれば、漠とした不安は消える。

筆先を紙の上に落とした。紙の上に、小さな墨溜りができる。

ここからは、頭の中で思い描いていた描線を実際の紙の上に写し取る作業だ。何か描け、と言われてから今に至るまでの間に頭の中で作った像を見失わぬように、必死で筆でなぞっていく。

芳藤の目の前には、独楽遊びをする子供二人の像が現われた。この前、道端で見かけた子供の姿だ。

絵を一目見るなり、芳艶は、はっ、と笑った。

「華がないなあ、お前の絵は」

腹は立たなかった。芳艶の言葉は、こちらを馬鹿にしている風には聞こえなかった。

「だが、丁寧な仕事だ」

芳艶は芳藤の絵を手に取って、日に透かすように見遣った。強い光にそうするように黄色い目をすがめ、舐めるように見入っている。

「忘我の域に至れば、お前の絵にも華が出るのになあ」

にいさんがそう言うならきっとそうなのだろう。心の隅でそう呟いた。けれど、その〝忘我の域〟なるものがどういうものなのか、芳藤にはわかりかねた。

ところが、ずっとその絵を見ていた芳艶はぼそりと言った。

「お前は、俺のようになるなよ。一生描き続けろよ」

その時だった。ふいに、芳艶の手から絵がすり抜けて落ちた。どうしたのだろうと芳艶に目を向ける。芳艶は咳を繰り返していた。左手で口を抑えて発する、やけに重い咳。だが、やがてそれが尋常ならざるものだということに気づく。口を塞いでいた左手の指の間から、血が滴(したた)っている。

「にいさん、大丈夫かい⁉」

「そうすりゃ、忘我の域にも手を掛けることができる、さ」

冷や汗をかきながらそう短く笑った芳艶は、口から血を吐き散らかしながら、その場に崩れ落ちた。

いくら芳藤が呼びかけても、芳艶は身じろぎ一つしなかった。

お吉は腕を組んで樋口屋を睨んでいる。樋口屋はといえば、お吉の前でひたすら小さくなるばかりだった。

「樋口屋さん。なんでこんな大事なことを言ってくれなかったんですか。まさか、芳艶さんがあんなことになっていたなんて」

「いや、もしそんなことを言ったら面倒見てくれないと思ってよぉ」

「樋口屋さんと国芳塾の仲じゃないですか。墓の下のおっ父がこれを知ったら化けて出ますよ。〝あれだけ可愛がった樋口屋が水臭いことを言いやがる〟って」

「すまなかった。平に謝る、この通りだ」

樋口屋は、平身低頭を絵に描いたように頭を下げ続けた。

いい加減溜飲を下げたのかお吉はため息をついて、芳艶を寝かしている奥の間に心配げな顔を向けた。

「でも……。まさか御体が悪かったなんて。芳藤さん、お医者さんはなんて?」

「ええ、もう余命いくばくもないと」

芳艶が血を吐いて倒れた。さすがにお吉の裁可を待つわけにはいかず、独断で町医者を呼んだ。だが、頼みの綱の医者はやってくるなり匙を投げた。死相が出ている。臓腑のいくつかはもう動いていない、保って十日だろう、とも言い添えた。

樋口屋は口の端を震わせながら口を開いた。

「実はね、あたしも知らなかったんですよ。ここまで体が悪いなんて。体を壊しているっていうのは聞いていたけれど、まさかこれほどとは……。あたしァね、あんないい絵師がやくざ者になっちまうのは嫌だ、何とか再起してほしいと思ったからご面倒をお願いしたんだ」

「――そう」

お吉は俯いた。けれど、またすぐに湿っぽい顔を追い出して、意志の強い元のお吉の顔に戻った。

「でも、乗りかかった船には違いない。わたしたちで面倒を見ましょう」

「ほ、本当にすいません」

「悪いと思うのなら、うちの一門にもっと仕事を頂戴な」

「へ、へえ、そのように」

樋口屋も形無しだ。

と、ふいに、奥から声がした。

「芳藤、芳藤はいるか……」

半ばうわ言だった。応えないわけにはいかない。芳藤は座から立ち上がり、奥の間へと向かった。布団に寝かされている芳艶は、虚ろな目でこちらを見ていた。眠っているのか起きているのかも俄かにはわからない。脇に置かれた小さな盥には、洗っても取れない血染めの手ぬぐいが水にさらしてある。

「おお、芳藤、か……」

「にいさん、あたしはここにいますよ」

枕元に座るや手を握って眼前に掲げた。しかし、その芳艶の手にはもはや力は籠っていなかった。あれほどの熱量で絵筆を握っていた男のそれとはとても思えなかった。

「なあ、芳藤……」

「はい、なんでしょう」

「……絵筆と墨、紙を用意してくれい」

耳を疑った。こんな有様で、まだ絵を描くつもりなのかと。

「にいさん、そりゃあいけないよ。ちっと休んでくんな。そうすれば、また描けるから」

「嘘、言うなよ。俺は死ぬ。そのくらいのことはわかってる。だから、筆を寄越してくれ。随分遠回りしちまったんだ。最後の最後くらい、絵師でいさせてくんな」

不思議だった。死にかけの男のそれとは思えぬくらい、芳艶の目の奥には激情が迸っていた。

にいさんを騙すなんて、元よりできないか。

頷いた芳藤は、文机に墨や硯、半紙や筆を載せて芳艶の前に運んだ。

「さあにいさん、持ってきました。心置きなく描いてくださいよ」

「腹に力が入らなくて起き上がれねえ。助けてくんな」

「へえ。お安い御用で」

芳艶の体に手を回し抱き起こす。残酷なまでに軽い。腐肉の臭いが毛穴という毛穴から漏れている。

芳艶は震える手で筆に手を伸ばす。けれど、もう遠近もわからないのか、筆に手を伸ばしては空振りしていた。手を伸ばしては空振りし、空振りしては手を伸ばすといったことを何回か繰り返して、ようやく筆を手に取った芳艶は、その先を墨に浸して紙に向き合った。が、力の加減がついていないのか、筆先に墨を吸わせすぎて紙の上に墨撥ねを作っている。

「いけねえなあ……、こんなんじゃあ師匠にどやされちまわァ」

腕が震えている。それでも、まだ芳艶は諦めていない。

「なあ、芳藤。手伝ってくれよ」

「へい、にいさん」

描き始めの塾生にそうするように、芳藤は後ろから手を回して芳艶の握る絵筆を手に取った。駆け出しの頃、芳艶に絵を教わった日のことを思い出した。あたしに絵を描くことの楽しさを教えてくれたのはこのお人だったかもしれない――。遠い、幸せだった昔を思い出しては目の前の光景が歪む。

「何が描きたいんですかい、にいさん」

しばしの無言の後、芳艶はかすれた声で答えた。

「……猫が描きてえなあ」

猫。意外だった。芳艶といえば、国芳顔負けの武者絵や妖怪画の名手だ。猫は国芳師匠が好んで描いた画題だ。死ぬまで師匠に挑むつもりか。そう合点した。

「にいさん、猫は難しいですよ。ご一緒しましょう」

芳藤はゆっくりと筆を遊ばせた。

「まずは顔です。あんまりほっそりと描いちまうと猫独特の可愛らしさが出ねえんでさ。骨、肉、毛皮。その三つを頭に置いてくださいな」

紙の上には、国芳師匠から〝盗んだ〟猫の顔が像を結んだ。

「次は体。猫ってェ生き物は文字通り猫背です。もちろんしゃんとしているときもありますが、あえてにいさんがしゃきっとした猫を描く必要はないでしょうねェ」

猫独特の丸い背中が紙の上に現れる。

「そして手。猫の手は丸っこくて本当に可愛いんでさあ。これぱっかりは実物をたくさん見ないといけませんが、今日はあたしがお手本をば」

猫の丸い手が現れる。そして最後に――。

「ここが難しい。髭でさあ。竜の睛と同じくらい難しい。こいつを間違えると台無しになっちまいます。けど、力んで描いちまうと目立っちまうんです。なので、意識しながらもさりげなく。こうやって」

ぴっぴっぴっ、と軽快に筆先を躍らせて六本の線を描く。

「ほら、これで完成でさあ」

半紙の上に背中を丸めて座る猫の姿が浮かび上がった。

その姿を眺めながら、はは、と芳艶は力なく笑った。

「俺が垂らしちまった墨の跡が毛色に見えらぁ」

「はは、にいさんとは違って下手糞なもんで、しくじりをごまかす術ばっかり上手くなっちまったんですよ」

「それはそれで、絵師の術、だな」

枯れ木のような体を揺らしながら、芳艶は虚ろに笑った。そして、筆を持ったまま、満足げながらも猫の絵を見据える。

「丁寧な筆だ」

「にいさんの腕ですよ」

これまで描いたどんな猫よりも、真に迫れている。きっと兄弟子の手を借りたからだろう、と心中でため息をつく芳藤の顔を、芳艶の黄色く変じている双眸が捉えた。

「違う。こいつはおめえの筆だよ、芳藤。おめえはやっぱり国芳師匠の弟子さ。――おめえは、ずっと絵を描き続けるんだろうなあ」

「先のことはわかりませんよ」

「そうだな。でも、俺とは違って、他に浮気しないで絵を描き続けるだろうよ。今となっちゃあ、そんなおめえが羨ましいなあ」

芳藤は、芳艶こそ羨ましかった。身を持ち崩してもその才を惜しまれてこうして絵筆を握ることができている。自分じゃあそうはいかない。身を持ち崩したらそのまま捨てられてしまう。誰からも求められる絵師になりたかった。

芳藤の思いに気づいているのだろう。芳艶は芳藤の頬を軽く叩いた。

「そのうち、わかるさ。おめえは錦とか絹みてえな見栄えのいい絵師じゃない。おめえは麻さ。でも、それでも絵師だ」

「にいさん――」

「でもよう、麻にだって使いどころはある。それに、もしかしたら、麻が絹みてえに輝くときだってあるかもしれねえ、だろ？」

芳艶は大きな咳をした。芳艶は左手で受けようとしたものの間に合わなかった。口から一升になろうかというほどの血を吐いた。首元から腹にかけて血染めに濡れる。だが、その中でも、芳艶は呵々と笑いながら、誇らしげに右手の絵筆を掲げた。

「ざまあ見やがれってんだ。死ぬ時にァ、絵筆を、握ったままだった、ぜ……」

芳艶の手の中にあった絵筆が、するりと抜け落ちた。その絵筆は血だまりの中に音もなく沈んだ。

「にいさん――」

背中を抱えていた芳藤は、魂が体から抜けていく手触りを感じた。

さよなら、にいさん。

満足げに口元を歪めてこと切れる芳艶に心中で別れを告げて、芳藤は見開いたままの芳艶の目をゆっくりと閉ざした。

二章

香ばしい醤油の香りを立てつつ煮える泥鰌が、こちらを恨めしげに睨んできた。俺が地獄の釜で焼かれるのがそんなに楽しいか、そう言いたげに、あんぐりと口を開けている。心中で南無南無、と念仏を唱えた後、輪切りにした葱を抹香のように散らし、芳藤は泥鰌の視線を塞いだ。

七輪の上で鍋の具になりつつある泥鰌から目を離すと、酒をあおっている幾次郎が腕を振り回して管を巻いているところだった。

「まったくやってられねえぜ。尊王攘夷だか公武合体だか知らねえが、おかげで商売あがったりだぜ本当によお」

「幾次郎にいさん、そのくらいにしたほうが……」

眉をひそめる芳年が割って入るものの、幾次郎は茣蓙敷きの板の間から立ち上がり、なおも弁舌を打つ。

「いーや何度だって言うぜ。黒船に開国、尊王攘夷に公武合体、世間は不景気だ。浮草稼業からすりゃとんだとばっちりだ、やってられねえぞ」

　客の視線が集まり始めている。居たたまれなくなったのか芳年が何とか座らせようとする中、逆に火に油を注ごうとしているのは狂斎だった。箸を撥(ばち)にして器をけたたましく鳴らし、屈託なく笑っている。

「おうおうもっと言ってやれ、尊王攘夷糞食らえ、公武合体悪鬼(あっき)の所業、ってな。俺ァ応援してやってもいいぜ。おめえが墓の前に立って、うらめしや、って気炎を上げ続けるのを楽しみにしてるからよ」

「え？」

「そりゃあそうだろう。そんなことばっかり言ってると、すっぱり斬られてあの世行きだろうよ」

　幾次郎は顔を青くしてその場に座り込んだ。にやにやと破顔一笑する狂斎を悔しげに見遣りながら。

　狂斎の言うことは誇張でもなんでもない。

　黒船来航、そして開国までの乱痴気騒ぎ。この波紋は熱を孕(はら)みながら日本中に伝播(でんぱ)した。聞けば京都では数年前「天誅」と称する殺しが横行していたというし、横浜近くでは異国人を狙った人斬り騒ぎが跡を絶たない。まだ江戸には血なまぐさい風は流れていないが、多摩あたりでは火付け押し込みが三日にあげず起こっている。江戸府内とて、買い占めをしている米問屋への打ちこわしがぽつぽつ聞かれる有様だ。

こんな暗い世の中じゃあ誰も絵など買いはしない。この前、樋口屋に絵を納めに行ったら、『ここのところ閑古鳥が鳴いちまっていけねえよ』とぼやいていた。

「でもよお」幾次郎は歯嚙みした。「納得いかねえよなあ。なんで絵が売れねえんだ」

「世相が悪いんでしょうよ」

芳年は首を振った。だが、それでも幾次郎は納得しなかった。

「世相が悪いだあ？　俺たちはおっ母つぁんの腹を選んで生まれてきたわけじゃねえのと同じで、生まれる時代を選ぶことはできねえんだ。不公平だぜ」

その謂いっぷりに狂斎は笑った。

「絡み酒ここに極まれり、だなあ」

「そういえば狂斎はどうなんだ。やっぱり仕事は減っているのか？」

芳藤が水を向けると、狂斎は、そりゃそうさ、と首をすくめた。

「浮世絵師が仕事がねえってぼやいてるなら、狩野絵師なんざもっと困ってらあな。うちの師匠も真っ青になっているところだよ。俺なんぞはどっちもできるから、狩野絵師の仕事は開店休業と洒落込んで、今は浮世絵で稼いでるようなもんだ」

ま。狂斎は手元にある猪口をあおってから言った。その声音に恥の色が浮かんでいるような気がしたのは、芳藤の気のせいだっただろうか。

「うちには家禄がある。それでも食えるからな」

この男に金の話は無用だった。

狂斎は直参の武家だ。武家の禄だけで食っていくのは大変だろうが、何か他に手に職をつけていれば我慢もできるだろう。

「でもよ」言い訳半分に狂斎は続けた。「俺は次男坊だ。絵師としての上がりだけで食っていかねえと、とは心定めてるんだ」

「そうだな。――お、そろそろいい具合に煮えてきたぞ」

泥鰌鍋の上にちりばめた葱の山がくたくたに萎れて、割下の色に染まり始めている。舌なめずりをした狂斎は、ほうほう、と幸せそうに声を上げて箸を伸ばし、泥鰌を一匹すくい上げるや、葱と一緒にすするように口にした。

「うめえなあ」

幾次郎たちも一斉に箸を伸ばした。兄弟子に一番箸を譲る殊勝な心がけは毛頭ないらしい。芳藤は食い散らされかけている鍋の上にぽつんと残る泥鰌をすくい上げて口に運んだ。骨も気にならないくらい煮えていて、箸で切れてしまいそうなほどに柔らかい。甘い割下の香りが泥鰌の泥臭さを上手く丸めて、ほくほくとした身の味わいが浮かび上がってくる。久しぶりに口にする泥鰌鍋に舌鼓を打つ。

蕎麦でもすするように泥鰌を喰らって酒を飲み干した芳年が、うはは、と笑い、満杯になっている銚子に直接口をつけてそのまま傾けた。幸せそうに酒臭い吐息を吐くと、横の狂斎の肩を叩いた。

「いや、今日はよき日ですなあ。酒も泥鰌鍋も旨い。しかもこうしてにいさん方と顔を合わせられるんだ、こんなに楽しいのはいつ以来でしょうねえ」

見ないうちに銚子をいくつも空にしている。なんともご陽気だ。いや、行き過ぎて少々怖くもある。

「ど、どうしたんだ、あいつ」

調子よく酒を空けていく芳年をちらりと見ながら訊くと、ああ、と幾次郎は呆れ顔を浮かべて銘々皿の割下を啜った。

「あいつ、ここんところ仕事が詰まっているから、頭がパアになってるんだろうぜ」

「なんだ、忙しいのか、芳年」

「ほれ、この前、俺とあいつとで組んでやった仕事があったでしょ。あれが評判だったから引き合いが結構あるんだろうよ」

そんなこともあった、と芳藤は心中で頷く。

慶応二年（一八六六）に始まった、歌舞伎の修羅場を材に取った幾次郎と芳年の競作、『英名二十八衆句』だ。あれを初めて版元の店先で見かけたとき、なんと悪趣味な、と顔をしかめたものだった。

なまじ筆力のある二人が修羅場を描くのだ。見ているだけで血の匂いが鼻腔の奥に蘇り、さながら血の海の上に立っているような心持ちになった。さらに、若い二人にはまったく歯止めが利かない、いや、そもそもそんなものが存在しない。お前が腕を飛ばすなら俺は首だ、あんたが首を刎ねるならこっちは皮を剝いでやる、とばかりに、回を重ねるごとにどんどん絵面が過激かつ残酷になっていった。切磋琢磨といえば聞こえはいいが、実際には若い絵師二人の稚気めいた悪ふざけだ。

しかし、時代の気分を捉えたのか、この競作は見る見るうちに評判を得て追従に次ぐ追従を生み、『無惨絵』なる絵の一分類を作るにまで至った。後輩の活躍に称賛を送りたい一方で、こんなおどろおどろしいものが流行るのは世も末、と気が滅入り、当今は乱世らしい、と背中に冷たいものが走った。

疑問が湧かぬではない。なぜ当事者の一人である幾次郎が、こんなに不機嫌なのだ？

理由を当てて見せたのは、いつもよりいい調子で酒を空け続ける芳年に顔をしかめながらも、泥鰌をちまちま齧っては大酒を飲む狂斎だった。

「幾次郎、あんた、負けを認めちまったな」

「な！」幾次郎は顔を歪めて箸の先を狂斎に向けた。「そんなわけねえだろう。芳年は弟弟子だぞ。負けなんざ認めちゃいねえからな」

絹を裂くような声は、どう聞いても悲鳴だった。

ふん。鼻で幾次郎を笑った狂斎は、泥鰌が一匹もいなくなって割下だけ残った鍋に薬味の葱を入れた。これだけでも美味いんだ、そう口にした狂斎は、乾いていた幾次郎の猪口に酒を差す。

「そうやって意気が吐けるうちはまだまだ昇って行けると思うぜ。諦めちまったらそこでおしまいさ。ま、若人よ、死ぬまで怪気炎を吐け、ってね」

「あんただってあんまり俺と歳が変わらないくせによう」

口の端をひん曲げながら、幾次郎は別皿に盛られた、まだ煮てもいない刻み葱を芳年の皿に盛りつけた。

「何するんですかにいさん！　それ、生じゃないですか」

「いいんだよこの売れっ子が！」

「あんたもそうでしょうに」

「ああん？　俺にそんな口のきき方するのかよぅ。知ってるんだぜ、おめえ、たまーに登鯉さんの店に顔を出してるそうじゃねえか。遠くの物陰からちょろっと見ているって噂だぜ」

「へえ、芳年、あんた、純情なんだねぇ。可愛らしいところがあるじゃねえか」

「……ううう、うるさいですよ、にいさん方」

弟弟子二人の無邪気なじゃれ合いに元兄弟子の狂斎までも加わる中、芳藤は皿の上でとぐろを巻く、冷えた泥鰌と顔を見合っていた。こちらを見据えてくる泥鰌は、口を開けていた。芳藤の体たらくを嗤(わら)っているかのようだった。

わかってるよ。でも、どうしようもないじゃないか。そう、泥鰌に答える。

意気が吐けるうちはまだまだ昇って行ける。そう狂斎は言ったが、ある一面では的を射ている。浮世絵稼業に飛び込んでもう随分と経つ。遅咲きと言われる絵師はたくさんいるし、世間受けしなかった絵師が突然人気絵師として躍り出る姿も多く見てきた。けれど、芳藤の知っている限り、そういう絵師は己の力をまったく疑っていなかった。一緒に酒の席を囲めば、自分が売れないのを世間の無理解のせいにして酒臭い息を芳藤に吐きまくり、その上支払いまでさせる図太い連中ばかりだ。

自分には、それがない。

昔。国芳師匠に芳藤の名前を貰って独り立ちしたときには野望もあった。けれど、青臭い意気は既にしぼんで、日々のらくら、こまごまと絵を描いては版元に納めるばかりの貧乏絵師になっている。

誰にも聞こえないように静かにため息をついた芳藤は、国芳出色の弟子たち三人の馬鹿騒ぎを肴に、ちょろっと酒を舐めた。いつもは甘くておいしい酒が、この時ばかりは苦々しく感じてしょうがなかった。口直しをする意味で、さっきから皿の上で呆れ顔を浮かべてこっちを見ている泥鰌を頭から齧った。すっかり冷えた泥鰌も、割下のおかげで味だけは悪くなかった。

「はぁーあ。やんなっちゃうね」

外の様子を見に行っていたお吉が履物を鳴らしながら塾に戻ってきた。その顔は不機嫌を絵に描いたかのようだった。

塾は一応開けてあるものの、塾生の誰一人としてやってこない。こんな日に画塾にやってくる阿呆はおるまいとは思っていたが、もしかして、という不安にも苛まれて一応塾に顔を出した。お吉も同じ心持ちだったらしく、二人は塾の前でかち合った。そんなわけで、猫数匹がごろごろしている他にはがらんとした塾の中で、芳藤は文机に向かっていた。

何とも落ち着かないが、手持ち無沙汰にしているのもつまらない。特に締め切りが差し迫っているわけではないものの、次に来そうな仕事の絵を描き始めていた。最近芳藤には子供向けの玩具絵の依頼がとみに増えた。浮世絵師からすれば玩具絵というのは駆け出しの頃の糊口凌ぎの意味合いが強いから、この道十数年の芳藤からすれば敬遠すべき仕事だった。けれど、そんなことを言っていたら干上がってしまうのは目に見えている。

忘れた頃にやってくる、梁の埃が落ちてくるほどに鳴り響く轟音が筆先を幾度も乱す。芳藤は筆を置いて、不機嫌そうに腕を組むお吉に声を掛けた。

「お嬢さん、外の様子はどうでしたぃ」

「ああ、西国のみょうちくりんな服を着たお侍さんがいっぱい。なんか凄いのよ。偉そうにしている奴の被り物」

「へえ、どう凄いんです？」

「なんか、赤く染められてる――。歌舞伎の連獅子の鬘みたいなもんを被ってるのよ。しかも大真面目に。思わず笑っちゃいそうよ」

すからね」

連獅子の頭を回す仕草を、お吉は真似て見せる。

「お嬢さん、あんまり連中を怒らせないほうがいい。奴らは飛び道具を持っているんですからね」

「わかってるわよ。だから、路地裏に入って散々笑ってやったわ」

そういう問題ではないのだが。芳藤は子供にものを諭すように続ける。

「あいつらは、大樹様を——徳川を討とうとしていた連中なんですからね。市井の人間一人殺すくらい何とも思っちゃいないでしょう」

詳しいことはわからない。何せ、ことは芳藤のはるか頭上で繰り広げられた、下々には関わり合いのない出来事だ。江戸の町に生きる一介の町絵師の耳に入ってくるのは、いつだって物事の欠片だけだった。

去年の慶応三年、京におわした将軍公が大政を禁裏にお返ししたこと。年が明けて慶応四年正月、帝を担ぐ薩長と徳川の兵が京都でぶつかったこと。その戦に薩長側が勝って、東海道を攻め上がってきたこと。小競り合い一つなく江戸城が開城して薩長連中の手に落ちたこと。それを不満とした徳川の直参たちが上野寛永寺に集ったこと。

数日前、薩長の総督の名前で、変な布告が辻に立った。

『五月十五日に上野寛永寺に籠る賊を討滅する』

布告の末尾には、関係ない者は家からの外出を控えておるように、とも付け加えてあった。

ついに、五月十五日を迎えた。

雨の降りしきる中、轟音が響き始めた。雷にしては音が甲高い。薩長はこの戦のために大砲を揃えたというからその発射音なのだろう。耳をつんざく季節外れの鳥笛のような音は、夕方近くなっても止むところを知らない。

お吉は少し不安げな顔をした。

「大丈夫かしら、こっちに弾が飛んでこなければいいけど」

「大丈夫でしょう。上野の寛永寺での戦ですからねえ。こっちに飛んできやしませんよ」

また雷音が届いた。この音は大きかった。音の波が屋根を揺らして梁や柱を軋ませ、上に積もっていた埃が牡丹雪のように降り注いできた。埃はやがて中空で千々に分かれ、乾いていなかった芳藤の絵に降り注いだ。

ぎゃん、と悲鳴を上げて部屋の隅に逃げていった猫たちは、背中を丸くして威嚇を始めた。しかし、何に牙(きば)を剝いているのか、猫たち自身もわからなくなったのだろう。やがて険しい顔を引っ込めて、そのうちの一匹が尻尾を丸め芳藤の膝の上に乗ってきた。

怯える猫の背中を撫でながら、芳藤は天井を眺めていた。

「いつ終わるやら……」

落ち着かない時はそう長く続かなかった。やがて、時雨(しぐれ)が上がるように、轟音がぴたりと止んだ。

「むう？」

終わったのだろうか。

すぐに、さっきまでとは違う意味での煩さが戻ってきた。大砲の一時雨が止んだのを見計らって、長屋に籠っていた者たちが表に出始めたのだろう。おっかないねえ。でもおかげで天井の取り切れない埃が取れてよかったねえ、などと言い合っている女たちの軽口が聞こえてくる。

しばらくすると、表から男の声が聞こえてきた。

戦は終わり申した。おいどんの勝ちにごわす。

ひどい訛りで何を言っているのかよくわからなかったものの、辛うじて聞き取れた『終わり』、『勝ち』という言葉から、薩長の連中がこの戦に勝利したらしいということは理解できた。

「終わった、みたいね」

「そのようで。お嬢さん、あとはあたしが片付けておきます。先にお帰り下さいな」

「いいの、お願いしちゃっても」

「ええ。むしろ、お嬢さんはお子さんと旦那さんのところに居てやってくださいな」

「ご、ごめんなさい」

「謝ることじゃありませんよ」

――謝んないでおくんなさい。あたしはただ、あたしの我儘を通しているだけなんだから。そう心の中で懺悔をする。

お吉は一年ほど前に子供を産んだ。その頃だろうか。お吉の旦那が体調を崩した。病状は重いと聞いている。家の中は大変なことになっているだろうに、おくびにも出さずこうして国芳塾に顔を出すお吉の姿が時々痛々しくもある。お嬢さんを国芳塾に巻き込んだのは間違いだった。一方で、そうでもしなければ国芳塾は守れなかった。だから、気遣うふりをしつつ、都合の悪いことには目をつぶっている。

「ごめんなさい。じゃあ、あとはお願いしますね」

「へえ、承りました」

お吉を見送ってから、芳藤は猫に餌の残飯をくれてやり、自ら使った絵筆や硯を洗う。今日は誰も来なかっただけに始末も楽だ。肚の内に抱えていた澱のせいで気が乗らず、やることはそう多くはなかったのに、結局いつもと変わらない時間をかけた掃除になってしまった。

雑巾を使って磨き上げた板の間。整然と棚に並ぶ半紙や硯や絵筆。三和土の上でげっぷする猫たち。これですべて終わりだ。

帰るか。

芳藤が家で一人待っているお清の顔を思い浮かべたその時、ふいに表戸ががらりと開いた。

振り返ると、そこには芳年が立っていた。

いつも薄汚れた着流しで通しているはずの芳年が、なぜか野袴を穿いており、いつになくそわそわとして芳藤の顔を上目づかいに窺ってくる。その顔は上気していて、鼻息も荒い。

「あのう、にいさん、今晩は」

「おう、どうした」

常ならぬ芳年の様子についい挨拶を返してしまった。なんとなく気味が悪い。そんな後味を芳藤の心中に残しながら、芳年は塾の中にするりと入ってきた。

「どうした、今日はもう店じまいだ」

「そりゃわかっていますって。実はにいさんにお願いがあって……」

「はあ? なんだ」

『疲れている』とでも返せばよかったのだ。なのに、普段の癖で芳年の話を聞いてしまったことが間違いであったということに、この時の芳藤は気づいていなかった。

「何の因果があってこんなことに……」

提灯(ちょうちん)を掲げながら芳藤は先頭を往く。行く手に広がる藪を掻き分け、何が飛び出してくるかわからない闇に怯えながら。すると、芳藤の背中に張り付くようにしてついてくる芳年が、かたじけない、と頭を下げた。

「にいさんくらいしか頼めるお人がいなくて」

「何を言っているのだ。お前の後ろにいる二人は張り子か」

「ああ、こいつらは俺の弟子なもので」

芳年の後ろに隠れる年の頃二十ほどの男二人組は、頭の後ろに手をやって何度も頭を下げた。

「弟子だと？　お前いつから――」

「無惨絵が当たった頃、押しかけで来たんですよ。でも、肝が小さくて頼りにならないんで、にいさんにご助力を頼んだ次第で」

「お前な。肝の大きい小さいなんて話ではないぞ。さっきまで鉄砲玉が飛び交っていたところに行きたいなんて正気の沙汰じゃない、死にたがりのすることだ」

ここは上野寛永寺。ついさっきまで薩長軍と彰義隊が斬り合っていたところだ。気の立った落武者に襲いかかられるかもしれない。薩長軍に撃ち殺されてしまうかもしれない。物見遊山(ゆさん)にしてはさすがに命懸けが過ぎる。

芳年は本気だった。正気かどうかはさておき、だ。

「戦の跡なんてそうそう見ることができないじゃないですか。絵師として、己の眼にその様を収めておきたいというのはそんなに悪いことでしょうか」

「正論だが、そういうことは一人でやっておくれ」

文句をひとしきり並べてみてはいるものの、こうしてここにいる理由に、絵師としての好奇心があることは否めない。本郷の家に戻った時にもお清に散々怒られた。あんた、そんな罰当たりなことを！　碌な死に方しないよ！　そんなお小言を振り切ってでもここに来たのは、弟弟子の身を案じたからという殊勝な心がけだけではない何かが、自らを衝き動かしていたからだ。

しかし――。

芳藤は目の前の光景にあっけにとられていた。

徳川家の菩提寺として隆盛を極め、厳かな山門やきらびやかな伽藍の並んでいた寛永寺が、もはや見る影もなかった。黒門は大砲で突き崩されたのか破られていたし、石畳の参道には大穴がいくつも開き、塀は粉々に砕かれていた。不忍池側に回れば、山が大きくひしゃげて黒土がところどころ丸見えになっている。

「うひゃあ」

道すがら、ふいに芳年の弟子の一人が悲鳴を上げた。

覚悟していなければならなかった。しかし、実際こうして目の前に現れると、さすがに肝が冷えた。

山の中腹、ちょうど芳藤たちが立つ少し前に、人が一人倒れていた。いや、正確には人だったもの、だ。袴姿で剣術の胴のようなものを着けている姿は辛うじて人としての原形を留めているが、腕や首がなく、血と泥にまみれた姿でそこにあった。崖上の途中にその死体のものと思しき腕が木の枝にぶら下がっているところを見れば、頂上付近で刀を振るっている最中、大砲によって吹っ飛ばされて、五体をもがれてここまで転がり落ちてきたのだろう。

「ひどいもんですね」

「そりゃそうだ。これが戦というもんだろう」

「いや、そういうことじゃなく。俺はまだ、現実ってェのは、こんなに無惨なものなんだ、って突き付けられた気分ですよ。無惨な絵なんて描けちゃいなかったんだ」

芳年の声が弾んでいるのは、山道を歩き続けているせいだと思いたかった。

目の前に転がる死体なんぞよりよほど恐ろしいものが後ろにいる気がしたが、あえて気づかぬふりをして、背中に感じる怖気を目の前の死体のせいにした。そして、南無南無、と手を合わせることで怖気と死体への供養に代えて、山道を急いだ。

しばらく登っていくと、開けたところに出た。上野山の頂上だ。

ここにもかつての栄華はなかった。

大きな石灯籠が倒れている。道の石畳はところどころ剝がれ、大穴が開いている。穴の周りには石くれのように人のちぎれた腕や足が転がり、頭や手をなくした死人たちが斃(たお)れていた。さらにその奥では、ごうと音を立てながら御堂が火に巻かれ、その灯りが死人たちを照らし出していた。

鼻をつく血の臭い。そして、人の焼ける臭い。

地獄だ。

芳藤が心中でぼやいた。その時、「あんたらも来てたのか」と不意に後ろから声を掛けられた。

　立っていたのは、御堂を物悲しげに見上げる狂斎と、握り飯を頰張りながら転がる死体を見遣る幾次郎だった。

「二人とも、こんなところで何を」

「何を？　決まってるだろうが」幾次郎はあっけらかんと答えた。「物見遊山だよ。戦場のね。今後の無惨絵の参考になるんじゃないかと思ってね」

「お前……！」

「おいおい、どうしたんだよにいさん。何をいきり立ってるんだい。あんただってこうして物見遊山に来ているんじゃないか。あんただけいい人ぶろうったってそうはいかねえよ」

　へっ、とそっぽを向いた幾次郎は、口元についた飯粒を指で弾いて懐から紙を取り出すと、帯にからげている矢立の筆を引き抜いて、死体と紙を見比べながら筆を躍らせはじめた。

　幾次郎に倣うかのように芳年も懐の紙と筆で絵を描き始めた。無論、画題は目の前に転がる死体の数々だ。

　幾次郎たちを前にしながら、狂斎だけは同じことをしなかった。ただ、燃え往く御堂を見上げて黙りこくっている。

「お前は写生しないのかい」

水を向けると、狂斎はのろのろとかぶりを振った。

「ああ、やめておくよ」

「写生するといってしゃれこうべを拾ってきたり、帯の柄を写したくて女を追いかけ回していたお前らしくないじゃないか」

御堂を眺めていたその目を地面に転がる死体に向けて、そうだなあ、と狂斎は間延びした声を発した。その顔は、今にも泣き出しそうだった。

「ここに転がってる連中は、俺だからな」

「え？」

「俺は絵で身を立てようと決めたからこうして五体満足で立ってる。けど、もし俺が剣で身を立てようとしていたら、今頃俺はこの連中と同じくここで転がっていたかもしれないからなあ。さすがの俺も、てめえの死体を写生する気にはなれんわな」

そうだね、としか、芳藤は言えなかった。武士でもなんでもない芳藤からすれば、武士の忠義の重さは理解の埒外にある。ただ、もし芳藤が国芳師匠に抱き続けている思いと似たものだとすれば――。

辛かろう。目を細めて御堂を見上げる狂斎の気持ちのほんのひと欠片くらいなら、理解できそうな気がした。

と――。

風が吹いた。その風は、いずこからか、徳川の葵の御紋があしらわれた旗を運んできた。吸い込まれるようにして御堂の炎に吹き誘われていった旗は、炎の中で火が巻かれ、暗い空に飛び去って行った。

「どうなるんですかねえ、これから」

芳年は死体から目を離すことなく、他人事のようにそう言った。

そんなこと、わかるわけがない。

きっと、芳年や幾次郎、狂斎も、何かが変わることは悟っているだろう。なにせ、芳藤にだってそれくらいの見通しが立っている。けれど、どう変わるかなんて誰にもわかっていない。そんな気がしてならなかった。

『きっとお前は、ずっと絵を描き続けるんだろうなあ』

芳艶の言葉がふと蘇る。

でもにいさん、あたし、絵を描き続けること、できるんですかねえ。芳艶に問いかけた。しかし、芳藤の脳裏にたたずむ芳艶は、困り顔で微笑むばかりだった。

また風が吹いた。かつて徳川の権勢を代弁していた華麗な大宗廟は、大風を吸い込み一段と大きくなった炎に今まさに飲み込まれようとしていた。

嫌になっちまうねえ。小さな店の真ん中で、錦絵に埋もれるように腰を下ろす樋口屋はため息をついた。幸せが逃げていくからやめた方がいい、と釘を刺すと、樋口屋はつまらないこと言いなさんな、とばかりに顔をしかめた。

面倒なことになった、とお吉と顔を見合わせたものの、樋口屋は愚痴を並べに入っていた。

「ため息をつくだけはただなんだから、我慢なんてさせないでくださいな。最近、役者絵が全然売れなくなっちまってよう。困ってるんだよ」

役者絵と言えば美人画と並んで版元を支える画題だ。だが、帳台の前の棚には役者絵が山積みになったままだ。

「御一新以来、売れ行きが悪くっていけないね」

影響があるのか。芳藤も暗澹たる気分になった。

西から攻めてきた薩長軍は江戸から大樹様を追い出し、そのまま江戸に居ついてしまった。さらには帝が江戸城に入り、江戸の町は東京と名を改められた。

この変化は上辺だけのものではない。薩長の連中は徳川家が事実上廃止した参勤交代制度を復活させようとはしなかった。そのせいで、かつては将軍の御膝元と謳われたこの町からお武家の姿が消え、賑わいがしぼんだ。

役者絵は町人の買い物だと皆が思っていたが、実際にはお武家も相当量を買っていたのだろう。武士のほうが町人よりも実入りが安定している分、嗜好品、ぜいたく品に手が届きやすいのは道理だ。

踏ん切りをつけるように、樋口屋は首を振った。

「商売人が暗い顔をしているんじゃしょうがないね。頑張るとしますかね」

時代が変わっても、人は自分に定められた命数に従って生きていかなくてはならない。そんな当たり前の摂理が芳藤の肩を叩き、背中を押しては急かす。

「ま、せいぜい頑張りましょうや」

芳藤がそう頷くと、後ろにいたお吉がひょっこり顔を出した。

「そういえば樋口屋さん。芳藤さんにお仕事はないんですか」

「ごめんなあ」樋口屋は頭を下げた。「あるといえば、玩具絵の仕事くらいだよ」

「はあ？　玩具絵？　そんなもの、若手の仕事でしょうが」

「とはいかねえんですわ。その若手があんまりいないんですよ。最近どこの画塾からも新人があんまり出てこなくなっちまってね」

ある者は御一新の混乱に巻き込まれて。またある者は絵師として食い詰めて。一人、また一人と絵師が消えていった。そんな中では、『当座は玩具絵でも頼んで実力を磨かせて、数年後に腕が上がってきたら大仕事をやらせよう』なんて悠長なことはできない。新人たちは他の絵師が空けた穴に無理やり詰め込まれ、玩具絵の空きに芳藤のような諦めの悪い木っ端絵師が宛てがわれている。

仕事に浄不浄はない。後ろでいきり立つお吉に言い聞かせるように、芳藤は慇懃に礼を述べた。

「いつもすまないなぁ、助かってますよ樋口屋さん」

「あ、ああ……」

感謝の言葉をかけられているはずの樋口屋の顔は、どこかよそよそしく浮かないものだった。そんな樋口屋は、しばらくしてから、そういえば、と話の方向を変えた。

「二人で連れ立って、どこに行くんだい」

その疑問に芳藤が答える。

「ああ、あたしはお嬢さんの付き添いで……。墓参りにね」

「墓参り……？ってェことは、国芳先生の？ そりゃあいい」

「いや、それだけじゃあないんですがね」

頭を下げた芳藤はお吉を目で促し、二人して通りに出た。先にお吉を歩かせて、その影を踏まない距離でゆるゆると日本橋の町を歩く。

温かな日差しが芳藤に降り注ぐ。いい天気だ。いやになるくらいに。師匠が死んだ日もこんな突き抜けるようないい天気だった。師匠はいい時季にお亡くなりになった。やっぱり、大絵師になるようなお人は死ぬ時までツキをお持ちだ、と、変な感想を持った。

前を歩くお吉が振り返った。少し悪戯っぽく微笑んで。

「おや、あたしの足、遅いですかい」

「いや、そういうことじゃないんだけど……。ねえ、連れ立って歩かない？ そうじゃないと話し相手の顔が見えなくてつまらないの」

「そりゃいけませんよ。いくらなんでも、大の男と女が一緒に歩くなんざ」

「古いわねえ、芳藤さんは」小馬鹿にするようにお吉は笑う。「今じゃあ、横浜に行けば男と女が腕を組んで歩いているっていうわよ」

「生憎と、あたしァ横浜の人間じゃあないもんで」

「古いわねえ、本当に」

お吉は呆れ気味に呟いた。

古い、とは、最近とみに人々の口の端に上るようになった言葉だ。世間が大きく変転しているからだろう。ここ日本橋の様子も様変わりしつつある。道行く人々の中には、かつては当たり前だった月代を剃らずに総髪にし、洋服姿で街を闊歩する者の姿もちらほら見られるようになった。黒い洋服に、華奢な洋刀をぶら下げて町を行くは官吏。大通りの隅っこには、芳藤の身丈の五倍はあろうかという木の柱が等間隔に立ち並び、その上には黒い縄のようなものが渡されている。〝電信〟と呼ばれるものらしい。その縄には鴉や雀が止まり、所在なげに鳴いている。

浦島太郎の昔話を思い出す。ひょんなきっかけで竜宮城へ行き、戻ってきたときには百年の月日が流れていた。一緒に暮らしていた母も既に世になく、見慣れた村もその姿を変えていた。

電信の上で鳴き喚く鳥たちも呆然としているのではないか、そんな気がした。右往左往しているのは鳥たちだけではない。変わりゆく江戸の光景に戸惑うばかりの芳藤がいた。

複雑怪奇なる新時代が、見知った町の風景を変えていく。洋装の人々が、煉瓦造りの建物の下を闊歩している。江戸に浸かり切って生きていた芳藤からすれば、この変化はただただ苦痛だった。

けれど、お吉は新しい時代に目を輝かせている。

「新しいものだってこんなに綺麗なんだから、目を向けないといけないよ。特に芳藤さんは絵師なんだから。この前だってそれで版元さんに怒られたじゃない」

嫌な仕事を思い出させる。芳藤はまた沈み込んだ。

ある版元から横浜の風俗絵を描いてくれないかと依頼があった。開国当初から港として開かれて異国人居留地もあったことから、横浜は煉瓦造りの建物が立ち並び洋服に身を包む人々が闊歩している。芳藤は横浜になんて行ったことがなかったし行く気もなかった。煉瓦の建物は新橋などにもあるから参考にできた。それなりに意気込んで描いたものの、絵が発売されるが早いか、版元が目を三角にして芳藤を怒鳴りつけにきた。言うには、一人の客が賢しらに『この絵には異国人が子供を背負っている図があるが、異国人はこういうことをする習慣はない。彼らは子供の自主独立を重んじるのだ』云々と講釈を垂れて去って行った、とか。おかげで恥をかいたじゃないかと頭ごなしに怒られたのであった。

「ああいう風にならないためにも、ね」

「はあ、まあそうなんですがね」

また振り返ったお吉は、ふふ、と忍び笑いをした。

「全然納得していないわね。知ってた？　芳藤さん、納得できないことがあると、頰がひきつるの」

慌てて芳藤は頰を叩いた。

「そんなことはないですよ。国芳一門の惣領に異論を差し挟むなんざ、弟子筋には考えられない——」

「そっか。わたしの言うことを聞くのは、わたしが国芳の娘だから、か」

はっとした。振り返ったお吉が、泣き顔にも似た顔をこちらに向けたからだ。だが、すぐに緩やかな笑みを浮かべて前を向いてしまった。

「さあ、墓参りに行きましょうか。おっ父と、うちの旦那の墓参りに」

お吉はまたすたすたと歩き出した。

上野の戦争が終わってしばらくのこと。お吉の旦那が死んだと知らせがあった。体が悪いとは聞いていたが、命を奪うほど重篤だったとは思ってもみなかった。それまでお吉はそんなことをおくびにも出さずに国芳塾の面倒を見てくれていただけに、驚きは大きかった。

ねえ、お嬢さん、もう国芳塾のことはいいんですよ。

葬式が終わって弔問客への挨拶を一通り終えたお吉に、手伝いに入っていた芳藤は言った。お吉は充分すぎるほど国芳塾を守り立ててくれた。三十にもなっていないお嬢さんを国芳塾に縛りつけるわけには、という分別がようやく芳藤にも湧いてきたのであった。

お吉は首を横に振った。だって、それがわたしなんだからしょうがないじゃない。白装束のお吉は、まだ小さい子供の手を摑んだまま、余った手で胸を叩いた。

お嬢さんがそのおつもりならば――。あたしはこの人を支えよう。そう心に決めたのだ。

「ちょっとー、芳藤さん、何立ち止まってるの？　行きましょうよお」

いつの間にか、随分とお吉と距離が出来てしまった。

「はいな、今行きます」

慌てて芳藤はお吉の後を追った。

御一新だなんだと踏ん反り返っていても、牢の中にまで政府のご威光は届かないと見える。

芳藤はこれまで入ったことはないものの、おどろおどろしい噂の数々はよく耳にしていた。そして、通された牢の中は噂に聞いたままの光景が広がっていた。

牢の戸が開かれた瞬間、饐（す）えた臭いが冷たい風と共に吹き出してきた。腹の奥からせり上がってくる吐き気を無理やり抑え込みながら、獄吏に案内されるがまま中へと入った。並ぶ牢の中には囚人たちが鮨詰（すしづ）めに押し込まれている。粗末なぼろをまとうばかりの男たちが虚ろな目でこちらを見上げてくる。闇の中、ぎらぎらと光る無数の目に晒されると、狼のいる森の中に一人迷ってしまったかのような不安が胸に迫ってくる。背中に冷たい汗を感じながらしばらく進むと、獄吏はある牢を指した。

獄吏に礼を言うふりをして一分判を握らせる。すると獄吏は、暗がりの仕事のせいか血色の悪い顔を陰気に歪め、ちと厠(かわや)に行ってくるから神妙にしていろ、と言い遺して消えた。

今も昔も、役人の性質は変わらないものらしい。

案内された牢の奥に目を向ける。鮨詰めになっている町人牢とは違って畳敷きになっており、六畳ほどの牢座敷が一人に宛てがわれている。しかも、外壁に面していることもあって小さな窓から光が差し込んできている。武家と町人では牢にも待遇差があると聞いていたが、どうやら本当のことらしい。

と、牢座敷の真ん中に座る男がひょいと手を上げた。

「おお、来てくれたかい」

髪の毛も伸ばし放題、髭も伸ばし放題。そのくせ太鼓腹は健在のせいで、まるで達磨様のような威容を誇っている。筆を右手に持ち、粗末な半紙に何かを描き付けているのは——。

「とりあえず元気そうでよかった、狂斎」

牢の中にいるのは河鍋狂斎その人だ。そのむさい形(なり)が、逆に修行僧のような雰囲気を醸しているのが不思議といえば不思議だった。こんな蚤だらけの場なのに、恬としてまるで恥じるところがない。

今日の朝、国芳塾にある男がやってきた。

あくまで独り言だ――。そう前置きをしながらその男――獄吏は続けた。『狂斎は今、小伝馬の牢に入れられている。その狂斎が、差し入れを願っている』

獄吏は狂斎に買収されたのだろう。そんなことより、狂斎が牢に入っているという知らせは青天の霹靂であった。そうして取る物もとりあえず、金をかき集めて牢にまでやってきたのだった。

狂斎はといえば、芳藤などより余程のんびりとしたものだった。

「すまないなあ。こんなところにまで来てもらっちまって。出牢したらその時には埋め合わせするから平に許してくれい」

「いや、そんなことはどうでもいい。……家族はどうしたんだ。いないのか？」

普通こういう世話は家族がなすべきことで、わざわざ芳藤に頼むというのもおかしな話だった。

狂斎はその種明かしをした。

「うちの家族はみんな駿府……今は静岡って言うんだっけか？　まあそっちに行っちまったから」

御一新の際、徳川家はお取潰しになったわけではなく、駿府改め静岡に七十万石を与えられて国替えとなった。これに従った幕臣たちの中に、御家人であった狂斎の家族がいたということなのだろう。

納得はできた。だが、一つの納得がさらなる疑問を生む。

「なんで家族について行かなかった」

ははは。狂斎は笑った。

「そうだなあ、俺は徳川の侍じゃなく、絵師として身を立てたかったから、かねえ。実はよう、俺の実の師匠が山口に行っちまったんだ」

実の師匠——。狩野だろう。確か狂斎が入門していたのは、狩野宗家ではなくその下の格とされる駿河台(するがだい)狩野家だ。宗家と共に隆盛し、寺社の障壁画から町売りの絵まで広く手掛けていた。その狩野家が、山口に？

「縁があったとかで、山口で畑を耕していると。惣領殿が『筆を持つための手で鍬(くわ)を握るのは苦痛で仕方がない』とお手紙でぼやいていたっけな」

驚きを隠せない。宗家筋ではないとはいえ、あれほど栄えていた狩野家の惣領が、今は筆を折っているというのか。

「狩野宗家の中には、未だに意気軒昂にやっておられる人もいるよ。でも、驚いちまうぜ。それこそ御一新前には城の障壁画を描いていたようなお人が、今は町売りの掛軸を描いてるんだぜ？　宗家がそんな体(てい)だから、分家筋とか木っ端絵師は軒並み筆を折ってる。だから、俺は東京(ここ)に残ったんだ。結局、絵の仕事は東京にしかないからな」

そうだったか――。

目の前の男は、自ら属する狩野がそんな状況であるにも拘らず残ったということ、か。絵師として生きるために。

「まあ、俺は錦絵も描くからね。それなりに暮らしていけらあ」

「なぜ捕まった？」

「そうさねえ――」

狂斎は事の次第を話し始めた。

ある文人会へのお呼ばれがすべての始まりだった。文人会とはいうものの、取り澄ました歌やら戯作の批評やらはすぐに終わる。実際にはただの酒盛りで、こういう場で重宝がられるのは、長考の末に文をひり出す戯作者ではなく、即興を身上とする狂歌師であったり絵描きであったりする。

『ではでは先生、ここで一首！』

『いい句をおひねりになられた何某（なにがし）先生の似顔絵を！』

といった具合にだ。これを嫌う絵師も多いが、狂斎はこの手の座興を好むくちである。こんな短い時間でよい絵など描けるはずがない、と高をくっている奴らに豆鉄砲を食らわせることに、いかなる美酒にも代えがたい滋味（じみ）を覚えるのだ。

やがて、そのお鉢が回ってきた。

『では狂斎先生、何か一筆』

この日の酒宴は座が温まっていた。皆、どんな筋の悪い句が出ても屈託なく笑い合い、よい絵が出てくれれば拍手喝采を送る。その場の空気に酔ったまま、狂斎は大酒を飲みつつ大得意で筆を振るった。

しかし、そうして描いたものがまずかった。

「いやあ、三條実美(さねとみ)公を蛸(たこ)に、岩倉具視(ともみ)公を鮫に見立てたんだよ」

「それはまずかろうよ」

芳藤はため息をついた。

三條公と岩倉公といえば帝の側近中の側近だ。特に三條公は長州と共に徳川を向こうに回して戦った公卿だ。新政府の奴らからすれば、帝に次ぐ旗頭の一人だろう。

「んで、それが何でか外に漏れちまってねえ。軍人どもに引っ立てられちまったってわけだ」

「しかしなぜだ?」

「あの会にいた誰かが告げ口したのかもしれねえな」

蛸と鮫の絵を描き終わった時、我ながらいい出来だ、と太鼓腹を叩いた。しかし、場の反応は正反対で、皆、顔を青くしてその絵を見遣るばかりだった。どんどん場の空気が醒めていくのを察した気遣い屋が、他の文人に狂歌を催促することでようやく場の白けた空気が一掃され、狂斎の絵は忘れ去られた。

「いつから江戸は、こんなみみっちい町になっちまったのかね。あくまで上辺は。お上をあげつらうこともできなくなっちまったのかよ。しかも往来で喚き散らしたわけじゃなく、限られた人間しかいない屋敷の中での出来事をやかましく咎められたんじゃ敵わねえや」

人間、いつでもどこでも聖人君子でいられるものではない。誰も見ていないところで悪口を言い募りたいこともあろうし、心の奥底に貯まった毒を吐き出したくもなる。しかし、それすらも許されないというのはいささか杓子定規だし潔癖に過ぎる。

「しょうがねえ。そういう世の中になっちまったんだからな」

「そういうことだね」

息苦しいったらないね。ぼやこうとして止めた。これさえ、もしかしたらもう許されないことなのかもしれない。

馬鹿馬鹿しい世の中になったものだ。芳藤は首を振った。

と、狂斎は手元の紙に何かを書きつけ、牢越しに芳藤に突き付けた。

「決めたぜ。俺は今日この日を以て改名するぜ」

牢の薄闇の中、狂斎は不気味に笑った。それはまるで何かを企んでいるかのようで、寒くもないのに芳藤の体が震えた。

こほん、と幾次郎は咳払いをして、お猪口を掲げ立ち上がった。

「さて、このたびは、狂斎さん改め〝狂う〟って字から〝暁〟に変えて改名なすった暁斎さんの出牢祝いだ！　暁斎さん、お勤めご苦労さん」

「お、おう……」

どう反応していいやら、狂斎改め暁斎自身が困っている。それもそのはず、店の人間や客たちが一様にこちらに怪訝な目を向けてくる。芳藤が見返すと、皆顔を背けた。きっとこれでこの席に近づこうという者はいなくなるだろう。先ほどまでは話し声や食器の音でやかましかった店の中が、水を打ったように静かになった。

しかし当の幾次郎は何ら意に介する様子もなく、その場に座り込んで酒をあおった。

「いやあ、それにしても本当によかったぜ！　暁斎さんが五体満足で出てこれてよ。拷問でも食らって腕の一つも折られてたらどうしようかってな。このあと写真館に行こうと思ってるんだけどよ、まさか腕がブラブラの暁斎さんを写すわけにもいかねえしなァ」

店の雰囲気がさらにどんよりしてきた。

暁斎ですら、さすがに幾次郎の悪乗りに付き合うつもりはないらしい。ははは、と愛想笑いを浮かべた。

暁斎が釈放となったのは、捕まって四か月経った頃のことだった。芳藤の賄賂が効いたのか、そもそも罪自体が存在しなかったのか。突然、形ばかりの敲刑の後、暁斎は牢から出ることとなった。そんな間の抜けた出牢の日、牢内で決めた新たな名前――〝暁斎〟の名を皆々に披露したのだった。

己の画号を『狂う』から『暁る』に変えた暁斎の肚の内は芳藤にも計りかねた。あんな目に遭うのはもうこりごりだ、とも取れるし、所詮絵師は弾圧されて当たり前、と開き直っているようにも見える。この名の意味を語ることは一生あるまい。どちらにしても、本人からすれば忸怩たる改名だろう。

そんな暁斎は酒をちびちびやりながら、幾次郎の形を上から下まで眺めた。

「しばらく見ない間に、お前も随分形が変わったな」

「あ？　まあねえ。いつまでも着物なんざ着てられないよ」

幾次郎は、真っ白なシャツに黒っぽい細身のズボンを穿いている。とはいっても、すべて開化調に揃えるのは難しいようで、昔から馴染んでいる藍色の羽織をまとっており、頭の上にはしっかり髷がある。

中途半端な開化風。しかし、幾次郎には恥じるところはなかった。

「何、東京の町だってまだまだ新しいものと古いものがごったまぜになってるんだ。人間だってごったまぜで当たり前だろうによ」

正論だ。しかし、新しい側に思い切り舵(かじ)を切っている人間の台詞(せりふ)とも思えなかった。

と、店員が七輪に載った鍋を運んできた。

「お、待ってました」

暁斎一行を凶状持ちか何かと勘違いしているのだろう、年の頃十五ほどのいたいけな店員は、因縁をつけられないようにするためか目を泳がせ、鍋を座の真ん中に置いた。

割下の香りが鼻の奥をくすぐる。泥鰌鍋のような泥臭さはなく、代わりに、獣臭さがその白い湯気に混じっている。

嗅ぎつけない臭いに思わず芳藤は身をのけ反らす。どうやら暁斎もそうだったらしい。箸を持った手を口元にやって思い切り顔をしかめてみせた。

及び腰の二人のことを幾次郎は笑った。

「いけねえなあ、にいさん方。こりゃあ最新の食い物だ。さあさ、せっせと食ってくれよ」

芳藤は唾を呑んだ。決して飯前で唾が多いわけではない。むしろ口の中はカラカラに渇いている。これはいわゆる固唾(かたず)を呑む、というやつだ。

兄弟子の狼狽(うろた)えぶりを楽しそうに見ている幾次郎に内心むかつきを覚えながらも、芳藤は努めて冷静に言葉を選んだ。

「でも、平気なのか、牛の肉なんぞ食って。牛の肉とか乳を口にすると牛になるって聞いたぞ」

「いつの迷信だいそりゃ」幾次郎は楽しげに口角を上げた。「今時ァ帝だって牛乳とか牛肉をお召しだっていうぜ」

「そ、そりゃそうなんだが」

湯気を上げる割下に浮かぶ赤い肉が、火が通ったのか黒ずみ始めている。そんな鍋の上に脇の皿から刻み葱を落とした幾次郎は、顔を思い切りしかめた。

「ほれほれにいさん、これからは開化の時代だよ。俺たち浮世絵師だっていつまでも髷に着流しの男と女を描いているわけにはいかねえんだ。きっとこれからは、洋服に身を包んだ男と女を描くことも多くなるんだから、この機会にちょいと食ってみなよ。騙されたと思ってさ」

「しかし、この臭いが……」

牛舎のそれを薄めたような臭いが鼻についてしょうがない。

目の前の暁斎は納得いかぬと言いたげな顔をしながら、ゆっくりと箸を鍋に伸ばした。心なしか震える手で黒い肉と葱を拾い上げると皿に載せ、固唾を飲んでからその黒いものを口に近づけて、ほんのちょっと嚙み切った。

最初は明らかに不審げに顔を歪めていた暁斎だったが、やがて「む？」と首を傾げ、また肉を少し齧った。やがてその顔からは不安の色が消え、最後にはがつがつと肉をむさぼりはじめた。

「どうだい？」

幾次郎の問いに、肉を呑み込んだ暁斎は満面の笑みで応じた。

「いや、本当に美味いぞこれ。山鯨なんぞよりよっぽど食いやすい」

山鯨――猪よりも？

芳藤も鍋に手を伸ばして肉をつまみあげ、口に運ぶ。

「確かに……、不味くはない、か？」

割下で相当臭いが和らいでいるのだろう。口に運んで嚙み締めてみると、思いのほか臭いが気にならなかった。筋張っていて嚙むのが少し大変だが、嚙むたびに甘い肉汁が沁み出てくる。臭いを除けば、脂身の強い鮪の身のような感じだろうか。

とはいったものの、どうしても食いつけず、思わず芳藤は牛鍋と一緒に運ばれてきていた飯をかっ喰らった。だが――。

「なんだ、この米は」

普段食べている米とて虫のついた古米だ。しかし、この米のまずさは上を行く。もっちりとした感触はまるでなく、嚙み締めた瞬間に口の中の水気をすべて持って行かれ、じめじめした倉の中のようなかび臭さが鼻につく。なんだこれは、と箸で飯を拾い上げてみると、いつも食べている米よりも粒が長細い。これは――。

幾次郎が、けっけ、と笑う。

「南京米だよ、にいさん。舶来の米だ」

「舶来の米、か。やっぱり米は昔ながらのもののほうがいいな」

「古いねえ、にいさんは」

何を言うか。長い船旅でかび臭くなった米を有難がるのが文明開化だというなら、そんなもの糞食らえだ。芳藤は無言で飯椀を脇に置いた。

ようやく幾次郎のことを忘れたのか、活況が戻ってきた牛鍋屋を見渡す。家族連れ、若者二人、中年四人、老人の姿もある。ほんの五年ほど前まで獣肉はゲテモノ扱いだった。だというのに、皆『健康にいい』だの『美味い』だのと誉めそやして、かつて口に運ぶのをためらっていたものをありがたがって口に運んでいる。もちろん芳藤もその一人には違いないが、現金なもんだ、と嘆息せざるを得なかった。

そういやあ――。幾次郎は暁斎に酒を差す。

「暁斎さんはこれから開化絵とかやらねえのかい」

「開化絵？　なんだそれ」

「え、知らないのかよう。欧風になった東京の姿を描くんだよ。俺も仮名垣魯文先生の『西洋道中膝栗毛』で描かせてもらったんだけどよ。意外に楽しいんだな、これが」

仮名垣魯文といえば、江戸の頃からずっと一線で活躍している戯作者だ。その戯作者が江戸の風俗から東京に、そして世界に目を向けた戯作をものしたというのも、時代が変わったと突き付けられたような気がしてならなかったものだ。

へえ、あの先生がねえ。そうぼやくように口にした暁斎は、悪だくみするような顔を浮かべた。

「開化絵、か。悪くねェな。今度やってみようか」

「それがいいぜ。あんたならすぐできるようになるよ」

調子よく口にした幾次郎は、顎の下を撫でながらこう付け加えた。

「いやね、そろそろ新しいことをやろうって思ってるんだ」

「新しいこと？」

「ああ、詳しいことはまだ何も言えねえけど、面白いことになるぜ」

ふむ……。芳藤が目配せをすると、暁斎は幾次郎に見えないように、またか、とばかりに顔を曇らせた。幾次郎は絵師として名前が売れているのに、大言壮語の癖と新しもの好きの性分のせいで損をしているような気がしてならない。

しかし、幾次郎は壮語を止めない。

「正直、最近の版元連中のやる気のなさには嫌になるぜ。売れねえ売れねえってぼやくばっかりで、新しいことをしようなんて気がありゃしねえ。だったら、ってこっちが妙案を披露しても、『そんなもんできるはずはねえ』の一点張りだぜ。てめえの依っているところが泥船だって気づいてるなら、ちったァあがいてみろってんだ」

「おい、さすがに言い過ぎだ」

芳藤は割って入った。

噂通りだ。最近の幾次郎は生き急いでいる。絵師としての才能も研鑽の程も申し分ないというのに、『今や、版元と仕事をする時代は終わりなんだ』などと吹いては仕事を断っている。版元の中には『いつもの幾次郎の悪癖が出た』と笑って許している者もあるらしいが、一方で『金輪際あいつには仕事をくれてやらん』と怒っている者もあるという。

正直なところを言えば、芳藤の思いは版元の意見に近い。

版元と絵師、どっちが偉い。蔦屋重三郎（つたやじゅうざぶろう）と喜多川歌麿の昔から発されているなぞかけだ。版元が錦絵を企画してくれないと絵を出せないし、逆に絵師がいないとその企画が形になることはない。卵が先か鶏が先か、ならば持ちつ持たれつ、というのが実際のところだろう。

いつか、足を掬われなければいいが。そんな心中の心配をあえて口にすることなく、皿に残っていた葱を齧る。余りの辛さに目をしばたたかせているうちに、幾次郎の前、暁斎の横、つまりは鍋を挟んで対角に座っていながら一言も発せず、存在感すらほとんど消していた男の姿が目に入った。

芳年だ。墨色の着流しをまとっている。その着流しの色にも似たどす黒い気を辺りに振り撒きながら座る芳年は、煮えている牛肉に手を伸ばすことなく、肩を落として虚ろな目をしている。半開きになった口からは念仏のような独り言が漏れてきている。かすれていて、聞く此方側の心持ちをどんどん陰鬱にさせる性質のものだ。

愉しげに大言壮語を続ける幾次郎の脇をついた芳藤は、闇を背負う芳年を指した。

「おい、どうしたんだ、あれは」

「ああ、芳年かい。あいつを引っ張ってくるの、大変だったんだぜ」

「牢に入っていた俺より、よっぽどやつれているのはどうしたわけなんだ」

暁斎も加わって三人で肩を寄せ合いひそひそ話をしつつ、視線を向ける。芳年はそれに気づく様子もなく、あまりに深いため息をついてまた沈み込んでしまった。

「いや、それが、絵が描けなくなっちまったんだと……」

突然絵が描けなくなるというのは、どんな大絵師だろうが人気者だろうががかかる流行病だ。中には仕事を遅らせるな、と怒り出す版元もいるが、大抵は『まあ、麻疹みたいなものだからゆっくり休みな』と鷹揚に言ってくれる。しかし、周りの優しい労わりとは裏腹に、本人はこの世の終わりのような気分に苛まれるものだ。

幾次郎にしては小声に抑えている声を聞き取ったのか、芳年はこちらを向いて、あは、と力なく声を上げた。だが、目がまったく笑っていない。

「――絵の描けない月岡芳年なんて、どこにでもいる若造ですよあっはっは……」

「いや待て、お前、もう若造なんて歳でもねえだろう」

「じゃあ、どこにでもいる中年ですかい……。いずれにしても碌でもないですねェ」

あれ。そういえば、芳年は今年幾つになる？　疑問に駆られて幾次郎に聞くと、三十三になったという。

はあ。芳藤は驚きが隠せない。

「芳年も三十三か。もういい歳だな」

「俺は三十九だ」

そう幾次郎が言えば、暁斎が、

「俺は四十一だったかね」

と応じた。

嘘だろう……。芳藤は自分の年齢を指折り数えて慄然とする。もう四十四だ。いい歳にもほどがある。浮草稼業に身を置いていると自分の歳勘定を忘れてしまう。いつまでも三十くらいの気持ちでいただけに、己の重ねた歳を改めて突き付けられた格好になった。

芳藤の耳に、芳年の若い嘆きが突き刺さる。

「ああ、俺、このまま絵が描けずに死んじまうんでしょうか。駄目だあこりゃ……。せめて、爺になってから絵が描けなくなりゃあどんなによかったか」

爺になってから、か。悠長なことが言えるのが羨ましい。芳藤は心の内で毒づいた。芳年の発した言葉の裏には、爺になるまで仕事にあぶれることはない、という無意識の驕りがある。この浮草稼業、死ぬまで仕事を貰える人間など稀だ。それに、今後絵師がどうなるかなんて誰にもわからない昨今、危機感すらないのは、真の売れっ子の証拠だ。

しょうがない奴だ、と独り言ちてすっくと立ち上がると、芳藤は芳年の後ろに回って、沈み込む芳年の頭に拳骨の一撃を叩き込んだ。

「痛い！」

「活を入れておいたぞ」

涙で目を滲ませて振り返る芳年を一瞥して、芳藤は三和土に並べてある下駄を履いた。

「どこに行くんで」

「ああ、厠だよ」

ひらひらと手を振って、席を立った。

厠までの道すがら、なんとはなしに芳藤は考える。

芳年は一生絵師でいられることだろう。あれほどの人気絵師だ。人気だけではなく実力も折り紙つきとなればどの版元だって頼りにするだろうし、決して見捨てたりはしない。暁斎はどうか。あいつも奇矯なところはあるし今回の筆禍事件のせいで遠回りはするだろうが、狩野派を始めとして様々な画風を学んでいる強みがある。仕事さえ選ばなければどうとでもなるだろう。何だかんだで幾次郎とて実力に定評ある人気絵師だ。山師めいた物言いが敬遠されることもあるかもしれないが、よほどの悪手を打たない限りは絵師として生き残ることができるだろう。

翻って自分はどうだろう。

ねえ、師匠。ねえ、芳艶にいさん。芳藤はもうこの世にいない者たちの名を呼んだ。

きっとお前は、ずっと絵を描き続けるんだろうなあ。

そう芳艶は芳藤に言った。でも――。

「きっとあたしは、絵を描き続けることはできないんだろうなあ」

いつかどこかで、道が途切れる。二度と登ることのできない深い谷に落ち込んで、そのまま骸（むくろ）をさらすのだろう。そうして十年もすれば芳藤の名を覚えている者はなくなる。

「甲斐がないね」

自嘲気味に呟いて、芳藤は厠の戸を開いた。

土砂降りの涙雨が芳藤の番傘を濡らす。傘を傾けてやると、白装束姿のお吉が浮かない顔をしてちょこんと頭を下げた。

白装束の行列が雨に濡れるに任せたまま、店先で待っている。店の表口の周りには洟を啜り上げながら立ち尽くす棒手振りたちの姿があり、その後ろに近所の人たちや国芳一門――。幾次郎や暁斎が続いた。普段は場違いな大騒ぎを繰り広げては怒られている面々だが、今日に限っては沈痛な面持ちを顔に張り付けていた。

やがて、店の中から、担ぎ棒つきの棺桶を担いで男二人が出てきた。外で待っていた白装束の男たちが担ぎ棒を引き継ぐと、露払いの男がしゃんしゃんと鈴を鳴らし、しめやかに歩き始めた。

「華やかな、葬式ですなあ」

「……そうね。姉ちゃん、言ってたからなあ。『うちの人は派手好きだから』って。でも、まさかこんな行列を仕立てるなんて」

大樹様が城におわした頃にもあった慣習だが、憚りがあって昔はもっと慎ましいものだった。しかし、明治に入ってからはあまり煩くなくなって、お大尽は華やかな葬列を組むようになった。

大雨の雨音を破るように鳴り響く鈴の音や、多くの人々が加わって大蛇のように延びている葬列の姿は、生前のお鳥の姿とはまるでちぐはぐだった。あのお人には華があったが、決して目立つことは好きじゃなかった。『わたしは裏方が好きだから』と微笑んで、筆を洗っていたようなお人だ。

やがて、家族や親戚があらかた並び終えたのか、葬列が途切れた。

「参りましょう、お嬢さん」

「ええ」

お吉と共に葬列に連なる。

向こうからは、『お吉さんはお鳥の縁者なのだから、家族の列に加わってくれ』と要請があった。それをお吉は断った。『せっかくの申し出ですが、わたしは国芳一門の惣領。ご家族縁者の後ろに並ばせて頂きます』と。

国芳一門とはいっても、かつての勢いはない。お吉の後ろに続くのは、芳藤や幾次郎、暁斎を除けば数人だった。国芳から直接教わった絵師の多くは既に筆を折っているか死んでいるかで、もうここにはやってこない。それに、お吉が一門を率いてからというもの、国芳塾から絵師はほとんど出ていない。

寂しげな一門の葬列を見返して、ああ、とお吉は嘆息した。

「ごめんね、姉ちゃん……」

「何を謝るんです」芳藤は声を掛けた。「お嬢さんは充分すぎるほど手を尽くされてますよ」

「でも、でも……」

お吉は頑張っていた。午後に塾にやってきては弟子たちに絵を教えてやっていた。その説明ぶりは、あの国芳の娘とは思えないほどに丁寧で筋道の通ったもので、評判も決して悪くはなかった。実際、弟子の中には絵師として活躍できるだけの技術を身につけた者とてあったのだ。だが、絵を出してくれる版元がなかった。

誰が悪いわけじゃない。何が悪いわけじゃない。ただ、なりゆきのままにこうなってしまっただけだ。

お鳥お嬢さん、もしも向こうで師匠にお会いしたなら、伝えてはくれませんか。芳藤は番傘の縁から雨降りしきる空を見上げ心中で言葉を紡ぐ。こちらは随分変わっちまいましたよ、と。

と、ふいに後ろを歩く幾次郎が背中をつついてきた。

「ちょ、にいさん、あれ見ろよ」

「え？　あ、なんだ」

「あれあれ」

幾次郎が指を差した裏路地に目を凝らすと、そこに一人の男が立っているのに気づく。墨色の汚い着流し姿。裾が濡れるのも気にせず、右手に番傘を持ってこちらを——葬列を眺めている。その大きな目に何を映しているのだろう。しかし、番傘で影が差しているせいで、その男が何を思ってこちらを見ているのかまで見取ることはできなかった。

芳年だった。

お鳥の訃報は流したが、芳年が葬式に現れることはなかった。いろいろ思うところもあるのだろう、とあえて迎えに行くことはしなかった。

雨の中佇む芳年は、芳藤たちに気づいたのか、傘を投げ捨てて裏路地の奥へと駆け出していった。芳年が足を踏み出すたびに水音が立つ。しかし、それは激しく降り続く雨音にかき消されていく。やがて芳年の後ろ姿さえも、雨に隠れて見えなくなっていった。

芳年が立っていたところには、泥に汚れた傘が転がっている。

「おい芳年！　あの野郎、遅れてきやがって。そのくせ、逃げるたあどういう料簡だ。捕まえてくらあな。にいさん方、先行っててくれ」

腕をまくって葬列を飛び出そうとする幾次郎の肩を、芳藤が摑んだ。

「何だよにいさん」

「行かなくていい」

「なんで」

「察してやってくれ」

芳藤の思いを汲んだのか、不承不承ながら幾次郎は頷いた。

芳年とお鳥はすれ違ったままだった。

ことあるごとに芳藤もお鳥に釈明をしていた。あいつは変だけど決して悪い奴じゃない、あの時はたまたま酒を飲んでいたから変な振る舞いばっかりしちまったんだ、性根のまっすぐな奴なんだよ……。けれど、お鳥はその芳藤のとりなしに頷くことがないまま、死者の列に加わった。

芳年には物事を整理する時間が必要なのだろう。今のあいつの心の棚は色々なものが詰まり過ぎていて、本人ですら聞けなくなってしまっている。棚の中に新しいものを詰め込むだけの余裕が生まれてからお鳥さんの墓に参らせてやればいい。あいつの絵師としての人生は長いのだから。あたしとは違って。

芳藤は心中で自嘲気味にそう呟いた。


「助けてほしいんだい」

国芳塾にやってくるなり、樋口屋は三つ指ついて頭を下げてきた。

お吉は樋口屋の後ろ頭に皮肉を浴びせた。

「樋口屋さんのお願いはいつも無理難題だから困るんだけどねえ。で、仕事を出さずに今度はどんな面倒ごとを持ってきてくださったの」

「いや、そんなつもりはねえんだけど……。この前だって、芳藤さんに仕事を出したばっかりだしよお」

「また玩具絵でしょうが。そんなんでいいと思っているんですか」

お吉がいつになく樋口屋に突っかかっている。しょうがなく芳藤は二人の間に入った。

「まあまあ、あたしとしては仕事を貰えるだけで充分ですから……。で、樋口屋さん、何があったのか話しちゃくれませんかい」

苦り切ったという体の樋口屋は、すがるように芳藤に言い募った。

「それが……。芳年が家に引き籠っちまいまして」

「芳年が？　いつものことじゃないですかい。あいつは気が向けば外に出て、気が向かなけりゃ冬籠りの熊みたいに家の中にいる奴だ。気にすることたぁ……」

「ああ、だがよお」

樋口屋が口にしたのは、異様な芳年の行動だった。

何でも、芳年の長屋の前に行くと出入り口は縁台や盥、桶といったもので塞がれて、しかも入口の戸が釘で打ってしまってあるらしい。飯や水、便などは戸の下に開けられた猫一匹が通れる程度の穴を通じて、弟子が始末している。外から芳年に呼びかけても反応がなく、弟子にとりなしを頼んでも、『俺たちにもどうしようもないんです』と弱り切っているという。

お吉が、へえ、と声を上げる。

「天の岩戸みたいな話ね」

「それなら長屋の前で芸妓にでも踊ってもらえば解決するんだろうけども、そうはいかないのが今回の件なんですよ」ほとほと困り果てた顔を浮かべながら、樋口屋はこめかみのあたりを掻く。「芳年さんは特段女好きってわけでもなければ酒好きってわけでもない。あの人ァ絵を描くのが大好きで絵師になったようなお人だから、こっちとしても何の心配もしてなかったんですがね。その芳年さんが絵すら描かないとなると、さすがに空恐ろしくなってきちまって。ほとほと困ったたって版元皆で相談したら、『おめえなら何とかしてくれるんだろ』って押し付けられちまって。そこであたしがこうして出張って来たわけだ」

お吉がふん、と鼻を鳴らして腕を組んだ。

「それで、わたしたちにまた頼みに来たわけですか」

「め、面目ない」

樋口屋の安請け合いは今に始まったことじゃない。だが——。芳藤は頷いた。

「心配には違いない。あたしが行きましょう」

弟弟子が心配だという思いが先に立つ。

樋口屋は地獄の底で極楽への蔓（つる）を見つけたような顔をした。

「そいつァ助かる！　あの人ァ絵師の宝だ。こんなところで転ばすわけにはいかないんだ」

宝、か。また腹の虫が悪さをしている。しかし、理性で疼きを無理矢理押し込んで、うむ、と頷いた。

「んじゃあ、行ってきます」

「ええ、頼みます」

まったくお人よしなんだから。むくれながらも、最後には、しょうがないわねえ、と言いたげに柔和な顔を浮かべたお吉は、芳藤の胸を軽く叩いた。

「あの人もうちの一門、か。お願いしますね、芳藤さん」

「ええ。お任せくださいな」

芳藤は芳年の家へと向かった。国芳塾から奴の家まではそう遠くない。日本橋一帯は版元が集中しているために、人気絵師はこの辺りに居を求める。逆を言えば、人気のない絵師は家賃の高い日本橋を嫌ってどんどん郊外へと居を移す。本郷なんぞに居を構える芳藤などはその代表格だ。

表通りを嫌い、裏路地を進む。少しずつ西欧文明に塗り替えられている表通りとは違って、裏路地は昔の姿を残している。野良猫が足元をすり抜けて奥へと走っていく姿に視線を添わせれば、人がぎりぎりすれ違えるかどうかの狭い道で、子供たちがケンケン遊びや目隠し鬼をしている姿に出会う。そのさまは、ぺるりが黒船率いてやってくる前からあった光景に他ならなかった。

子供は変わらないねえ。

足を止めて、きゃっきゃと声を上げる子供たちを眺める。

芳藤の住んでいる長屋でよく鞠をついていた少女は、もういい娘さんになった。父親に似ず相当の別嬪で、新橋で洋服屋を営む若主人に見初(みそ)められて嫁に行った。今では洋服屋の看板おかみとして、スカートなる腰巻を揺らして生地を運ぶのが評判なのだという。

皆、自分たちが包(くる)まっていた産着(うぶぎ)のことなど忘れてしまう。やがては自分の身丈に合った服を誂(あつら)えるようになって、かつての産着を捨ててしまうのだ。そうやって顧みられなくなってしまう産着の一つに、玩具絵がある。

玩具絵は元より寿命が短い。鋏で切り取って組み立てる立版古のような趣向のものも多いから、役者絵や美人画などよりもはるかに残りが悪い。きっと、あと二十年もすれば、自分の作った玩具絵など一つ残らず屑籠行きになっているだろう。

仕方ないことじゃァないか。

そう言い聞かせても、もう一人の芳藤が聞いてくる。

いいのか、それで。お前は木っ端絵師なんぞを目指していたのか、と。

清長、歌麿、北斎に国芳。大絵師は名と共に多くの絵を残している。そんな大絵師の仲間入りをしたいという思いは常にある。けれど、もうその域には手が届かない。

しょうがない、わなあ。

いつの間にか、諦めることだけは大の得意になっている。

手前のことが嫌になる。力なく首を振った芳藤は、芳年の件を思い出した。子供たちから視線を外すと、また歩き出した。

そう歩かないうちに、芳年の長屋までやってきた。

長屋の様に芳藤は啞然とした。

「おーい芳年、このまま籠城してると燻されちまうぞー。早く出て来ーい。もうお前に逃げ場はねェぞ」

「うははは、芳年の燻し焼きか。そいつぁまずそうだ」

樋口屋に聞いた通り、芳年の長屋の出入り口前には盥や桶、縁台といったありあわせの道具で堤が作ってあった。確かにこの図はかなりの奇観だが、かねてより聞いていたことだ、驚くには値しない。唖然としてしまったのは、その堤の前に七輪を置き、小魚を焼いた煙を長屋の中にうちわで送り込まんとしている暁斎と、今にも崩れそうな堤に足をかけ、紙を丸めてあれこれと長屋に呼びかける幾次郎の姿だった。

四十がらみの男たちが何をしておるのやら。

ふとした折に、幾次郎が芳藤に気づいた。

「あ、にいさん。あんたも来たのか。いいところに来てくれた！　手伝ってくれよ」

「お前らな、何をしているのだ。悪ふざけか」

「いや。どんなになだめすかしても出てこないから、燻してやれば出てくるだろうと思って」

「はあ……」

文字通り頭を抱えた芳藤は、暁斎に向いて小魚を焼くのをやめさせた。すると、案外素直に暁斎は七輪の火を落として小魚の腹を食らい始めた。

「まあ、こんな手じゃ出てこねえとは思っていたんだけどよ」

「じゃあどうしてこんなことを」

「暇だったから」

こいつらは……。こんな奴らが兄弟子では、確かに気が滅入るだろう。しょうがない連中だ。痛くなってきた頭を抱えていると、そんな芳藤に話しかけてくる者があった。

「芳藤先生。ご無沙汰しております」
「む? おや、あんたは――」
若者の顔に見覚えがあった。上野戦争の折、芳年の背中に隠れつつ上野山に登ってい
た弟子の一人だ。おどおどと現れたその弟子は、幾次郎たちの姿に少し怯えながらも、
手で衝立を作り、小さな声を発した。
「師匠を助けて差し上げて下さい」
「何があった」
「それが――」
芳年の弟子の言うところはこうだ。
元々、仕事が手につかないと一年ほど悩んでいた。それでも何とか最低限食っていけ
るだけのものは仕上げることができていたものの、一月ほど前から懊悩が深くなり、絵
筆が執れなくなった。それまでは部屋の隅に文机を置いて日がな座っているだけだった
のに、ある日を境に文机に頭を何度もぶつけるようになった。額から血が流れてもやめ
ようとしない。慌てて弟子が羽交い絞めすると、『止めてくれるな、俺は頭を砕いて死
ぬんだ』と言って聞かない。弟子たちの制止もあって自傷はしなくなったものの、日に
日に芳年からは生気が抜けていった。家にやってきた髪結いを追い出し、何日も湯屋に
足を向けず、頬に垢がたまって顔が白っぽくなった。そんな日々が十日ほど続いたある
日、目の焦点が定かならぬ芳年はこう宣言するに至った。

『俺は仙人になる』

芳年の決心は固かった。出入り口の戸を内側から釘で打って塞ぎ、弟子に版元が来ても取り次がぬように命じた。

「そして今、この塩梅なんです」

弟子の顔には、ほとほと困った、と、本音が太字で書いてある。

「なるほど……」

どうもあれは線が細いところがある。

話を聞いていて、あることに思いが至った。

芳年の身に劇的な変化があったのが一月前だという。それまではただ鬱々としているだけだったものが、自らの体を傷つけるようになった。その頃何があったのか芳藤は知っている。お鳥の葬式だ。

どうしたものか。思案に暮れる。と——。

さっきまでふざけ半分に魚を炙って食っていた暁斎が、ごろごろと何かを引きずりながら戻ってきた。長い柄の先に、樽の形をした打撃面がくっついている。

「おい、なんでそんなもんを持ってきたんだ」

「あん？ そこの大工から借りたんでえ」

「いや、どこから持ってきたのかなど聞いてないよ。なんでそんな木槌をと聞いてるんだ」

ただの木槌ではない。頭の円周が大人一抱え分はあろうかという大木槌だ。大きな杭を地面に打ったり、古くなった家の土壁を破ったりするためのものだ。

まさか……。芳藤の脳裏に嫌な予感が芽生える。

その手の予感はよく的中するから性質(たち)が悪い。

暁斎はふらつきながらも大木槌を背負い、大きく振りかぶって芳年の家の壁に振るった。土壁をも粉砕する木槌だ。貧乏長屋の板壁など軽く破ってしまう。板壁は悲鳴を上げて爆(は)ぜ、鼠(ねずみ)が通れるほどの穴ができた。それでも足りぬとばかりに、暁斎は大木槌を大きく振りかぶる。

「おい暁斎……お前、何をする気」

止めることができなかった。暁斎は、まるで国芳師匠の武者絵のようだった。己の信ずるがままに、ただただ一点を見据えて槌を振るう。その様が武者絵を彷彿とさせたのかもしれない。もっとも、武者絵のように格好いい場面ではないのだが。

暁斎が大木槌を何度か振るうと、人の潜れる穴となった。

「よっしゃあ」

大木槌を無造作に投げ捨てて、どんなもんだいと手を叩いた暁斎は、その急ごしらえの入口から中に入った。芳藤たちも慌ててその後に続く。

穴をくぐった瞬間、強烈な臭いが鼻をついた。慌てて鼻を塞ぐが遅かった。一か月洗っていない枕表の臭いを千倍も強くしたような臭い。獣の巣のようなそれが中には満ちていた。

戸や採光窓といったものはすべて内側から塞がれてしまっているゆえに、出入り口の戸から差し込んでくる光を頼りに進むしかない。まだらに落ちる日だまりが、散乱している錦絵や絵草子を浮かび上がらせる。

「おい、芳年？　どこにいる？」

闇の中、芳藤は声を掛ける。しかし反応はない。

ようやく闇の中、目が慣れてきた。と――。大部屋の隅、文机の前で、何かが蠢いているのに気づいた。

「芳年？」

呼びかける。するとそれはびくりと体を震わせた。

「芳年だろう。何とか言ったらどうだ」

「……へえ」

絞り出すような声で、ようやく口にしたのはそんな言葉だった。

と、芳藤の後ろについていた幾次郎が舌を鳴らして前に躍り出て、奥で蠢いているそれに蹴りを食らわした。闇の中蠢いていたそれは、指で弾かれた団子虫のように床に転がった。

「おい芳年てめえ、何してやがるんだよ！　暁斎さんとか芳藤にいさんに手間取らせるんじゃねえ」

「待て幾次郎！」

制止しても幾次郎は止まらない。何度も何度もそれを蹴り上げる。

「……堪忍してください、堪忍してください」

「馬鹿野郎が」

力んだ蹴りは外れ、幾次郎は勢い余って床に尻餅をついた。そんな様を眺めながら、暁斎は戸や窓に打ち付けられている板を釘抜きで外しにかかっていた。

「おいおい、それくらいにしておけよ。殴る蹴るしたってどうしようもねえ」

「でもよう……」

「おめえの怒りはごもっとも。でも、ちと的外れだと思うぜ」

幾次郎は下を向いてしまった。前後して暁斎の働きのおかげで、長屋の中に光が差し、ぼろ布をまとって肩を震わせる男の姿、その近くで尻餅をついて下を向いている幾次郎の姿も露わになった。締め切られていた戸を暁斎は淡々と開いていく。やがて、猪の寝床のような悪臭は戸から入り込む外の風のおかげで幾分か払われた。暁斎は床に散乱する錦絵や戯作を足で払い、この部屋の主――芳年の前に腰を下ろした。

「おい芳年。迎えに来たぜ。顔出しな」

「……怖いんですよ」

「何が」

「…………」

黙りこくってしまった。だが、はん、と鼻を鳴らして暁斎は続けた。

「大体おめえのことはわかるぜ。おめえの悩みなんざ、ここにいる兄弟子たちはみぃんな通った道だからな。絵が描けなくなっちまった。あがいてもあがいてもいい絵が描けねえ。焦って描き散らかしてもうまくいかねえ。そのうち、俺には才能がねえんじゃねえかと悩み始める。心の中の糸がプッツンと切れちまって、なんもかんも描く気が失せちまった。そんなところじゃないかい」

芳年は何も答えず、ただぼろ布を被って震えているばかりだった。暁斎は優しい声で続ける。傍から見ている者からすれば、何度も芳年を蹴り上げた幾次郎などよりもよほど暁斎のほうが残酷に映る。暁斎がやっているのは、芳年の心に焼きごてを当てるが如きことだ。

「いいじゃねえか。しばらく絵筆から離れろよ。旅にでも行ってこい。そうすりゃ、また絵も描きたくなるだろうよ」

と、ぼろ布の蓑虫(みのむし)と化していた芳年が、突如としてその殻から飛び出してきた。髭も伸び放題、髪の毛を振り乱した地獄の悪鬼のような風貌の芳年は、その細い腕で暁斎の襟を思い切り摑んだ。

「俺の気持ちなんてわかりませんよ！　あなたの言うことは的外れだ」

「なんだと？」

「怖くなっちまったんですよ、俺ァ」

「どういうこった」

そこからは高きところから低きところに水が流れるが如く、まるで堰が切れたように、芳年はまくしたて始めた。

「だって、浮世絵は滅びますよ、そのうち。だって見てくださいよ。今は猫も杓子も西欧文明を取り入れましょう、って歌ってる。町を歩けば洋服を着た男女が歩いてる。道を行けば慶応の頃にはなかった電信柱が立ってる。そこには武者絵なんてもんが残る余地なんてありゃしませんよ」

「考え過ぎだよ。それァ」

「考え過ぎなんかじゃない。俺にァ見えたんですよ。俺ぁ武者絵の芳年なのに、武者絵に先はないって。そうしたら、怖くなっちまった。俺はずっと絵ばっかり描いてきた。絵しかないんです。絵が駄目になったら野垂れ死ぬのが定めなんでさァ……」

歯が噛み合っていないのか、口から鋭い音を立てる芳年を見下ろしながら、芳藤も芳年の言葉の意味するものを反芻していた。

それこそ、芳年や幾次郎、暁斎といった名物絵師たちのおかげで浮世絵は保っているようには見える。だが、この業界に長くいる芳藤は、確かな変化にも気づいている。

未だに芳年たちが先頭を走っていることが、大きな変化の一つだ。

芳年たちが人気絵師に上って十年は過ぎた。もちろん息の長い絵師は昔からたくさんいた。しかし、その人気には浮き沈みがあるし、流行絵師の地位は常に色んな絵師が奪い合っていた。だが、今は違う。芳年たちが手にした地位は誰にも奪われないまま、今に至っているように見える。芳年たちのあとに台頭した新人がいないということに他ならない。

今はさながら、長い夕暮れの中にあるのかもしれない。

芳年たちが人気のあるうちはいい。しかし、その後には……。そう、何も残らない。いや、もしかしたら破局はもっと早くやってくるかもしれない。欧化の波が東京を呑み込み、その跡地から西欧の紛い物のような町が生まれた時、果たして浮世絵は顧みられるのだろうか。欧化の波に押し流されて、忘却の海底(うみぞこ)に引きずり込まれてしまうのではないか。そんな予感をぬぐう材料はどこにもない。

だが。

芳藤の心中に、怒りじみた気持ちが湧いた。

「おい、芳年。お前は『怖くなった』って言ったな」

「……へえ」

「当たり前のことだろう。あたしたち絵師ってのは、いつだって絵を描くのが怖いのさ。明日から絵の仕事が来なくなるかもしれない、あたしの絵が世間から飽きられちまうかもしれない、突然版元が潰れちまうかもしれない、絵師に向いちゃいないのかもしれない。それでも描き続けるのが絵師ってもんだろう」

「でも」

「お前はずっと人気絵師だったから、不安も何もなくいただろうよ。でも、絵師のほとんどは不安なんだよ」

ちゃんちゃらおかしい。それが芳藤の本音だった。いつお役御免になるか戦々恐々としながらずっと絵師をやってきた芳藤からすれば、芳年の悩みなど、とうの昔に通り過ぎたものだ。

絵師は絵師としてしか生きられない。けれど、一生を絵に捧げることができる人間などそういない。絵師として生きたければ、何がなんでも絵にしがみつくしかない。たとえ己の筆先で描かれるものが、他の絵師から見劣りする屑ばかりだとしても。

芳藤は紙を所望した。しかし、芳年は反応すらしなかった。仕方なく、その辺にちらばっている反故紙を拾い上げ、腰からぶら下げる矢立の筆を引き抜いた。

頭の中に描いた光景をさらさらと絵に描きつけて、目の前に掲げた。この日も、筆先の光景が頭の構想を超えることはなかった。

「ほらよ。絵師はどんな時代でも、筆さえあれば描いていけるんだ」

その絵に目を向けた暁斎は、呵々と笑った。

「へえ、いい画題だ。今度俺も使ってみるかな」

芳藤が描いたのは、電信柱の上で鳴く雀の絵だった。鳥の絵といえば梢に止まっているのが相場だ。けれど、あえてそうせず文明開化の象徴である電信柱を描いて見せた。

目をしばたたかせる芳年に、芳藤は己の絵を突き出した。

「絵が描けねえってえのは、きっとお前の中で色んなものがもつれ合っているからだ。まずは芳年、お前の心の棚をきれいに掃除しな。そうすりゃあ、お前がこうして立ち止まらざるを得なかった理由もわかる。——その掃除が終わったら、一緒にお鳥お嬢さんの墓参りにでも行こうじゃないか」

「あ、あ……。お鳥さん……」

芳年はぽろぽろと大粒の涙を流した。流れ落ちる涙を拭こうともせず、呆然とその場に座っているばかりだった。けれど、心が少しずつ解け始めた。その兆しは確かにある。

「お鳥お嬢さんのいない世の中でも、おめえは絵を描かなくちゃならない。だって、それが絵師なんだからねえ」

老人になった浦島太郎は鶴となって飛んでいった、という。だが、電信柱の上で江戸を懐かしむ鳥たちも、そして絵師もまた、世をはかなんでここから逃げ出すことはできない。反吐が出そうになるほどに変わりゆくこの場所で、ふらつきながらもやっていくしかない。

「お鳥さん、お鳥さん……」

芳藤はゆっくりと立ち上がり、暁斎の開けた穴から表に出た。その時、男の慟哭が確かに芳藤の耳に入った。

俄雨の後は必ず綺麗に晴れ渡る。それが世の摂理というものだ。そう自らに言い聞かせながら、芳藤は長屋を後にした。

「そうかい、芳年さんがねえ。よかったじゃないかい」

お清は我がことのように喜んで相好を崩した。しかし、続いて心配を挟むのがお清らしい。

「大丈夫かねえ。本当に立ち直れるのかしらん」

「立ち直れるさ」

「なんでそう思うんだい」

「あいつは、なんだかんだで絵師だもの。絵師は筆さえあればやり直せるもんなのさ」

「へえ、そんなもんかねえ」

お清は首を傾げた。

これは芳藤の実感ではなく、国芳師匠の受け売りだ。絵師は筆一本あれば腹が膨れるし、心の貧しさも払いのけることができるんだ、と。もっとも、未だにその言葉は腑に落ちていない。売れっ子ならば筆一本で腹を満たすことはできるだろう。けれど、心まで満たすことはできないのではないか。あの師匠の言葉だ。理解できないとすればきっとこちらの修業が足りないだけだ。とすれば、芳年ならば、いつか心の貧しさまで筆で払うことのできる絵師となることだろう、そんな気がした。

一方で、芳年があの時に放った言葉が、未だに芳藤に刺さっている。

『浮世絵は滅びますよ』

帰り道、暁斎も幾次郎も、一様に下を向いていた。芳年が立ち直ったのだから祝杯でも挙げればいいところ、いつもなら酒席の言い出しっぺになる暁斎も地面を睨んで口を真一文字に結んでいるばかりだったし、その暁斎に乗っかってやんやと騒ぐ幾次郎もそっぽを向いて苦々しい顔を浮かべるばかりだった。

あの芳年の言葉は、絵師の心の奥底に眠っている不安を引きずり出すものだったのだろう。

と、目の前のお清が、呆れ半分に腰に手をやった。

「あんた、何かあったのかい」

「む？」

「あれほど開化絵を描くのを嫌がっていたあんたが、どういう風の吹き回しかと思って」

お清は、文机の上に載っている絵に目を落とした。未完成のその絵は、確かに西洋の文物が描かれている。けれど、これは開化絵ではない。

「これは戯画だよ」

「って言っても、石鹼(せっけん)とかランプとか郵便とか人力車とかが描いてあるじゃないか。だったら開化絵ってことでいいんじゃないのかい」

「よく見ろい。糠とか行燈(あんどん)とか飛脚に駕籠も描いてあるだろうよ」

「ああ、なるほどねえ」お清は手を打った。「古いものと新しいものを戦わせるってェ趣向なのね。それで戯画」

この絵に描かれている文物は、頭がその文物になっており、その下に人間の体がくっついている。昔からあったものは着物や脚絆、鎧などをまとっているのに対し、西欧舶来の品は異国情緒あふれた服に身を包んでいる。そして、それらの人々がおのおの武器を手にして合戦しているという体のものだ。

洋服を着た郵便は「おめえの仕事を寄越しやがれ」と鎧姿の飛脚に迫り、やはり洋服姿の人力車は着物姿の駕籠を一方的に追い立てている。一方で浮世絵と写真は鎬を削り合ういい勝負をしているし、日本米と南京米に至っては、日本米が南京米を思い切り投げ飛ばしている。この様は、日本に流入してきた異国の品と昔からあった文物の対立と、その勝ち負けの様子を反映させている。

「面白い絵ねえ」

「おうよ。こいつぁ当たる気がするよ」

玩具絵としての受注ではない。大して期待されていない分、版元側もくどくどとうるさいことを言ってこない。だからこそ新機軸を打ち出すこともできる。これなどはまさにその代表だ。文物が入れ替わりつつあるこの時代の様を茶化して描いてやれば、大人が食いつくだろうという予感があった。

「売れるといいねえ」

「ああ。何がなんでも仕上げるよ」

「そうかい。じゃあ、頑張ってくんな」

本当によくできた女房だ。表に出ていくお清の後ろ姿を見送りながら、芳藤は小さく呟く。

もっと楽をさせてやりたい。そう心の内で呟きながら、芳藤は部屋の隅に置かれた箱の山に目を向けた。あれは最近お清が始めた内職だ。『いや、わたしの散財癖のせいでやらなくちゃならなくなったんだよ』と冗談めかして言っていたが、お清の半衿のくたびれ具合を見れば、そんな言は誰も信じないことだろう。生活が苦しい。けれど、それをおくびにも出さずに明るく振る舞ってくれる。

お清に頭を下げた。芳藤は、絵皿を引き寄せた。今日は、この絵に色を塗り込む。

昔は顔料に膠（にかわ）を混ぜて絵の具としたものだ。膠には独特の臭みがあっていちいち難儀していたものだが、今ではその苦労もなくなった。西洋から入ってきた絵の具は日本のそれと比べても発色がよく、膠を混ぜる面倒な工程がない分楽だ。絵皿の上で顔料と水を混ぜて絵の具を作り、その筆先で色を絵に落としていく。

色を付ける作業は一等気を遣う。

いくらいい線画を描いても、ここでちょっとでもしくじるとすべての努力が水の泡だ。中には線画を数枚作ってから取り掛かる絵師がいるくらいだが、芳藤はそんな手は取っていない。絵というのは構想から線画、線画から着色まですべての工程が一直線だ。一つの工程を抜き出して云々してもしょうがない。

細筆でこまごまと色を落としていると——。

「おい、芳藤さんいるかい」

顔を上げると、そこには青い顔をした大家が立っていた。

「どうしたんですかい、確かここの家賃はもう——」

「違う！　お内儀の様子がおかしいぞ」

「え、お清が？」

慌てて立ち上がり、大家に引っ張られるがまま、長屋の井戸へと向かった。

そこには小さな人だかりができていた。長屋のお内儀たちが盥を手におろおろとしている中、片手を井戸の縁にかけ、もう一方の手で口を塞ぎながら屈み込んでいるお清の姿があった。見れば顔面蒼白で、奥歯を鳴らして震えている。

「どうしたお清！」

「ああ、あんた……。忙しいのにごめんねえ」

「そんなことはどうでもいい」お清の背中をさすりながら、芳藤はお内儀連中に頭を下げる。「うちのが迷惑かけちまってすみませんね。何があったんですかい」

お内儀の一人が言うには、いつものように井戸端で噂話に花を咲かせていると、突然お清がその場にへたり込み、動けなくなってしまったのだという。

調子が悪いなら言えばいいんだ、そう口にしかけて、お清が気を遣っていたことに気付いて何も言えなくなってしまった。

「お清、動けるか」

「う、うん、なんとか」

「じゃあ、家に戻ろうかい。――お騒がせしました」

　大家やお内儀連中に頭を下げると、芳藤はお清を肩に背負った。触れる腕は少し熱っぽい。風邪でも引いているのかもしれない。長屋に戻ると布団を敷いてやり、その上にお清を寝かした。

「体の具合が悪かったのか」

「ごめんねえ」

「なんで謝るんだぃ」

「――だって、あんたの仕事に迷惑かけちゃう」

「馬鹿を言いない。女房の具合が悪い時くらい、仕事なんざ休みゃいいんだ。締め切りだってそんなに押しちゃいない」

　とうの昔に締め切りは破っているものの、気づかぬふりをした。

　病気の妻に何をすればいいのだろう、とりあえず、手ぬぐいを水に浸して額に載せてやるべきだろうか、粥でもこしらえてやるべきだろうか、そもそも米櫃はどこにある？というところまで腕を組んで考えていると、ふいにお清が声を上げた。

「ねえ、あんた」

「ん？　待ってろ、今手ぬぐいを用意するから」

「そうじゃなくって」

「どうした？」

するとお清は、頬のあたりを指でかきながらぽつりと言った。

「二月前から、月のものがないんだよ」

月のものがない？　二月も？　その言葉の意味に気づくのに、しばしの時を要した。

それはつまるところ……。

芳藤は恐る恐る訊いた。

「子供ができたのかい？」

青い顔ながら、満足げな顔でお清は頷いた。

「そうか、そうなのか。あたしに子供ができたのか」

子供はずっと好きだった。ずっと欲しいと願っていた。でももうこの歳だ、きっと子供には縁がなかったのだろうと諦め、夫婦の間でその話題を避けていただけに、内から湧き上がってくる喜びにただただ打ち震えるばかりだった。

「そうか、なら、なお一層頑張るよ。その腹の子供のためにも、立派な絵師になる」

芳藤はお清の手を強く握った。するとお清が、現金な人、と青い顔をしながらも楽しげに口角を上げた。

頼まれていた原画を差し出すと、樋口屋はおお、と唸ってその絵を日に透かした。帳台の前に座り、顎に手をやりながら片目を閉じて、まじまじと線の一本一本をなぞるように見ていく。やがて、うん、と頷いて頭を下げた。

「相変わらずいい仕事だねえ。いや、いつにも増して丁寧な仕事だよ。こんなに力を入れてもらって申し訳ない気持ちでいっぱいだよ」

「ああ。絵は絵師が死んでも残るからね。何が何でも丁寧に描かせてもらったよ」

半ば皮肉だが、樋口屋は気づかなかった。いや、気づかないふりをしているのかもしれない。

「……その心意気が若手の絵師どもにありゃあねえ」

はあ、と息をついて、樋口屋は自分の店を見渡した。その仕草につられるように芳藤も店に並ぶ絵に目を向ける。人気絵師の筆運びや構図は確かに美しく面白いが、名前も知らない新人たちのものは、どこかで見た絵の焼き直しでしかなく、見ていてあまり心躍るものではない。

それに。芳藤は顔をしかめる。

「樋口屋さん、最近、店先が真っ赤っかで目がチカチカしていけないよ。どうにかならないのかい」

ここのところとみに赤い配色の絵が増えてきた。しかもべったりとした朱色で、さながら古い血飛沫（ちしぶき）の跡を見るようだ。

幕末の手前頃、ベロ藍が流行ったことがあった。かの大絵師・葛飾北斎が『富嶽三十六景』でも採用したあのあまりに鮮やかな藍は、やがて色んな絵師や版元を取り込んで江戸中を席巻した。しかし、昨今の赤の流行がそういう性質のものでないことは、芳藤とて気づいている。

樋口屋は恐縮したように頭を下げた。

「しょうがねえんだよ。そうでもしないと安く絵を売れないんだ」

あの赤は、おおっぴらに国が開かれた明治の御世になってから異国より紹介されたもので、薬品を調合して作る安物らしい。経費を減らしたい一心で色味を赤くしてしまえと指示する版元も多いと聞く。その結果、絵師の指定を無視した下品で小汚い赤が配された絵ばかりが版元に並ぶ形になる。貧すれば鈍するとはまさにこのことだ。

芳藤は顔をしかめる。

「みみっちい話だなァ」

「ああ。そうだよ。でもね、あたしたちはそういう商売をしなくっちゃならないんだよ。じゃないと、あたしたちはおまんま食い上げちまうし、絵師さん方に支払うものもなくなっちまうからね」

樋口屋は帳台の下から紙包みを取り出して、芳藤の手に握らせた。目方がいつもよりかなり重い。どうしたわけだろう、と聞くと、樋口屋はその理由を教えてくれた。

「ああ、芳年さんがようやく絵を描いてくれるようになって」

芳年が。よかった。心からそう思えたことが嬉しかった。

うんうん、と樋口屋は頷いた。

「あんたが芳年さんのところに行ってくれてしばらくしてから、芳年さんが頭を下げてきたんですよ。『これまで我儘言ってすみませんでした。受けていた仕事は全部やっちまいますんで許してください』って。今じゃあどこの版元の仕事も溜めずにこなしているみたいだ」

どうやらあいつは、新しい時代に生きるつもりになってくれたようだ。

「それにしても、一体どんなまじないを使ったんですかい」

「さあて、なんだろうねえ」

ふふ、と芳藤は笑った。

樋口屋はその話にこれ以上深入りすることはなかった。そういえば、とやけにぎこちなく前置きした樋口屋は、こんなものご存じですかい、とあるものを差し出してきた。

当世流行の新聞だった。西欧では昔から根付いているらしく、日本でも横浜あたりなら随分前から出回っていたという。店に来た客に売るのではなく契約をした客に毎日配達するものだとは聞いている。面倒には違いないが、毎日売れるのだから食いっぱぐれのない商品なのかもしれない。

「これがどうしたんだい」

「ここ、見とくれよ」

東京日日新聞、と名のついた新聞の創刊号らしい。発起人や協力者の名前がずらずらと並んでいる。そんな中に、見慣れた名前があった。

「え？　〝落合幾次郎〟だと？　まさか」

「そう。あの幾次郎さんが参加してるんだよ」

あいつ……。芳藤は、いつぞやの牛鍋屋でのやり取りを思い出していた。確かあの時、幾次郎は新しいことに手を出すと匂わせていた。それが新聞事業だったということだろう。

樋口屋のご機嫌は斜めだった。

「あたしは反対だよ。この新聞の発起人の条野採菊ってェのが嫌な野郎でね」

条野は、仮名垣魯文などとも付き合いがある版元兼戯作者なのだという。戯作者の趣味に御追従したような企画ばかり出すというので業界内では嘲って見られがちで、今回の件でさらに評判を落としたという。

「おかげで、幾次郎さんは条野さんとこの専属になっちまったからね」

「幾次郎、仕事を断ったのかい」

「いや、そこまで強くは言われていない。でも、忙しくて依頼に応えられねえ、って言われちまった人は多いみたいだ。結局は、条野さんところの専属になっちまったのと変わらないよ」

「へえ、そんなに新聞てぇのは忙しいのかい」

「ああ、新聞ってェのは毎日出すからね。んで、幾次郎さんはその挿絵を描くんだろうから。そりゃあ目が飛び出るほど忙しいだろうよ」

絵師の多忙は誉れだ。幾次郎の選んだ道は決して絵師の側から非難できる性質のものではなかった。

ふいに樋口屋は、また話の方向を変えた。この男はどうにも噂好きだ。

「なあ、知ってるかい。今年の閏十二月がなくなるんだと」

明治五年。これまでの暦だと、十二月の後ろに閏月が差し込まれるはずだった。かねてより採用されていた太陰太陽暦が実際の季節の移ろいとずれがあるからで、時折そうやって帳尻を合わせている。しかし、西欧で採用されている閏月のない暦を用いる、と政府が言い出したらしい。

「ああ、聞いたよ。なんでも急な話過ぎて、暦を作っている版元が大損を食らったって」

「ああ。知り合いにもいるんだけど、どいつも泣いてるよ。これだから政府は、って怒ってもいるな」

「だろうね」

太陰太陽暦を廃止して諸外国の用いる太陽暦に切り替える――。もしこの命令が一月頭で、来年からそうするというのなら混乱はなかったのかもしれない。しかし、政府からその命令が出たのは十一月、そして施行は一月後だ。いくらなんでも急すぎる。どこの暦業者も来年用の暦を刷り始めていたものの、全面的な改訂を余儀なくされている。

急遽新版を刷らなくてはならない一方、改訂前の暦は廃棄せざるを得ないだろう、とは樋口屋の言だ。

「そんな非道い話が通るのかい」

「まあ、暦ぃ作ってる版元の中には政府の役人にこの不始末の責任を認めさせよう、んで何かしらの便宜を引き出そうってェ向きもあるみたいだけど、どうかねえ。大虎相手に評定仕掛けたら頭嚙まれて御陀仏、ってェのが関の山なんじゃないかね」

「かも、しれないねえ」

すべてが変わってしまった。

どんどん、風向きが悪くなっている。

けど。踏ん張らなくちゃならない。なにせ、子ができるんだから。

一人心を新たにしていると、店先に親子連れがやってきた。

「いらっしゃい」

樋口屋は先ほどまでのしかめ面から、一気に商売人の面に替わる。版元は職人に見せる鬼の顔と、客に見せる仏様の顔を使い分けなくては務まらない稼業だ。さすがは樋口屋、その切り替えは誰よりも達者だ。

「なにかお探しのものはありますかい」

母親は何も言わずに子供を促している。どうやら子供の遊び物を買いに来たらしい。おどおどと母親の手を握っていた年の頃三歳の子供は、樋口屋の導きで玩具絵が置かれた棚の前にやってきた。

「ほら、これは鋏で切ってやって組み立てるとお店ができる、ってえ立版古だよ。んで、この絵は大名行列を……」

樋口屋が丁寧に説明しても、子供は心ここに在らずだった。ぽかんとした顔をして、玩具絵をつまらなそうに見ている。

子供は玩具絵ではない、ある絵の前でふと目を止めた。

「母ちゃん、これがいい」

「え、これかい？」

子供が差したのは玩具絵ではなかった。玩具絵の棚から少し離れた棚に飾られていた絵。最近開通したばかりの蒸気機関車が大きく描かれた開化絵だった。

「ああ、こいつかい。これは落合芳幾さんの絵だ。子供なのにお目が高いねえ」

樋口屋に頭を撫でられると、子供はまんざらでもなさそうにはにかんだ。

心の中がざわめいた。

芳藤は懐をまさぐりながら屈み、子供の目線に合わせた。

「坊主、いいものをやろう」

懐から出したのは戯画の原画だった。樋口屋に顔を出す前、知り合いの版元から戻ってきたものだ。

題名は『舶来和物戯道具調法くらべ』。お清が倒れたときに描いていたものだ。既に刷り終えて、もうそろそろ発売にこぎつけることができるだろう。構想から刷りまでの全工程で、何一つ患いもなく、不満も残らない会心の一作となった。

最初、子供は目をしばたたかせてその絵を見ていた。だが——。

「いらない」

何の邪気もなく、その絵を払いのけた。その拍子に原画が芳藤の手からこぼれ落ちて三和土に落ちた。

慌てて頭を下げた母親は子供の頭を小突く。しかし、子供は頭を抑えつけようとする親の手に必死で抵抗している。何でおれが頭下げなくちゃならないんだ、そう言いたげだった。

子供ってのは正直だ。それゆえに、可愛くて、残酷だ。

そっと絵を拾い上げた芳藤は、頭を下げながら手をひらひら振った。

「いいってことですよ。差し出がましい真似をしちまったねえ」

芳藤は子供の頭を撫でた。何でこいつはおれの頭を撫でているんだ。不満げな上目づかいで子供は芳藤を見上げている。

子供を殴りつけるわけにもいかないだろう？　そう心中で毒づいた芳藤は、汽車の開化絵を買ってもらって嬉しそうに往来に消えていく子供と、その後を追う母親の後ろ姿を、いつまでも見送っていた。

子供さえも変わっている。でも、あたしは変わることができるのかねえ。

芳藤は懐から一枚の紙ペラを取り出した。

以前、牛鍋を食べに行った帰り、写真館で撮った写真だ。

自信満々に口元を歪める幾次郎、すっかり沈み込んで端っこに写る芳年、自然体でにたりと笑う暁斎。そして、焦点が定かならず、地蔵のように直立不動で表情の硬い自分自身の姿。暁斎の『知ってるか、写真ってのは魂をほんの少し切り取って紙に写すから、撮ると寿命が短くなるんだ』という戯言のせいでこうなった。そんな馬鹿な話があるか、とは反発しつつも、一つ目の写真機を前にしているうちに暁斎の言が頭をもたげはじめ、結局こんな姿で写ってしまったのだった。

だが――。

なんと細密であることか。

写真は真を写すと書く。確かに、紙の上に並ぶ四人の姿は鏡に映したように真に迫っている。

絵師は、世の光景を筆で写し取る。写真は商売敵だ。しかし、こんな細密なものを相手に闘わなくちゃならないということに、芳藤はうんざりこそすれ、武者震いする気にはなれなかった。

もし師匠だったなら、どうしたことだろう。写真という新たな商売敵にどう向き合ったことだろう。

墓の下の人に何を聞けるでもなかった。芳藤は、仏頂面を浮かべる自分の写った写真をそっと懐にしまった。

瓦斯燈(ガスとう)が等間隔に立ち、街路樹がその間に並ぶ。石畳が敷かれた道には馬車が繁く行き交い、その大通りを挟むようにしてそびえ立つ建物は赤煉瓦の洋風建築だ。歩く人々は皆洋装。もうここには髷を結っている者はいない。日本人のくせに西欧人めいた格好に身を包み、あはははうふふと笑い合う姿は、子供が背伸びして大人の真似事をしているようでどこか滑稽だった。

そんな周囲の滑稽よりも、我が身の滑稽のほうがなお沁みる。髷を切らず、羽織と単衣の長着、下駄姿はこの文明開化の町ではひどく浮く。田舎者が来ているわ、おやおや、ここは文明の町なのに因循(いんじゅん)な者が混じっているよ、と、似合いもしない洋服をまとって文明人ぶっている半可通どもがこちらを憐れんで噂しあっているような気さえする。そんな視線を振り払って、芳藤は道を歩いている。

「芳藤さん芳藤さん」

弾む声が横を走る二人乗り人力車の上からする。お吉だ。

「何でしょう、お嬢さん」

「綺麗ねえ、赤煉瓦の町っていうのは。それに華やかで」

そんなお吉の格好も黄染めの小袖姿だ。

「あたしはどうも、この町は好きになれませんねえ」

「いけませんよ芳藤さん。浮世絵師は好奇心を持ってものを見ないと」

「ですなあ」

生返事をしてはみたものの、現金なまでに西欧にかぶれたこの街を楽しむことはどうしても出来そうになかった。

と、お吉が人力車の上で不平を口にした。

「ねえ、今からでも遅くないから、人力車に乗ったらどう？　せっかく二人乗りなんだから」

不満げなお吉の顔を見上げた芳藤は首を横に振った。

「そうはいきませんよ」

男と女が連れ立って歩くのだってあまり外聞のよろしいことではないのに、同じ車に乗るなぞ、破廉恥の極みだ。

そんな芳藤に、お吉は頰を膨らませて文句を重ねる。

「もう、芳藤さんは古いわよ。今は自由な世の中なのよ」

「まあ、そうなんでしょうけどねえ」

昨今、福沢諭吉を始めとした大学者たちがしきりに〝時代が変わった〟、〝これから我々は自分の意思でものを考えるのだ〟、〝誰にも束縛されない代わりに自らの生き方を自分で選ばなくてはならない〟と力説している。けれど、そんな大学者たちの物言いにかちんと来ている芳藤がいる。

いや、〝かちんと〟というよりは、〝そんなことを言われても〟という戸惑いといったほうがしっくりくる。そんな生き方をしてこずに四十の坂を上った人間が、今までの生き方は古いんだ、新しい時代を生きろ、と尻を叩かれてもただただ呆然としてしまうばかりだ。

自由なんざ、なくてもよかったんだ。あたしはただ、あたしとしていたいだけなんだ。昨今の自由とやらは、人に強いるものが多すぎる。行くも自由、戻るも自由と言われても、これまでは誰かの言う通りに流されてきたのだし、今更頭でっかちにもなれやしない――、そう反発を覚えぬこともなかった。

お吉は不機嫌そうにこう宣言した。

「芳藤さん、人力車に乗らないなら、わたしは先に行っちゃいますからね。それでもいいの？」

「ええ、あたしは走ってでもついていきますから」

「もう！」眉を吊り上げたお吉は人力車の車夫に命じた。「今から全速前進でお願いします」

いいんですかい？　と黒い笠を傾けて聞いてくる車夫に、ええ、もうあの人がついて来られないくらいの全速でお願いします、と忌々しげに芳藤を差しながらお吉は言った。ゆるゆると歩いていた車夫は、合点でい、と答えて、たくましい腕で車の梶棒を引きはじめた。お吉を乗せた人力車はみるみるうちに、追いつけないほどの速度に達した。差は縮まらない。それどころか開いていく一方だ。

心の臓が早鐘を打つ。足ももつれて息も上がる。ついに走っていられなくなって、芳藤は肩で息をしながらその場に立ち尽くした。

もう、若くはない。我が身に圧し掛かる加齢の波に気づかされる。

気を取り直して石畳の道をしばらく行くと、先にお吉を乗せた人力車が道端に止まっていた。こんな近いなら急ぐ必要もなかったろうに。そうぼやきながら近づいていくと、ちょうど人力車から降り立ったお吉を出迎えた男が、こちらにも気づいたところだった。

「おーい！　にいさん！　久しいなあ」

「おお、幾次郎か。見違えるな」

「へへ、そうかい」

鼻の下を指でこする幾次郎は、革靴にズボンにチョッキ、胸のポケットには懐中時計をぶら下げ、顎の下にはひげを蓄えていた。何より、最後までこの男の頭上にあった髷は切られ、散切頭（ざんぎり）になっていた。しかし、その形が上手く様になっているのが、洒落者、幾次郎の面目躍如というものだろう。

「それにしても、せっかく二人乗りの人力車を手配したっていうのに、にいさんは乗ってこなかったのかい」

呆れを隠さない幾次郎の問いかけに、お吉が不機嫌な顔を浮かべる。

「ええ。芳藤さんはわたしと乗り合いたくなかったみたいで」

「そういうことじゃなくて。男と女が同じ車に乗り合いなどしたら外聞が悪いと言っておるのでしょうが」

言い合いを眺めている幾次郎は、腹を抱えて笑い出した。

「にいさん、相変わらず古いねえ。そんなんじゃあ時代に取り残されちまうぜ」

「それで結構だよ」

「頑固だねえ。まあいいや。ともかく」

幾次郎は恭しく、芝居がかった頭の下げ方をした。

「ようこそ、東京日日新聞社へ。さあさ、中へ」

幾次郎に言われるがまま、芳藤たちは道沿いに立つ赤煉瓦の建物に入った。と、刀が鎬を削り合うような、がしゃん、がしゃんという轟音が芳藤たちを出迎えた。

思わず耳を塞ぐと、幾次郎は悪戯っぽく顔をしかめた。

「はは、うるさいもんだろう。でも、これが最新式の刷り方なんだ。見ていくかい」

「あ、ああ」

幾次郎は廊下の奥まったところにある洋式の扉を開いた。その瞬間、さっきまで腹の底に響いていた地鳴りのような音がもう一段大きくなった。開かれた扉から中を窺うと、薄汚れたシャツを着ている男が紙束を大仰な機械の受け皿に運んでいるところだった。男が受け皿に紙束を置くと、機械に吸い込まれていき、瞬く間に印字された紙が反対側から飛び出してくる。

扉を閉じてけたたましく響く音を封じてから、幾次郎は説明を加えた。

「これが活版印刷ってやつだ。原稿に従ってハンコみたいになっている文字を一つずつ組み上げていって、文章にするんだよ。それで刷り終わったらその判子みたいになっているものを分解するんだ」

「なるほどねえ。でもそれだと、文字が多いと大変だし、崩し字なんかは書けないんじゃない？　それに、版木が残らないんじゃ」

お吉の疑問は芳藤にも浮かんだものだった。

判子状の文字を並べて印刷するということは、何度も使う文字は数を抱えておく必要があるだろう。それに、版木を残さないというのは驚きだ。木の板を彫って作る版木は、傷まない限りずっと使い続けることができる。版元からすればこの版木こそが財産なのである。

しかし、お吉の問いを幾次郎は鼻で笑う。

「版木が版元の財産なんて時代は終わりなんでさあ。日刊の新聞で版木を彫っていたらすぐに倉庫がいっぱいになっちまいますよ。それに、新聞ってェのは鮮度が命、古い版木なんてあったところで何の意味もありゃしません。だったら、活版印刷のほうがはるかに使い勝手がいいっていう寸法なんですよ。それに、崩し字なんてもう古い。これからは活字の時代ってなもんです」

頭では納得できても腑に落ちないものが残る。どんな雅文をものしても、その日で読み捨てになってしまうことになる。

「ささ、上に行きましょうや」

そうして幾次郎に先導されるがまま、二階へと案内された。

二階は西洋の四角い机と椅子が並ぶ大部屋だった。そこでは幾次郎と似たような格好をした人たちが机に向かって何やら一心不乱に書き物をしている。

「社長！　到着なさいましたよ」

「おお、お呼び立てして申し訳ありませんな」

一番奥の席、ガラス張りの窓からさんさんと光が舞い降りる、一等居心地の良さそうな席に座っていた中年男が、満面に笑みを湛えて立ち上がった。

口元には髭を生やし、油で固めているのか髪の毛は撫でつけられている。茶色っぽいスーツに身を包むその中年男は、かつかつと床を鳴らしながらこちらへとやってきた。いかにも紳士然とした男は、まるで値踏みするように顎を撫でながら、お吉に手を差し出してきた。

お吉が戸惑っていると、男はお吉の手を強引に取って薄く微笑んだ。

「ああ、これは西洋式の挨拶でしてな。〝しぇいくはんど〟と言います。日本語に直せば握手、とでもなりましょう。――よくぞお越しくださいました」

「あ、ええ……」

ぶんぶんと腕を振り回されて、お吉は少し困惑している様子だった。

そしてその中年男は芳藤の手をも強引に取った。

「初めまして、芳藤さん。私は条野といいます」

「あ、ああ。噂はかねがね」

いかにも西洋かぶれをした男の顔を見て、芳藤は得心した。

以前、樋口屋がかなり辛口にこの男のことを評していた。『嫌な野郎だ』とすら吐き捨てていたのだ。調子者で粗忽なところはあるが、決して他人を悪し様には言わない樋口屋をしてああも言わせる男――。まだ何をされたわけではない。けれど、この男のことはあまり好きにはなれないだろうという予感はした。

しぇいくはんどなる異国の挨拶を終えた満足げな男、条野採菊はお吉たちを奥の部屋に通した。その部屋の中には背の低い革張りの椅子が、同じく背の低い机を囲むようにして並んでいる。

「どうぞ、こちらにお座りください」

羽織の裾を払って椅子に腰を掛ける。どこまでも沈むのではないかというくらいに柔らかかった。なんとも落ち着かない。まるで雲に乗っているかのような心持ちで難儀していると、苦笑気味にこちらを見遣ってくる採菊と幾次郎が差し向かいに座った。

「さて――。さっそく本題に入りましょう」

採菊の促しに、お吉は頭を下げた。

「ええ、今日はいい話があるとかで」

話は数日前に遡る。国芳塾に幾次郎からの葉書が届いた。そこには、〝今度いい話をそちらにお願いできそうだから、是非とも明後日、にいさんとお吉さんの二人で銀座の東京日日新聞社へお越し頂きたい。人力車はこちらで手配する〟と汚い字で書いてあった。こちらの予定を慮ることもない。相変わらず不躾な奴だと呆れ半分に眺めていた。

『でも、いい話ってなんだろう』

脇から葉書の文面に目を落としていたお吉は首をかしげた。

正直、ここのところ国芳塾は景気がよくない。師匠が死んでからというもの、ほとんど絵師を出していない画塾に魅力を感じる者といえば、物好きか、五十の手習いにやってくるご隠居か、国芳師匠がかつて可愛がっていた猫の子供や孫だけだ。人より猫が多い画塾の様に頭を悩ませていたところだっただけに、怪訝な呼び出しながらも乗ったのだ。

採菊は髭をゆっくりと撫でた。

「ええと、お吉さん、でしたかね。あなたは我が社がどういう事業をなさっているかご存じですか」

当然知っているだろう、と言いたげに胸を張る。見得を切っているのだろうが、上等なスーツに着負けている。

お吉は真面目くさった顔で応える。

「ええ、知っています。新聞事業をなさっておられるとか」

「では、新聞がどんな事業かご存じですか。——ああ、ご存じなさそうですね。新聞事業とは、世の中の出来事を取材して大衆に伝える、崇高な使命を有した事業です。エゲレスやアメリカなどでは新聞が政道を正しています。場合によっては政府が新聞の批判を容れて政策を断念することもあるとか。列強においては、新聞事業は政府よりも強いのです」

鼻息荒く当世流行の演説をぶつ採菊の顔を、社員であるはずの幾次郎が苦々しく見遣っている。しかし採菊の目には入っていないらしい。

「そんなわけで、私たちもまた新聞事業を社会の公器にするべく奮闘しているのですがね。まあちょっと問題もありまして」

「いったいどういった問題で」

「悲しいかな、東京の人間の多くは固い政局の記事を好まぬのです。因循の象徴たる瓦版や戯作に長らく浸かっていたせいでしょうな」

採菊は版元出身の戯作者であったはずだ。そんな経歴の持ち主の台詞とは思えないが、話の腰を折るのも気が引けて、あえてあげつらうことはしなかった。

芳藤が内心呆れているのも知らず、採菊は続ける。

「ここいらで新事業を始めようと思っているのです。新聞錦絵、というものをね」

「なんです、それは」

「何、難しいことじゃありませんよ。実は、当社の新聞で人気を取っているのは雑報というところでして。殺しとか心中とか押し込みなんかを戯作調に乗せて書いている、まあ下賤極まりないものなのですが、思いの外、人気なのですよ。なので、雑報から記事を抜き出して、一枚絵にして出そうという企画を考えている次第なのですよ」

一枚絵の錦絵。芳藤は首をかしげた。

「ちょっと疑問なのだが。活版印刷とやらじゃあ、錦絵は作れないんじゃ？」

「そうなのですよ。いい質問ですな」にこりと採菊は笑う。「活版印刷はその性質上、絵は簡単には彫れない。絵を彫った金属製の判子を作る必要がありますからね」

「じゃあ、どうやって」

「簡単なことです。東京日日新聞社が閑古鳥の鳴いている版元を使うんです」採菊はこともなげに言い放った。「今、どこの版元も金に困っているっていうじゃないですか。だから、私たちが仕事を投げてやるんです。版元から新聞錦絵を出させる。版元には一定の手間賃を払ってやる。そうすれば、暇な版元も、私たちの事業も儲かるわけです」

なるほど。版元にとっても悪い話ではなさそうだ。ただ一つ、〝版元を使う〟、〝仕事を投げてやる〟、〝手間賃を払ってやる〟という、強気で傲岸な採菊の態度を除けば。

お吉は顔色一つ変えずに頷いた。

「へえ、面白いことを考えてなさるのですね。で、今回の話が一体どういう……」

採菊はにやりと笑った。

「この事業を軌道に乗せるには、用意しなくてはならないものがいくつかあります。そ

の一に、錦絵の企画から刷りまでやってくれる版元。実を言うと今、この版元探しにな
かなか難儀しているんですが……。まあ泣き言を言っても仕方ありますまい。そのうち
見つけますよ。それと共に、もう一つ必要なものがあるんですよ、おわかりですか」

「……いいえ」

それはそうだろう、と言いたげに頬を歪めた採菊はお吉たちに手を差し出してきた。

「あなたがた、絵師なのです。もちろん、新聞錦絵を毎日発行しようとは思いません。目を引くような事件があった時に発行できればと考えていますが、その性質上、何人か絵師を抱えておきたいというのが本音なのですよ」

そこで——。採菊は身を乗り出してきた。

「芳藤さん、あなた、うちの社員になりませんか」

「え、あたしが、ですかい」

「ええ。ほら、二年程前に出したあなたの戯画……、ええとなんて言いましたっけ」

採菊に呆れ顔を向けていた幾次郎が割って入る。

「『舶来和物戯道具調法くらべ』でしょう」

「ああそうそう、まさにそれです。あちらを拝見して感動したのですよ。新しいものと古いものを競わせて、という趣向も新しい。ああいうのは、海外では〝えすぷり〟と謂うそうでしてね。あなたはそれを先取りしておられたのです」

採菊は熱っぽくあの絵の魅力を語る。エゲレス、アメリカの新聞挿絵に勝るとも劣ら

ない。あなたの絵には〝ぺーそす〟さえ感じることがある。いやいや、あなたの絵は東洋のミケランジェロです……。採菊が熱狂を以て語れば語るほど、なぜか興ざめな気分になってくるから不思議だった。言葉にあまり真がないからだろう。絵師稼業を続けるうち、版元の言葉の虚実を見破れるようになっている。

「あなたを新聞錦絵専任の社員として迎えたいのです。どうでしょう、悪い話じゃないでしょう」

社員。どういうものかはわからない。だが、安定した稼ぎが得られるのだろう。今の芳藤には喉から手が出るほど欲しいものだ。

お吉も手を叩いて顔色を明るくした。

「いい話じゃない。この話、絶対に受けるべきよ」

いい話には裏がある。採菊はここで、ただし、と条件を付けてきた。

「社員になるということは、我が社以外の仕事は受けてはならないことになりますがね」

「え？」

「西洋の〝かんぱにぃ〟がそういう仕組みなのです。飢えないように面倒を見る代わりに、他のところで働いてくれるな、と優れた人材を囲い込むわけです。よって、もし我が社の社員になっていただけるのであれば、他の版元とのお付き合いは元より、塾の取り仕切りからも手を引いて頂く必要があります」

芳藤とお吉は顔を見合わせた。切り出したのは芳藤だ。

「だが、あたしにだって版元さんとの付き合いが」

「はっ。何をおっしゃるかと思いきや」採菊の目に蔑みの色が浮かぶ。「文部省の通達、まさかご存じないとは言わせませんからね」

二年ほど前の明治五年、文部省が通達を出した。

淫蕩、荒唐無稽、風紀紊乱を招く芝居を中止し、勧善懲悪の芝居を掛けるようにと命じたそれはあくまで芝居小屋に対する指導だったが、芝居小屋とも近い立場にある版元は先回りして自ら規制を始めた。

これまでの芝居が掛けられない仕儀となり、役者絵が売りにくくなった。また、戯作者たちはこれまで通りの筋書きが許されず、試行錯誤が続いていると聞く。

この通達には罰則はないようだが、右に倣(なら)えで効果はてきめん、芝居小屋も版元も、新たな人気演目や商い品を見出すことができず、閑古鳥が鳴いている。

「芝居小屋や版元も世の役に立て――。というのが、お上の思いでしょう。開化人の指標となるような芝居や読み物を作って社会に貢献せよと」

採菊は続ける。

「昔みたいに、意味も意義もない、暇潰しにしかならぬものを作る時代は終わったんですよ。諭吉先生だって実学第一とおっしゃるこの時代、荒唐無稽の芝居にも、錦絵にも価値はないんですよ」

自説をぶつ採菊を前に、芳藤は思わず下を向いた。所在なく太腿に載せていた手がわずかに震えていた。

「ってなわけなんだ。困っちまうよなァ」

浅草近くのある寺。その裏手にある墓場の隅っこにぽつんと立つ卒塔婆に向かって、芳藤はぼやいた。本当だったら石を建ててやりたかったが先立つものがなく、卒塔婆で代用するしかなかった。いつか建て直したいと思いつつも、そんな当てはどこにもない。甲斐性なしっていうのはこれだから駄目だよなあ、と独り言ちて芳藤は桶から柄杓で水をすくい、卒塔婆の上にかけてやった。

「あの幾次郎が謝ってきやがってなァ。〝こんなつもりじゃなかった〟って」

採菊との会談が終わって表で人力車を待っているときのことだった。採菊の話の内容に三者三様声をなくして、ただ馬車の行き交う往来を眺めているばかりの中、ふいに幾次郎がお吉たちに頭を下げた。

『不快な思いをさせちまったなら本当に悪いと思ってる。お吉さんからすりゃあ、にいさんを引き抜くつもりか、って怒り心頭なのも承知の上だ。でもよう、絵師にとっちゃあ、求められるってェのは何よりも嬉しいことじゃねえか。だろう?』

幾次郎はそれでも、こうはっきりと言い放った。

『いつぞやの芳年じゃねえが――。浮世絵は死ぬぜ。時代が変わってる。昔みたいな小商いじゃいつか行き詰まるのは道理ってもんだ。沈みかけの舟にしがみつく必要はねえ。

にいさん、俺と一緒に新しいところへ行こうじゃねえか』

かつての面影などまるでなく、銀座の垢抜けた開化人となっていた幾次郎のその顔には、絵師の矜持と忸怩たる思いが混じり合うことなく同居していた。

そのことが、ひどく哀しかった。

芳藤は首を振って、風雪に晒されて少し黒ずみ始めた卒塔婆に話しかける。

「だってよう、あいつ、絵師のつもりなんだから。あいつはもう絵師じゃない何かだよ。でも、絵師ってェ自分の性を引きずり続けて生きるしかないんだろうよ」

兄弟子を重んずることのなかった幾次郎が、ああも気を遣ってくれていたことが、逆に恐ろしかった。きっと、会社、という処は人間の本来の性すらも曲げなければやってられないようなところなのだろう。洋服に身を包んで颯爽と歩く幾次郎が、目に見えない鎖に縛られて身動きが取れなくなっているようにも見える。

結局、あの場では結論を出さなかった。そして、人力車を待っている途中、

『女房に相談してくる』

と切り出して、二人と別れたのだった。

この卒塔婆は、女房のお清のものだ。

改暦の時分にお清に訪れたのは、子供のできた兆しではなく、不治の病への入口だった。

腹帯はいつ巻いたらいいのかね。男の子かね、女の子かね。どちらでもいいわな。生

まれてきてくれさえすりゃあ――。あの頃の芳藤は浮かれに浮かれていて気づかなかった。一日、日一日と己の妻がやつれていく姿に。

忘れもしない。あれは大きな仕事を終えてようやく一息ついたそんな日だった。お清の顔が青ざめていることにようやく気づいて、医者に担ぎ込んだ。しかし、医者はお清の顔を見るなり匙を投げた。

すまねえ、すまねえ……。

目を開かぬお清の手を握り、一晩中謝り続けた。何もかもがあたしのせいだ。あたしがもし、お清の変化に気づけていたなら。もし、何かがおかしいと気づいて医者に早く診せていたなら。

と、お清が目を覚ました。

『あんた、今日は謝ってばっかりだねえ。いつもは何にも言わないくせに』

『すまねえ』

『そういえば、あんたはいつもそうだよ。あたしに礼の言葉なんてかけてくれたこともない』

そうだったかもしれない。心の内ではいつも礼を言っていた。けれど、口に出したことは一度だってなかったかもしれない。

『ねえ、あたしに礼を言っておくれよ。後生だから』

いくら心の奥底を浚って（さら）みても、謝罪の言葉しか湧き出してはこなかった。たまになにか他の言葉が浮かんできても、お清のことを傷つけてしまいそうだった。結局、すまねえ、すまねえ、と、その言葉しか覚えさせられなかった九官鳥のように繰り返していると、お清は震える手で芳藤の頬に手を当てた。

『すまねえ、はこっちの台詞だよ。――あんたの子供、産んであげられなくて、ごめんねえ』

つうと涙を流し、お清の手が落ちた。そのままお清は昏睡に入り、二度と目覚めることはなかった。

お清――。芳藤はお清の卒塔婆を見上げた。

「あたしはこれから、どうしたらいいのかねえ」

実力を買ってくれる人がいる。絵師にとっては誉れだろう。とは申せ、義理をすべてかなぐり捨てることができるほど、芳藤は恩知らずではなかった。これまで仕事をくれた樋口屋を始めとする版元。ずっと絵師として食わせてくれた国芳塾、そしてお吉……。縁した人々の顔が浮かんでは消える。

と――。

「にいさん、ここにいましたか」

振り返ると芳年が立っていた。着流し姿の芳年は、その大きな目を眇めて卒塔婆を見遣った。

「もう、お亡くなりになって二年ってところですかい」

「そんなになるっけなァ」

「ええ。お綺麗な人でした」

「何を言う。あんなへちゃむくれを捕まえて」

「――にいさん、暁斎さんも来ましたよ。お約束の会の用意ができました」

「ああ、そうかい、ありがとうよ」

久々に浅草で飲もうじゃないかということになって、芳年に音頭取りを任せていた。幾次郎は多忙を理由に断ったと聞く。

芳藤は腰を上げ、風に揺れて音を立てる卒塔婆に首を垂れた。


くつくつと煮える泥鰌鍋。熱い熱いと悲鳴を上げるように、真っ白な目をした泥鰌が睨みつけてくる。しかし、暁斎がその鍋に葱を落とし込んだ。

夜だというのに泥鰌屋の客はまばらだった。泥鰌屋に閑古鳥が鳴いているのは今に始まったことではない。泥鰌屋の主人は眉をひそめながら『当世流行の牛鍋屋に客を取られちまってね』とぼやいていた。

いい塩梅じゃないか？　割下の色に染まり始めた葱を眺めながら顎に手をやった暁斎は、泥鰌を拾い上げながらにたりと笑う。しかし、芳藤のほうを見て、暁斎は小首をかしげた。

「元気なさそうだなあ大将。どうしたんだよ、あんたらしくねえなァ。調子狂うぜ」

「そうかい？」

慌てて顔を繕う。しかし、暁斎は、ふん、と鼻を鳴らした。

「いや、あんた、表情を作るのが下手糞なんだからよう、あんまり無理しなくていいと思うぜ。——何かあったのかい」

そうですよ、と芳年も頷く。

「他人に言ってみればなんだそんなこと、ってエことだってありますよ」

そうだよな、なあ。

思えば一人でうじうじと悩み過ぎている。誰かに話すことで解決することだってあろう。

芳藤は今日あったことをすべて話した。

話を聞き終わり、泥鰌をつるっと呑み込んだ暁斎は、そんなの簡単じゃねえか、と言い放った。

「条野の話、受けちまえよ」

「お前、手前のことでないからってそんな簡単に……」

「破格の条件だろうが。生活の面倒は見てくれる、絵は描かせてもらえる。どう考えてもおいしい話だ」

芳年も同意見らしい。箸を振り回しながら嘴を挟む。

「受けたほうがいい話ですよ。幾次郎にいさんが持ってきた話なんだから、邪険にもされないでしょうよ」

「だ、だがなあ……」

　心中の憚りが未だにくすぶり続けている。煮え切らぬ態度でいると、暁斎がその心中にあるものをずばりと言い当てた。

「きっとあんたのことだ、国芳塾とか、版元への義理を考えてるんだろ？」

　正直に頷くと、馬鹿だねえ、と暁斎は顔をしかめた。

「国芳塾とか他の版元が、どれだけあんたの義理に応えてくれたよ。あんたがどんなに誠を尽くしたって、あんたを人気絵師にァしてくれねェぜ。そう考えりゃ、条野の旦那のほうがよっぽど義理に応えてくれる相手ってことになる」

　そんなことはわかっている。しかし、義理は金勘定で成り立つものではない。思いや縁が綾なして立ち現れるものだ。

　芳藤が無言でいるうちに、暁斎は何を言っても無駄だと悟ったのか、呆れ顔をして酒をちびちびと舐めはじめた。

　ここで芳年が座を混ぜ返した。

「実は――、俺にも似た話が来てるんですよ」

　暁斎は猪口を割ってしまうが如き勢いで床に置いた。

「お前にも来てるのか！　何で俺には来ないんだ」

「いや、暁斎さんはいつぞやの筆禍事件のせいで敬遠されているんでしょうよ。――俺は条野さんの会社ではないですが、似たような企画でやってくれないかって。やっぱり向こうも社員になってくれ、その分生活の保障はするから、って言ってくれてる」

「そうだったのか」芳藤は身を乗り出した。「で、どうする気なんだ?」

「受けるつもりですよ」

即答だった。

暁斎は、芳藤をちらちらと見ながら皮肉っぽく顔を歪める。

「ってことは、芳藤さんからすりゃあ、芳年は恩義知らずの糞野郎ってことになるわなあ」

「恩義を知らないわけじゃないですよ」芳年は自分に言い聞かせるように続ける。「だって、そこの人も、錦絵を出すときには町の版元さんに仕事を出すしかない、って言ってましたから。回りくどいやり方ではありますけど、町の版元さんが潤えばみんな幸せってもんでしょう。それが俺なりの義理立てにもなる」

「おっ、いいこと言うねえ。だそうだが、どうだい、義理を重んじる芳藤さんよ」

そういう理屈で逃げ道を作れば、版元への義理立てはできる。しかし――。

「それじゃあ、国芳塾への義理立てができんだろう」

猪口を舐めながら、暁斎はフンと鼻を鳴らす。

「なるほどねえ。あの塾、あんたが抜けたら、さすがに立ち行かなくなっちまうわなあ」

が、ここで芳年が割って入った。

「ねえ、にいさん。俺はね、もういいんじゃないかと思うんですよ」

手を腕の前で組んで、芳年はたどたどしく己の思いを形にした。

「にいさんがあの塾を守ってくれてるのはわかってる。誰ひとり引き受けようともしなかったあの塾を、お吉お嬢さんと一緒に残してくれたのはにいさんだ。それはわかってる。感謝もしてる。でもよう――。もうにいさん、頃合いなんじゃないですかい」

頃合い。その言葉の意味が、一瞬わからなかった。

容赦なく芳年は続ける。

「だってあの塾、あんまりうまくいってないんでしょう？　今時浮世絵の画塾なんてどこも流行らないよ。俺も画塾めいたものをやってるからわかるけど、俺のところだってかつかつでさァ。それに、絵を教えたって絵師になれるのはごくごく一握りですよ。俺のところでさえそうなんだ、あの塾じゃあ」

やめてくれ。

「にいさん、聞いてますかい。他人の塾の懐具合なんてわからない。でも、もう火の車なんでしょう？　だったら今の内に潰しちまったほうがいいですよ」

やめてくれと言っている。

けれど、芳藤の切実な思いは形にならない。

「にいさんにだってわかってるはずです。もう、浮世絵の時代じゃないってことくらい」

首を横に振った芳藤は、ようやくながら口を開く。

「黙ってくれないか、芳年」

出来る限り穏やかに声を出したはずだったのに、ことのほか重い響きになってしまった。芳年は肩を震わせて、その震えをごまかすように猪口をあおった。

痛々しい空気が三人の間に垂れ込める。

それを破ったのは暁斎だった。

「いやいや、芳年、そいつァ間違いってもんだぜ。浮世絵は死なねえよ。ほら、国芳門下に芳虎（よしとら）さんっていただろ」

芳藤は苦々しくその名前の男を思い浮かべた。

芳藤にとっては直近の弟弟子に当たる男だ。博打好きで乱暴者。絵師というよりはやくざそのものと言っていい男で、たびたび喧嘩沙汰を起こしては芳藤が火消しに回っていた昔を思い出す。しかも、『廃業する』と宣言したはずなのに、結局今でも国芳から貰った歌川芳虎の名で絵を描き続けている恩知らずだ。忌々しいことに、今や押しも押されもせぬ大絵師の一人だ。

「芳虎がどうしたんですかい」

「なに、あいつも開化絵を描いて大儲けしてるぞ。それだけ、開化絵を買う連中が居るってことだろう。俺の弟子にも開化絵を描いている奴がいるんだが、そいつからの話だ、間違いない」

「でも、ってことァ、武者絵とか役者絵は……」

「滅ぶ、だろうね」

芳年は猪口をあおった。

「じゃあ、浮世絵は滅ぶんですよ。きっとね」

開化絵は浮世絵ではない。いや、明治に入ってからというもの、どんな絵を描いても浮世絵にならなかった。芳藤にとって浮世絵は、ベロ藍を用いた、この国の古くからある風俗を描いたものだ。安い化学染料で赤く染められ、上辺だけの文明開化をなぞるように描かれた絵は、浮世絵ではない何かだった。いくつも開化絵をものしても、一向に愛着が湧かない。

浮世絵は滅ぶ、か。

芳藤はその言葉を苦々しく聞いていた。

と、暁斎はずれていた話の筋を元に戻した。

「芳藤さんよ。日日新聞の件、受けちまえばいいじゃねえか。実は、俺にいい考えがあるんだ。この策を採りゃあ、どこにも義理を欠くことはねえ」

「そ、そんな手があるのか」

芳藤は鍋の上まで身を乗り出した。くつくつと煮え上がる泥鰌の泥臭い香りが鼻腔にまで迫ってくる。真っ白な湯気の向こうで、暁斎は太鼓腹を叩いた。

「おう。今のあんたは、国芳塾を守りたい、かつ絵師として生活したい、ってところだろ？　でも、日日新聞からは『絵師としては立たせてやるが、そのためには国芳塾の手伝いから手を引いてほしいし、これまでの版元との付き合いは止めてくれ』って言われてる。それじゃあ国芳塾と版元に筋が立たねえ。そういうことだろ」

頷いた。それにしても、こんなに話がもつれているのに、すべてに顔が立つ冴えたやりかたなんかあるのだろうか。

暁斎は右手で駒を打つような仕草をとった。

「簡単じゃねえか。お吉さんと夫婦になっちまえばいい」

あまりのことに声を失くす。しかし、暁斎は得意顔だ。

「これ以上いい手はねえよ。これで万事解決だもん」

それには芳年も頷いた。

「ああー。そうですねえ」

「だろだろ？」

嬉々として暁斎が語るところはこうだ。

芳藤が東京日日新聞に入社し、お吉と祝言を上げる。芳藤は自分の名前では東京日日新聞の仕事をやり、お吉には国芳塾の仕事に専念してもらう。もちろん、国芳塾の手伝いを芳藤がやってもいい。妻のやっている仕事を旦那が手伝うことになんの患いもあるまい。版元との付き合いも、お吉の名前でやれば万々歳だ。

「な、これで何の患いも……」

「何を言うんだ。お前、わかって言っているのか。お吉さんは国芳師匠の娘……」

「わかって言ってるよ」暁斎は湯気の向こうから此方を目で射抜いてきた。「むしろ、あんたなら順当だろう。高弟と師匠の娘との結婚なんてよく聞く話だよ」

「だが……」

「なんだよ。まだ患いがあるってェのかよ。あんたもお吉さんも、相手に先立たれてやもめだ。何の問題もありゃしないよ」

「いや……」

言葉が見つからない。一方で芳藤の心中では、患いが渦を巻いている。

芳年が割って入った。恐ろしいくらいに目を見開いて。

「にいさん、俺は弟弟子だけど、言わせてもらいますよ。もしお吉さんに対してちょっとでも思いがあるんだったら、清水の舞台から飛び降りるつもりで覚悟を決めちまってもいいと思うんですよ。でないと、きっとにいさん、このままじゃ一生後悔するから」

未練を残したまま好いていた人間を失ってしまった芳年の言だけに、その言葉には重みがあった。

芳藤の心は揺れていた。師匠への恩、恋女房への思いを天秤の片方に載せ、もう片方に許されぬ己の思いを載せてみる。けれど、その天秤は揺れるばかりでいつまで経っても軽重を明らかにしてくれなかった。

暁斎は顔をしかめた。

「かーっ。古いねえあんたは。まあいいや。ちょっくら考えてくんな」

しかし、いくら考えても結論は一緒だろう。

一度たりともお吉を女として意識したことがなかったとは言わない。塾の中ですれ違った時、わずかな甘い香りに胸がざわついたこともある。芳藤さん、と微笑みかけてくるお吉の表情に、年甲斐もなく胸が高鳴ったのも事実だ。でも、それはいけない。師匠の気難しげな顔が浮かぶ。『娘たちは弟子にはやらん』。師匠の苦々しい声が耳に蘇る。

お清のはかなげな笑みも浮かぶ。そんな顔をお清はしたことがないというのに。

不器用な奴だ。

鍋の上で、泥鰌が口を開けて笑っていた。

芳藤は思わずその泥鰌をすくい上げて、奥歯で骨っぽい頭を噛み砕いた。


芳藤は顎を撫でながら、真っ白な紙を前にして座っていた。新しい趣向、新しい趣向……。いくら考えてもいい手が思い浮かぶものではない。昔は湧き出るように構想が浮かんだものだが、ここのところは一つネタを出すのにも時間がかかる。

がらんどうの塾の中、文机を前に一人唸っていると、お吉が恐る恐るの体で声を掛けてきた。

「芳藤さん、ご精が出るわねえ」

「いえいえ、まったくだめですよ」

真っ白な紙を前に呆然としているのを〝精が出る〟と表現するのなら、ただ座っているのも精が出ると言っていいことになる。自嘲する芳藤の心中など知らず、お吉は無邪気に聞いてきた。

「今度はどんな絵を頼まれたの」

「ええ、次も玩具絵ですよ」

「また玩具絵」

いつぞや、どこかの版元にも言われてしまった。『開化絵も描けない、無惨絵も描けない絵師に出せる仕事っていったら、もう玩具絵くらいしかないよ』と。暗に『開化絵か無惨絵の勉強をしたらいいんじゃないか』と言われてしまったようなものだ。

芳藤とて開化絵、無惨絵を描いて出版までしているのだが、版元の側にその印象がないらしく、あまりその手の仕事をくれない。ついには最近では、『玩具絵芳藤』なんていうふざけた渾名がついた。その名が誉めそやしのためのものでないことくらい、芳藤にも察しがつく。

お吉は、火が消えたように顔を曇らせた。

「ご免なさい、芳藤さん」

「なにがですかい」

「わたしの——国芳塾のせいで、芳藤さんの機会を奪っちゃった」

お吉が言っているのは、東京日日新聞のことだろう。

結局、引き抜きの件は断った。いろいろ考えてのことだ。己の意思を伝えに行くと、幾次郎は烈火のごとく怒鳴り散らした。

『おいおいおいおい！　せっかく俺がこんなにお膳立てしたっていうのに、あんたが袖にするのか！　俺の顔を潰す気かよあんたは』

すまない。心の底から謝った。なんだかんだで幾次郎も他人想いなところがある。苦境に立っていた芳藤のことを気にかけ、誘ってくれたのだろう。それがわからないではないだけに心が痛む。

『にいさん、もう今は義理人情の時代じゃねえんだよ。時代は刻々と動いてる。諭吉先生が本を出してから、猫も杓子も学問の時代だよ。旧弊の代表たる俺たち絵師の居場所なんてほとんどなくなっちまってる。新聞ってのは、絵師にとっちゃ最後の楽土なんだ。来てくれよ、こっちに』

幾次郎の呼びかけは悲痛だった。しかし、それでも芳藤は断った。

『わかったよ！　もうあんたが野垂れ死にしようが物乞いに落ちようが俺には関係ねえ！　勝手に野垂れ死にやがれ。これからはあんたのことを兄弟子だとも思わねえからな』

こうして芳藤は弟弟子を一人失った。

幾次郎と縁が切れてしまったのは残念だが、一方で、これで良かったのだ、という気もしている。旧弊の代表。幾次郎はそう言った。言い得て妙だ。つまり絵師なるものは、文明開化の苛烈な日差しに淘汰される薄闇の一つに過ぎないのだろう。絵師を以て任じている芳藤は、つまるところ薄闇の側の人間なのだ。

『お前は表を歩け、幾次郎。あたしは無理だけれど』

帰り際、そう声を掛けると、幾次郎の目に光るものがあった。が、その光が見えたのは一瞬のことだった。幾次郎がすぐに後ろを向いてしまったからだ。

芳藤はお吉に頭を下げる。

「これは何もお嬢さんのせいじゃありませんよ。あたしが絵師芳藤として選んだことです。気にしちゃあいけませんよ」

結局、怖かったのだろう。今までの付き合いや義理をすべてうっちゃったとしても、立つ瀬の保証はどこにもない。だから、元いる浅瀬に立ち続けることを選んだだけのことだ。その浅瀬が、時代の濁流で日一日と削られていることも承知の上で。

腕を上に伸ばして、こき、と肩を鳴らすと、芳藤は立ち上がった。

「お嬢さん、ちょっと散歩にでも行っていいですかい。この様子じゃ、今日も門人は来ないでしょうし」

猫が数匹あくびをしたり箱座りをしているほかには閑散としている部屋は、見ているだけでも痛々しい。

じゃあ。お吉は手を合わせた。

「わたしもついて行ってもいいかしら」

「はぁ、構いませんが……。その代わり、並んで歩いちゃいけませんよ。男女が連れ立って歩くなんざ、やくざのすることです」

「はいはい。相変わらず芳藤さんは固いわねえ」

呆れ半分にお吉は頷いた。

猫の楽園と化している国芳塾の戸を閉めた芳藤は、日本橋の表通りに出た。

界隈は木造の商家に混じり、煉瓦造りの建物が建ち始めている。その下では人力車や馬車がせわしく行き来しており、その脇を歩く洋装の人々の頭上には瓦斯燈の笠が広がっている。そして、町の名前の由来になっている大橋も、弓なりの踏板をした和橋から、洋風の平らな橋に架け替えられていた。

文明開化の波はすぐそこまでやってきている。

「人が多いわねえ」

「そうですねえ」

芳藤は前を歩くお吉の言葉に相槌を打ったものの、半ば生返事に近かった。息苦しい。ここでは大小を差した侍たちや大名たちが闊歩していた。けれど、今はもうそういった連中の姿を見ることはない。武士の世が懐かしいわけではない。ただ、当今の現金さについていけないだけだ。

「芳藤さん、並んで歩かない？「ほら、あそこを行く人たちだってそうしてるし」

お吉が差したのは、洋装に身を包む若夫婦風の二人連れだった。二人して町の真ん中で微笑み合いながら何かを喋っている。

「いえ、人は人、あたしはあたしなもんで」

「もう。芳藤さんは本当に古いのね」

「はは、古木綿を今更仕立て直しはできませんよ」

古い作法で生きてきてしまうと、直しは利かない。変な折り皺のついた羽織のように長持の奥にしまい込まれ、虫に食われるのを待つ羽目になる。それがわかっていても、今更自分の性を変えることはできない。

「前をお歩きください」

「これだから芳藤さんは」

後ろに手を組んで、お吉はまた歩き始めた。先ほどまでよりもゆっくりとした足取り。まるで追いついてこいと言わんばかりだった。けれど芳藤もそのお吉に合わせて距離を取る。

のんびりとした散歩のついでに樋口屋に顔を出す。すると、帳台に肘をついて暇そうに煙草をふかしている樋口屋に出くわした。樋口屋は芳藤の姿に気づくや居ずまいを正した。

「おお、芳藤さんじゃないか。それにお吉さん」

「ご無沙汰してます、樋口屋さん」慇懃に頭を下げたお吉は店を眺める。「なんだか暇そうですねえ」

「まあねえ」

樋口屋は軒先の上がり框に座るように促してきた。お吉に上がり框を譲り、芳藤自身は立ちん坊を決め込む。その芳藤を一瞥した樋口屋は、煙管を吸ってから、長く白い息をゆっくり吐いた。

「まあ、今はそんなに忙しい時期じゃないからねえ。出替わりと年末年始が書き入れ時の稼業ですからなあ」

「確かおっ父も、その直前は忙しげにしていたっけ」

「ええ。その頃は絵草子の挿絵なんかも大量にお願いすることになるから」

それにしても。樋口屋は苦々しい顔を浮かべて芳藤に耳打ちした。

「最近ね、芳年から詫びが入ったんだ」

「詫び？」

「ああ。あいつも新聞錦絵に行くんだと。今までどおりの仕事はできなくなるから許してほしいって言ってきたよ」

そうか。決めてしまったのか。

樋口屋は、あーあ、と声を上げた。

「あいつはいい武者絵を描くからなあ。版元みんなで楽しみにしていたんだがなあ。どんどんお先真っ暗さ」

「そうかい」

「知ってるかい。最近、絵師どもがこぞって戦争画を描いてるんだ」

「そりゃもちろん」

戦争画自体はそう珍しいものではない。昔の戦ならばこれまで多くの浮世絵師が描いてきたし、戊辰戦争のものだって数多く出回っている。樋口屋がここで言っているのは、士族反乱を材に取った浮世絵のことだろう。

徳川の時代には、実際にあった事件をそのまま浮世絵のネタにするのは憚りがあった。もしそれが御政道批判につながる描きっぷりになっていたら、最悪、文字通り絵師の首が飛ぶ。最初から時事ネタは自粛するか、ないしは過去の事件になぞらえて形にしようとしたのがかつての版元だった。しかし、明治の御代では暁斎の筆禍事件などの混乱はありながらもそのタガが外れ、今起こっている事件を材に取った浮世絵の百花繚乱と相成った。新聞浮世絵はその一つの形だろう。こんな頃にたまたま起こっていたのが、士族たちの反乱なのだった。

この反乱は他人事のようにしか思えなかった。町人には町人の道理があるように、お武家にはお武家の筋があるのだろう。お武家にも許せないこと、納得できないことがあって、蔵に収めていた刀を引っ張り出して鯉口を切った。その狂乱を、東京の人々が歌舞伎に喝采を送るような気分で新聞や錦絵という手段で〝観劇〟しているのだろう、という程度の理解だ。

　樋口屋はため息をついた。

「いつから江戸っ子は物見高くなったのやら」

「いや、昔からでしょうに」

「そりゃそうなんだが……。ああいう絵は邪道だよ。絵の華は役者絵に美人画に風景画、それに相撲絵だろうに」

「そいつァあんたが言っちゃいけないでしょう」

　客の好みにケチをつけるんじゃねえ。これは国芳師匠の教えだ。もしてめえがてめえの筆を信じているなら貧乏してでも描き続ければいいだけのこと、逆に売りたいなら客の顔色を見て売れるものを描け。客にケチをつける奴に限って、売れたいくせして何の努力をしようともしねえ糞野郎って相場が決まってる。それが国芳師匠の弁だった。

　国芳師匠とも付き合いが深かった樋口屋とて、師匠の口癖は覚えているはずだ。事実、樋口屋は芳藤の言を呑み込んだ。

「そうだねえ。でも、時折ぼやきたくもなる。こっちは錦みてえに綺麗なもんをこさえて売ってるのに、客はもうそれを求めちゃいねえ。際物（きわもの）を好んで買っていくんだ。それが何とも、ね」

　樋口屋の言は、売れたいくせに努力をしない人間の言い訳かもしれない、と思いかけて、頭の端からその独り言を追い出した。努力だけでどうにかなるものではないというのは、これだけ長い間生きてくれれば嫌というほど目の当たりにしてきたことだ。

樋口屋は不意に破顔一笑した。

「そういやあ、見てくれ。どう思うよ」

樋口屋が持ってきたのは一枚の錦絵だ。芳藤とお吉は絵を覗き込んだそのとき、顔を見合わせた。

「こいつァ……」

新しい。それが芳藤の感想だった。

描かれているのは遠浅の海が眼前に広がる築地の夜だ。この画題自体はまあまあ珍しいとはいえるが、描かない者がいないではない。

この絵の目を引くところは、その描き方だ。昨今の錦絵は、輪郭がきっちりと描かれるものだが、この絵は違う。輪郭線は驚くほど細く、それどころか海の上に浮かぶ月や船着き場についている釣り船の輪郭は雲や靄がかかっている。

そこには、目が痛くなりそうなほど派手派手しい昨今の錦絵の色遣いとは一線を画した、幽玄の世界が広がっている。それはきっと、ここのところ経費が高くつくために誰も使いたがらない藍色をふんだんに使っているからだ。だが、その使い方は広重の頃とはまるで発想が違う。とにかくほのかで繊細な色遣いに終始している。

「肉筆画……じゃないわなあ。版画だ」

「ああ、今度知り合いのところから出るものらしくてな……。凄いよなあ」

「新人絵師かい」

「ご想像の通りだよ。何でも、横浜のポンチ絵を学んだあと、暁斎さんについて勉強したんだと」

幕末から明治初頭にかけて、横浜で刊行されていた〝ジャパンパンチ〟という日本居留外国人のための新聞があった。ミミズののたくったような毛唐の字ゆえに何が書いてあるのか日本人にはさっぱり読めないものの、本文に添えられた挿絵のおかげで内容の大まかな理解ができた。その絵は後に〝ポンチ絵〟といわれ、これを好む者や模倣を始める者も現れた。

芳藤自身は、ポンチ絵をありがたがる連中とは距離を置きたいくちだ。あれを称揚する者たちの多くは〝舶来の方式だから〟誉めそやすのであって、結局絵の真価などわかってはいない。

しかし――。この絵は本物だ。

「暁斎さんの弟子か……」お吉はにんまりとした。「なんだかあの人の弟子らしいわねえ」

「はは、そう思うでしょう。ところがね、あの暁斎さんですら手を焼いているんだそうで」

樋口屋が言うには、この絵を描いた弟子はかつて撃剣興行にも参加して名を挙げたとかで、優に六尺を超える筋骨隆々の大男らしい。剣では生計が立たず、かねてより興味のあった絵の世界に飛び込んだ。だが世話になる先々で喧嘩別れをして長くは続かず、さまざまな絵師のところを渡り歩いている、という。

呆れ半分にお吉は息をつく。

「暁斎さんもそうでした。色んな先生のところで学んではお辞めになられてましたっけ」

「暁斎さんの場合もそのお人と同じく喧嘩別れの場合が多いけども。でも、それでも暁斎さんの師匠筋は五人くらいじゃないかね。そういう意味じゃあ、毎年のように師匠を替えるあの新人はかなり変な例ってことになるね」

暁斎よりも偏屈な絵師の図を想像して、思わず芳藤は噴き出してしまった。頭の中に浮かんだのが、幾次郎や国芳師匠の後ろ姿だったからだ。それは暁斎でも手を焼くことだろう、と。裏を返せば、途轍もない偏屈者であっても、いい絵を上げることができるのであればやっていけるのが絵師稼業だ。

心中にこびりつく負の感情を気取られぬよう、芳藤は努めて笑みを作った。

「売れてくれるといいね。そうなれば浮世絵もまた売れるようになって、巡り巡ってあたしの懐が温まる仕組みなんだから」

もしここで、樋口屋がお追従でもいいから『いや、あんた自身が浮世絵を支えてくれ』と言ってくれれば心も休まった。しかし、樋口屋はただただ腕を組むばかりでしばらく沈黙してしまった。それどころか、しばらくして口から飛び出したのは、とんでもなく弱気な、蚊の鳴くような呟きだった。

「どうなることか、ねえ」

その樋口屋の反応がすべてだった。

わかっている。これから先、浮世絵の復権はありえない。たまにやってくる高潮がわずかな例外となりつつ、総体としては退潮を続けるのがこれからの流れだろう。もっと前に手を打っていればこの流れを押し留めることができたのではないか、と昔は責任の一つも覚えたところだが、最近は考えることさえもやめた。いくら頭をひねっても、一介の絵師が歯止めをかけることができるほどこのうねりが小さいものとは思えなかった。浮世絵は死ぬ。そう言っていたのは芳年だっただろうか、それとも幾次郎だっただろうか。

けれど――。

芳藤は言った。まるで、祈るように。

「死ぬまで、浮世絵師でありたいもんだねえ」

「そうだね。あんたが浮世絵師でありたいように、あたしも死ぬまで版元でありたいもんだよ」

死ぬまで絵筆を手放さなかった国芳師匠や芳艶の心の内にある風景には未だ至っていない。しかし、最近になってようやくあの二人の感覚に近づいてきた気がしている。

絵描きは二六時中絵のことを考えて過ごしている。何を描こうか、どういう配置で描こうか、どういう配色にしようか――。そうやって、絵師は絵を描くことしかできない木偶の棒になってゆく。飯を食っていても便所に入っていても、遊女の膝枕で一炊の夢を見ているときですら、絵師は絵を描くことに囚われている。

そんな人間から絵筆を取り上げたらどうなるか。火を見るよりも明らかだ。他人から奪ってでも絵筆を握るしかなくなる。だからこそ、死にかけの国芳師匠はすがるように絵に挑みかかっていたし、芳艶も酒毒に侵されながらも最期まで絵師であろうとしたのだろう。

絵を描くってェのは、病みたいなもんさ。

師匠がぼやいていたが、真意を心底呑み込めるようになったのはごくごく最近のことだった。

そして、そういう意味では――。己も既に病人なのだろう。

短く笑った芳藤は樋口屋の棚を眺めた。どいつもこいつも化学染料の真っ赤な配色だ。こんな時代でも、絵の病に取り憑かれた人間は絵を描くしかない。けれど、この沈みかけの船の上で、あとどれだけ絵を描き続けることができるのだろう。

錦絵たちは、知らん、とばかりに吹いてきた風にはためいていた。


明治十年（一八七七）、東京の町が、俄然物騒な色に押し潰されそうになっていた。

新聞売りは、昔の瓦版売りのように新聞を投げ渡している。それを受け取った人々は刷り上がったばかりの新聞を読んでは西の空を不安げに見上げた。芳藤に新聞を買う余裕はない。仕方なしに誰かが捨てていった新聞を拾い上げて目を通す。

気づけば、芳藤も西の空を見上げる一人になっていた。

薩摩に帰っていた西郷隆盛が挙兵したのだという。新聞によれば『政府の方針に異議があり、帝に直接談判をする』と西郷が号したのを薩摩の部下たちが担ぎ上げ、軍をなして熊本までやってきている。清正公自慢の熊本城は天守が焼け、これぞ天意である、政府に徳がないゆえの火事である、と西郷軍も気勢を上げているようだ。

新聞にも憚りがあるのか、『現在のところ、熊本城に籠る谷将軍が西郷軍の進軍を押し留めており、帝都まで西郷軍がやってくるなどという流言は笑い飛ばすべき性質のものである』と文章を締めている。だが道端でこの新聞を読んでいる人々はその論調を信じていないようで、一様に楽しげな顔を浮かべていた。なにせ東京の人々は覚えている。西十年前、京で起こった戦の余勢を駆って箱根山を越えて攻めてきた薩長軍の有様を。西郷さんなら東京にまで攻め上ってくるのではないか、そして、上辺ばかり繕った東京の町を改め、かつての江戸を取り戻してくれるのではないか。そんなはかない期待が少しずつ膨らんでいく。

絵師の世界でも、この西郷の挙兵は大きなうねりを巻き起こした。

元々士族反乱を材に取った錦絵は多かった。その真打とすらいえるこの騒乱がネタにならないはずはなく、絵師たちはこぞって西郷を材に取り始めた。

そんな動きが出てくれば、他業界の連中も手を出してくるようになる。ある戯作者が西郷の伝記めいたものを書いたかと思えば、真田幸村と西郷が手を組んで徳川将軍を懲らしめる、という荒唐無稽な読物を書く者も出始めた。機を見るに敏な戯作者たちの読物に挿絵をつけたのは、新聞錦絵を描いていた絵師たちだった。

元より殺しや押し込みといった派手なものを扱っていた新聞錦絵は、こぞって戦況を紙面に取り上げた。殺人や略奪の坩堝となった戦場を軍記ものに寄せて書いた記事が好評を博している。

かくして現在、東京では西郷ものの絵や読本が溢れ返っている。それだけ売れているということでもあるのだろう。

しかし——。この好景気が絵師一人一人にまでは下りてこない。

それは、さっき会ってきた樋口屋の態度にも表れている。

店の棚がほとんど西郷もの一色になる中、確かに樋口屋の景気は良さそうだった。昼間だというのに客が何人も店先に立っており、西郷ものの絵と見るや買って帰っている。何より、顔を出したときに見せた樋口屋の満面の笑みがすべてを物語っていた。だが、そんな樋口屋は、突然顔をしかめて頭を下げた。

『すまねえ、あんたに出せる仕事が今はないんだよ。許してくれ』

どこの版元でも似たような反応だったから驚くことはなかった。皆、西郷特需で繁盛している様子だが、芳藤がやってきたのに気づくと、疫病神でも見るような顔をするか申し訳なさそうな顔をして、『今は仕事を出せない』と宣告される。

売れていない絵描きなんてそんなもの——。

樋口屋は取り成すようにこう続けた。

『本当はあんたにも仕事を出したいんだ。けど、数年前からの借財を今の内に返しておきたいんだよ。じゃないと息もつけないし新しい企画も出せやしない』

こう言っちゃなんだけど、この戦が長引いてくれればうちとしても儲かるのにね。そんな不謹慎極まりないことを樋口屋は口にした。

戦はいつか終わる。それはつまり、今、版元を潤している西郷特需にも終わりがやってくるということだ。この特需の終わりまでに新しい何かをお客に見せることができれば、こちらの勝ちだ。しかし、どの版元にも、新しい何かを打ち出すだけの余力がないように見える。そして絵師の側とて、もはやそんな力は残っていない。

数少ない例外が、以前、樋口屋が見せてくれたあの西洋画のような浮世絵だ。

版元の売り方にもひねりがあった。光と影の対比があまりに鮮烈であることから、版元がこの画風に『光線画』の名前を与えて売り出した。無論、絵そのものも良かったが、『光線画』という開化風の名が東京の人々の心を捉えた面も否定はできないだろう。かくして『光線画』と、その作者である小林清親(きよちか)の名はじわじわと広まり、東京中で高まっている。

光線画はあまりに新しすぎたのだろう。追従者がほとんど現れず、結局は小林某の独壇場と化している。

　仕方のないことだ。小林某の責任ではない。

　昔、何の折だったか講釈師に話を聞いたことがある。その講釈師が言うには、『どんな負け戦でも掘り返せばいい戦ぶりを見せた者はいる』のだという。小林某のやっていることは、大坂の陣の負け戦で名を上げる真田幸村の如く『一矢報いる』性質のものだ。

　それもこれも、致し方なし、か。

　芳藤はため息をつくと、お吉が待つ国芳塾へと足を向けた。


　国芳塾でも、あまり景気のいい話は出ない。

　門人たちが帰ったのち、お吉が紙燭を前にため息をついた。

「芳藤さん、門人の角松さんがお辞めになるって話があったの」

　お吉は俯きながらも気丈にそう述べた。太腿の上に載った手は、着物の地を強く握っていた。

「そう、ですかい」

　芳藤は国芳塾を見渡す。今日は塾を開いている日だ。まだ国芳師匠が健在だった時分には、この狭い中に二十人もの弟子たちが鮨詰めになって絵を描いていた。若衆が顔を突き合わせてああでもないこうでもないとお互いの絵をけなし合いながら、時には殴り合いながら絵を描いていた。その傍らでは猫たちが伸びをして、弟子たちの喧嘩に呆れ顔を向けていたものだった。

そんな光景は絶えて久しい。今日塾に顔を出した門人はわずかに二人。離れた席に座り黙々と絵を描いている。

かつては国芳塾の象徴ですらあった猫たちももういない。どんどん減っていく残飯に貧乏の臭いを嗅ぎつけたのだろう。一匹、また一匹といなくなり、ついには消えた。

芳藤は努めて明るく振る舞う。

「で、角松さんはこれからどうなさるんですかね」

この門人はかつては武士だったというが、御一新の際に召し放ちになった苦労人だ。官吏になるかそれとも絵師を目指すかで悩み、絵師の道を取ったはずだった。

お吉は眉をひそめた。

「警察官だそうなんですが――。抜刀隊に入られるそうで」

「抜刀隊、ですかい」

西郷挙兵があってから、軍隊の人手が足りないのか警視庁からも隊をこさえることになった。軍隊に入っているのは農家の二男三男坊ばかりで、刀を振り回すことができない。薩摩隼人(はやと)と謳われた西郷軍に斬り結びで後れを取ってしまうらしく、武家出身者が多い警察官から斬り合いのできる人員を集めているらしい。

「いいのかしら、これで」

お吉が俯くのは無理もない。戦に行くということは、死ぬ可能性を引き受けなければならないということだ。絵師が譬えとして口にする『命を賭ける』とはわけが違う。彼らは実際に命を落としかねぬ戦場で、己の命を的にすることになる。

芳藤にも思うところがないではなかった。しかし、その思いすべてに蓋をした。

「けれどねえ、角松さんが決めたこと。あたしたちがとやかく言う筋の話じゃありませんよ」

「けど……」

「だったら、あたしたちが絵師として角松さんを立たせてあげられたら良かったじゃないか、というだけの話ですからね」

お吉はまた下を向いてしまった。

間違ったことを言ってはいない。結局、絵を志した若者を育ててやれなかったのは、絵を教える側の責任だろう。誰だって死と隣り合わせの仕事などしたくないはずだ。一人の青年を昏いところへあたら送り出すしかなかった。己の無力さがただただ芳藤の肩にのしかかってくる。

心にひびの入る音が、確かにした。

芳藤は、ぽつりと言った。

「もう、頃合いかもしれませんねェ」

「え……？」

「前からずっと考えてはいたんですよ。師匠がお亡くなりになってから、誰一人としてここから巣立ってはいきませんでした。こんな画塾、あってもなくても一緒なんじゃないかってね。……いえ、お嬢さんを責めているんじゃありません。ひとえにこの芳藤がへっぽこ絵師だからこそ招いたことです」

師匠が死んでもう十六年経とうとしている。ずっと前を行く師匠の背中を追いかけ続けていた。だというのに、走っても走っても師匠との距離が開いていく一方の気がしてならない。

思えば、師匠は誰もが認める天賦の才を羽にして飛んでいた鳳凰(ほうおう)だった。師匠と自分が別の生き物だとどうして気づけなかったのだろう。己が燕雀(えんじゃく)でしかないのだとどうして認めることができなかったのだろう。

いや、非才をありのままに受け止めることができるようになるには、分厚い年輪が必要なのだろう。皮を分厚くしていくら切られても痛みを感じることができなくなった頃、ようやく木は己の枝ぶりの貧弱さに気づくものなのかもしれない。

「芳藤さん……。わたしを残して、お辞めになるんですか」

「いいえ。お嬢さんを残して逃げるなんてことはしません。国芳塾は、あたしが引導を渡します。お嬢さんを路頭に迷わす真似はしませんよ」

「待って。どうして塾を畳むことになっているの？　塾は残せないの？」

「あたしもお嬢さんも、食っていかなくちゃならない。そういうことですよ」

角松が抜けることで、塾の命運は決まったと言っていい。無理をして塾を開いても、開いただけ赤字になる。

「じゃあ、芳藤さんは食べるためにこの塾を手伝っていたっていうの？」

そういう面もないではない。しかし、女房が死んで身軽になってからは、そんな意味合いはとうの昔に吹き飛んでいた。そんなことよりも――。

「お嬢さん、あたしァね、この国芳塾がすべてだったんですよ。とんでもない天才肌の師匠がいて、怖くて優しい兄弟子がいて、生意気で可愛い弟弟子がいて。そん中で育って、独り立ちしてからも手伝っていたあたしからしたら、ここはあたしの家も同然なんですよ」

「だったら」

お吉の言葉を、己が言葉で封じた。

「家だからこそ、こんな落ちぶれた姿は見たくない。そりゃあ我儘ですかい」

国芳師匠の死後、塾を残そうと決めたことだって芳藤の我儘だった。師匠の遺言という錦の御旗を振るつもりが、逆に振り回されていたのかもしれない。だとすれば、なんたる道化であることか。

ついに、お吉は何も言わなくなった。

ため息をついて、芳藤は続ける。

「ご安心ください。残った門人たちは他の画塾で面倒見てもらえるように手配しましょう。それに、お嬢さんの身の振りもあたしが決めて御覧に入れましょう」

「……わたしの、身の振り？」

「ええ。お嬢さんはお若い。それにあの国芳の娘となれば、国芳を贔屓にしてくださっていた方々が放っておきませんよ」

「そう、よね」

言葉とは裏腹に、お吉は下を向いてしまった。

どうしたのだろう。言葉を待っていると、お吉はしばらくしてから、すっかり暗くなってしまった塾を見渡した。

「わたしが絵を覚えたのはここだった。わたしはここで、国芳の娘として絵を描いていた。おっ父と姉ちゃん、門人の皆と一緒に」

「ええ、あの頃はよかったですな」

「でも、覚えてる？　わたしに最初に絵を教えてくれたのは、おっ父じゃなかったの」

「そうだったんですかい」

「ほら、忘れてる」くすくすと、けれど唇を伸ばしてお吉は続ける。「最初にわたしに絵を教えてくれたのは、芳藤さんだったのよ」

「そ、そうでしたかい。それァ……」

本当に覚えていない。国芳塾ではなんとなく師匠と棲み分けがあった。腕のいい門人たちは国芳が直接教え、入門して日の浅い若造は芳藤が面倒を見る。だからこそ、入門したばかりの幾次郎や芳年の面倒も見ていたし、弟子たちもそれなりに懐いてくれている。

芳藤の側からすればあまりに弟弟子が多すぎて、交わした言葉の一つ一つなどいちいち覚えてはいられない。弟弟子に『あの時に言われた一言が今に生きてる』と言われても、こっちにその記憶がないのだから適当に調子を合わせて笑うしかない。

さすがに実の娘は国芳師匠自ら手ほどきしたものと思い込んでいた。国芳師匠の贔屓のなさ、言い換えれば実の子に対する恬淡さが浮かび上がるようであった。

「だから、わたしにとって芳藤さんは師匠。国芳が父親なら、芳藤さんは歳の離れたお兄さん。わたしね、ずっと芳藤さんに憧れてたのよ」

あたしに？

今度は芳藤が何も言えなくなる番だった。

「芳藤さんはとにかく丁寧なの。筆運びもそうだし先生としても。わからないことがあって訊くと、一緒に悩んででも答えを教えてくれた。それに、わたしが麻疹で倒れたこと、あったでしょう？」

昔の話だ。師匠が版元廻りをしていて留守だった時分に、突然お鳥が泣きじゃくって芳藤にすがってきた。話を聞けば妹の様子がおかしい、見てくれ、と引っ張られるがまま向かうと、虚ろな目をし、熱っぽい顔をしたお吉の姿があった。

「あの時、芳藤さんの背中に揺られてたわたしは、夢現の中で、ああ、この背中は大きいなあって思ったの。それで、わたしはこういう大きな背中の人のところに嫁ぎたいなあ、って」

芳藤は下を向いた。

「あたしァそんなもんじゃありませんよ。たぶんそれァ、お嬢さんがまだ小さかったからですよ。今のあたしを見てくださいな。明日の飯にさえ困ってる、背中の痩せた冴えない中年絵師ですよ」

でも。お吉はその目をこちらに向けてきた。父親譲りの、周りを呑み込むようなその目を。

「今でも、芳藤さんの背中は大きいわ」

しばし、沈黙が芳藤の前に立ち塞がった。

お吉が潤んだ目をして座っている。気づけばこの娘も大人になった。それどころか、先立たれた夫との間に子供さえいる。子供の頃の印象がいつまで経っても抜けることはなく、ついつい見逃していた。二十年前の少女は、今は一人の女になっていた。

桃色の唇がわずかに震えている。それがお吉のどんな感情を映したものなのか、芳藤には判然としなかった。

芳藤はふと、指先をその唇に伸ばそうとした。けれど、芳藤は頭を振ってその手を引っ込め、床に手をついた。頭を下げた、というよりは、お吉の刺すような視線から逃げた。床を必死で睨みながら、芳藤は己の手に届くはずだったものを、忘れようと念じた。

「……お嬢さん、あたしァ、国芳師匠に目をかけて頂いて今があります。一番弟子、とは口が裂けても言えませんが、それでもあたしにァ国芳一門衆としての矜持がある。何が何でも、お嬢さんには幸せになってもらわないとなりません。あたしが佳きお相手を必ずや見つけて参りますから、なにとぞ……」

しばらく、お吉は何も言わなかった。けれど、踏ん切りをつけるように、うん、とあいまいに頷いた。

「そう、ね」

頭を上げたその時、芳藤は小さく声を上げてしまった。

お吉が泣いていた。声を出さず、両の目から一筋の涙を流し、こちらを見据えていた。恨みがましいわけでも、呆れているのでも、哀しさを顔に表しているのでもなかった。まるで赤ん坊を見るような柔和な笑みで、それでもお吉はとめどなく涙を流し続けた。

その涙を拭くことなく、お吉は言った。

「国芳の娘って肩書は、ずっと誇りだったのよ。でも、こんなに恨めしく思ったのは初めて」

お吉の顔には恨みなど浮かんでいなかった。菩薩様のように澄み切った、けれどどこか超然とした笑みを浮かべていた。

「ねえ、一つ教えて？　もしわたしが国芳の娘じゃなかったら。芳藤さんはわたしの願いを聞き入れてくれた？」

「そ、それァご勘弁を」

「教えて」

その言葉はあまりに圧を以て迫ってきた。悩みに悩んだ。芳藤は結局、お吉の問いに正面から答えることをしなかった。

「……あたしにァ、あの世で待ってる女房がいますから」

嘘だ。もちろん極楽の縁から此方を見下ろしている女房の手前もある。けれど、一瞬にせよ、お吉と生きるという未来が頭をかすめた。そして、その未来に手を伸ばそうとしていた芳藤がいたのだ。その手を引っ込めさせたのは泉下(せんか)の国芳であり、泉下のお清だった。

いや、違う。手を引っ込めたのは、己自身だ。とうの昔に才など擦(す)り切れてしまった貧乏町絵師が、自分の手に届かないはずだったものを前に尻込みしてしまっただけだ。泉下の師匠と女房のせいにして、己の臆病さと自信のなさの言い訳にしているだけだ。

心底、自分のことが嫌になった。

お吉はのろのろと首を振った。

「お清さん、かあ。いい人だったから、あの人は」

芳藤は、自己嫌悪に陥りながらも、自らの嘘から抜け出すことができなかった。

「これ以上なく、いい女房でしたよ。今世で何も愉しい思いをさせてやれなかったのが、あたしの心残りです。外からはどう見えていたかわかりませんがね、あたしァきっとあれから憎まれていたんじゃないかなあ。あたしにァ、惜しい女房だった」

「そう」

お吉は立ち上がった。いつの間にか懐から手ぬぐいを取り出して、頬の涙の筋を拭っていた。そうして残ったのは、いつものお吉の、お日様のような笑顔だった。

「ここは芳藤さんの城。そのご本人が城を割りたいというのなら、わたしに止めることはできない。でも、わたしの身の振りくらいはわたしが決めるわ」

「そうはいきませんよ。ここはあたしが――」

「わたしの沽券に係わるの。好きにさせてくださいな」

結局、芳藤は押し切られる格好でそのお吉の言葉を呑んだ。


雑巾を手に塾の床の板目を拭きながら、芳藤は人が来るのを待っていた。

板目に残る墨の跡に辟易する芳藤がいた。いくら拭いても床板に染み込んだ墨が取れる気配がない。三十年にもわたってこの場所を貸してくれていた大家も、『いや、こんなに長く使ってくれてこの程度の汚れなら困りゃしないよ』と笑っていた。

大家はこの長屋を潰すつもりらしい。最近はこの辺りも新しい建物が立ち並ぶようになった。長屋なんてものは、もう煉瓦造りの建物が建ち始めた日本橋には似合わないのかもしれない。わかってはいるのに、雑巾がけをやめることができなかった。

ああ、この染みは芳艶にいさんがつけたもんだ。

この柱の傷は幾次郎が芳年と喧嘩してこさえたんだっけか。

これは師匠が、お鳥お嬢さんとお吉お嬢さんの背比べに使った大黒柱だ。

塾には国芳一門のすべてが詰まっている。一門の隅っこでこまごまと働いていた芳藤自身の思い出もある。思い出はいつまで経っても色褪せることなく、ただただこちらに微笑みかけてくる。お前は今、あの頃のように輝いているのか、と。だからこそ、心苦しい。もう、すべては手遅れだ。

心中に去来するのは、ただただ無力感だけだった。どうしてもっと自分に器量がなかったのか。当たり作の一つでもあればもっと違ったのに。

雑念を払いながら雑巾で拭いていると——。

「芳藤さん」

女の声に、芳藤は顔を上げた。

お吉だった。その横には、年の頃十ほどの少女——お吉の娘の姿もある。親子揃って器量がいい。新しい生活に胸を膨らませているのか、お子の表情が明るいのが救いだった。けれど、お吉の顔は沈み込んでいる。

芳藤はそのお吉の顔を見て見ぬふりし、努めて道化を演じた。

「やあやあ、綺麗な召し物ですな。お似合いですよ、お嬢さん」

「芳藤さんは口が上手いんだから」

「いやいや、本当にお綺麗ですよ」

上等な小袖を身に纏い、浮彫りがなされた鼈甲の簪を差している。普段よりも丁寧に化粧をしているのだろう。元よりの器量とも相まって、驚くほどあでやかだった。が、まるで魂の籠らぬ人形のように虚ろな目のせいで、あの潑剌としたお吉の魅力は鳴りを潜めていた。

今日、お吉は嫁に行く。

本当はいくらでも引く手はあった。あの国芳の娘だ。美貌でも知られていたから様々な人たちが声を掛けてくれた。お鳥の婚家も『もし当てにお困りなら、うちが責任持ってお相手を見つけましょう』と申し出てくれた。

それでもお吉は、頑なまでに周囲の手を借りようとはしなかった。お吉が探してきたのは、横浜で卜占を生業にする男だった。

いや、売卜者が悪いとは言わないが、浮草稼業ぶりは絵師と大して変わらない。商家の御内儀に収まることができるにも拘らず、事実としてお吉は売卜者を選んだのだ。まるで当てつけのように。

お吉はゆるく微笑んだ。こちらを詰るような表情だった。

「ねえ、芳藤さん。止めないの？」

「ええ、止めませんよ。だって、お嬢さんの決めたことですからな。あたしには、止めることはできやしません」

師匠の娘が苦労しそうな未来を選んでしまった。押し留めるのは弟子の務めだ。――いや、芳藤の心のどこかに弟子筋の義理を超えた何かが横たわっていて、芳藤に迫ってくる。このままでいいのか、と。

心中で芳藤は答える。これでいいのだ、だってしょうがないじゃないか、と。

踏ん切りをつけるように、芳藤は言った。

「お嬢さん、なにとぞ、お幸せに」

「止めてくれないのね。――わかった。芳藤さんはそういう人だものね。幸せになってやるわ」

「ええ、それでこそ、お嬢さんです」

「――芳藤さんに、頼んでもいいかしら」

「はい、何なりと。あたしで聞けることであれば」

「おっ父の墓守になってはくれないかしら。わたしは横浜暮らしでしょう？　たぶんおいそれと戻って来られないと思うの。おっ父、なんだかんだで寂しがり屋だったから」

「お安いご用です。確かに承りました」

頭を下げるとお吉は顔をくしゃっと歪めた。なんでその頼みは安請け合いできるのに、わたしの願いは聞いてくれないの？　そう言いたげだった。

お吉は短く息をついて、最後には笑った。

「さようなら、芳藤さん」

言葉の響きにはある種のこわばりがあった。二度と逢わないと覚悟を決めた者が放つ、断裂の響き。ぽっかりと心に穴が開いて、血が流れ出している心地がした。けれどこの結末を選んだのは芳藤だ。笑って送り出すべきだ。

「ええ、お元気で」

必死に微笑んだ。

と、お吉はくすくすと笑った。

「もう、芳藤さんは笑うのが苦手ね。そんな顔しないでよ。じゃないと――」

目尻の辺りを小指で払ったお吉は踵を返した。

「汽車の時間もあるから、これで」

お吉は娘を伴って歩き始めた。履物を鳴らす後ろ姿がどんどん小さくなっていく。やがてお吉たちの姿は辻の雑踏に消えていった。

すべてが終わった。

門人たちも始末がついた。事情を門人たちに話し、希望する者は他塾への口利きを約束した。何人かは希望があり、芳年の画塾に無理矢理押し込んだ。

国芳一門にも塾を閉める旨を手紙で送った。返事がない者も多かったが、ぽつぽつとやってきた返事のほとんどは労い(ねぎら)の言葉で彩られていた。

一番の問題だったお吉の件も、収まるべきところに収まった。

やるべきことはすべてやったはずだ。それでも寂寞(せきばく)たる思いが去来するのは、己自身が無理を通しているからだろうか。遣る方ない思いが頭の中で渦巻いていた。

風が吹いた。その大風は開けっ放しにしていた戸から舞い込み、一枚の錦絵を運び入れた。政府軍に押し返された西郷の城山自刃を報じる新聞錦絵だった。

また取り残される。そんな気がした。

と——。

なあなあ、という鳴き声が、芳藤の耳に届いた。声のほうに向くと、真っ黒な毛色の子猫が表戸から中に入ってくるところだった。

「悪いな。もうここは閉じるんだ」

その黒猫は、芳藤を見るや目を真ん丸にして、胸に飛び込んできた。随分人懐っこい。

どうしたものか。

腕の中で背を丸める子猫に、芳藤は顔をしかめた。

ここに置いておくわけにはいかない。

「一緒に、来るか。あたしみたいな甲斐性なしでよければ、だけどね」

子猫は頷くように、なあ、と一鳴きした。

すべてをなくした男に、猫が一匹迷い込む、か……。

皮肉なもんだ。芳藤は、独り、力なく笑った。

三章

久々に嗅ぐ泥鰌鍋の香りに引きずられて、口の中いっぱいに唾が広がる。刻み葱を散らしてやると、楽しげに笑う暁斎の姿が湯気越しに浮かぶ。

「そういやあ、あんたと来るのは久しぶりだね」

「そうだな。すまないね、今まで誘いを断っていて」

「いや、しょうがねえよ。あんたにもいろいろ事情があるんだろうしな」

訳知り顔でそう暁斎は言った。こちらの生活ぶりについて言っているのだろう。

お清が死んでから浅草に越していたが、国芳塾を畳んだ明治十年、さらに家賃の安い裏浅草に移った。やくざ者や柄の悪い男たちがたむろしているようなところだ。子があるでも、妻がいるでもない芳藤には奪われるものなど何もない。国芳塾の手伝い料が入らなくなって、どうしても生活の質を落とさざるを得なかった。泥鰌鍋なんていう贅沢にそうそうありつく機会のないまま、指折り数えてみれば四年の月日が流れている。

久方ぶりの泥鰌だとぼやくと、貧乏は一緒だ、と暁斎は短く笑った。

「俺も、三年ぶりくらいかね。いや、ここんところ、俺も貧乏でよお。困っちまうよもう」

「そうなのか？　てっきり――」

「さっぱりだね。ほら、俺ァほとんど開化絵も描かないし無惨絵もそう描かない。つまるところ、今の流行は一切描いてないってことになる。文人会なんかに顔を出していいものを食わせてもらって、ぼちぼちそれなりにやっているよ」

不満げな顔を猪口の水面に映した暁斎は、己の顔をかき消すようにあおった。芳藤は空になった暁斎の猪口に酒を注ぐ。

「お前の名はよく聞くよ。当代一流の絵師の一人ってね」

「まあねえ。そりゃあ、当代の連中に負ける気はしねえよ。でもねえ」暁斎は少し口をつけた猪口を床の上に置いた。「名はあっても金蔓には化けねエ。もし絵で金を稼ごうと思えば数を描くことになるけど、それだと流行絵師扱いされて名は上がらない。変な話さ。歌麿の頃は幸せだったよな。名前のある絵師は売れてたし、売れてる絵師には名前がついてきたもんな」

昔から、浮世絵師は「いくらでも稼げるが仕事の格は下」と見なされていた。格上の仕事と見られていた狩野派などの伝統的な絵師たちは、大名や分限者といった権力者に寄りかかって生計を立てていた。御一新で権力者たちが一掃されて生計の道を絶たれてしまい路頭に迷っているのが、伝統的な絵師の現状なのだろう。

暁斎は何だかんだで狩野派絵師だ。浮世絵師として活動はしているが、その評判は芳年ほど高くはない。暁斎が困窮しているのは、軸足である狩野派の仕事がうまくいっていないからだろう。

もっとも、暁斎の浮世絵師としての稼ぎとて、芳藤よりははるかにいいはずだ。

結局、どんづまりなのは芳藤だけだ。

一人沈んでいると、刻み葱が萎れてきた。

「お、煮えてきたね」

暁斎は嬉しげに顔をほころばせ、泥鰌を何匹か箸でつまみあげるとそのまま一気に食らった。美味いねえ、と独り言ち、昔を思い出すね、と水を向けてきた。

「昔はよかったなあ。芳年と幾次郎の四人で、よく泥鰌鍋を食べたもんだね」

「そうだね」

目の前の男の髪の毛にも白いものが混じり始めていた。芳藤の三歳年下のはずだから、この男も数えで五十一になる。道理で年を取るはずだ。

「そういえば、今、二人は何を？」

「ああ。まず幾次郎だが……。あいつ、今ほとんど絵を描いてないらしいぜ。何でも新聞の会社経営でそれどころじゃないんだと。でもまあ食えているんだから、それはそれでいいんじゃねえかな」

そうなのか――。幾次郎といえば東京日日新聞錦絵でも遺憾なくその実力を発揮した天才絵師だ。御一新から十数年。まさかあいつが筆を折ることがあろうとは夢にも思わなかった。

「そうだったか……。で、芳年はどうなんだ？　あいつ、あんなことを起こしたが、大丈夫なのか」

芳年は、ただ絵を描いたに過ぎなかった。問題になったのは美人画、昔からよくある画題だ。こうも大きな話題となったのは、皇室の侍女たちを材に取った美人画『美立七曜星(みたてしちようせい)』なる連作を仕立ててしまったからである。

芳年の起こした〝事件〟は、明治の聖代を揺るがした。

暁斎は軽薄に笑った。

「不公平だよなあ。俺なんぞは座興でちょっと三條公をネタにしただけで牢入りしたってェのに、あいつは何の御咎めもねえんだからなあ」

「あの後、あいつの仕事はどうなってる」

「大丈夫さ。版元に行ってみろよ。今日も芳年の絵は売ってるぜ」

この芳年の絵は〝不敬〟の一点で議論があったものの、結果として芳年が罰されることはなかった。この騒動で芳年が版元から干されることが心配だったが、暁斎の顔を見れば杞憂であったようだった。

芳年は国芳一門でも最後の売れっ子弟子だ。何とか頑張ってほしい。

それに——。『美立七曜星』を版元の軒先で目にしたとき、芳藤はあることに気づいた。芳藤が見たのは、その連作の一つ、〝満月〟と題されたものだった。赤い袴を穿いた若い侍女が二人、月見に興じる図だ。一人は月を眩しげに見上げている。それとは対照的に、物憂げに——あるいは控え目に——下を向いているもう一人の侍女の姿に目を向けたとき、今は亡きお鳥の面影が重なった。

国芳師匠はよく『描けないものがあるってことは、離れて物を見ることができていないってことだ』と弟子たちに言っていた。確かにそうだ。芳藤は生前のお清の姿を描くことができない。死してなおあまりに近くにあり過ぎて、離れて眺めることができない。しかし、芳年は己の青春を賭けた、今は亡き初恋の女の面影すらも己の絵の世界に引き込み、世間に開陳できるほどの画境に至った。

そうかい、芳年、お前は、お鳥お嬢さんの死を乗り越えたのかい——。

版元の軒先で、思わず胸が詰まったことを今のことのように思い出していた。

「ま、かなり生活は荒(すさ)んでるらしいが、絵師としてはやっていけてるな」

曰くありげに暁斎は顔をしかめた。

二人の消息を聞いた段になって、芳藤はさっきから気になっていたことを切り出した。

「なあ、そういえば、もう一人誰か来るのか？」

芳藤たちに用意された席には、まだ誰も座っていない座布団と、皿に割り箸が置かれている。最初は芳年あたりが来るのかと当てをつけていたが、どうも違うらしい。

暁斎は舌を打った。

「あの野郎、なにをしているやら……。まったくしょうがねえなあ。師匠の言いつけを聞かねえとは、いい度胸してやがる」

ぼやいたそのとき、泥鰌屋の戸が勢いよく開かれた。

「師匠！　師匠はいるかい。暁斎師匠！　いったいいずこに！」

腹の底から響くような大声だ。噂をすれば影。恐らくは先に話が出た暁斎の弟子だろう。

「おお、ここだ」

暁斎が手を振ると、その男はこちらにやってきた。

芳藤は声をなくした。

声を聞いた時、武将か剣豪のようだとは思った。しかし、体つきまでそうだとは思ってもみなかった。身の丈は六尺を優に超えている。ぼろの着流しを巻いてはいるが、首から肩、腰や足の盛り上がった筋肉はまるで隠れていない。精悍(せいかん)味溢れた顔つきといい、傷だらけの腕といい、絵師というより羆(ひぐま)という方がしっくりくる。

熊のような大男に、暁斎は顔をしかめてみせた。

「おい、何をしてたんだ。師匠の誘いに遅れるとは、いい度胸してるじゃねえか」

「いや、すいません」大男は腰を折った。「実は、今日もやくざ者に喧嘩を売られちまって……」

「しょうがねえ奴だ」

ひらひらと手を振った暁斎は、空いている座布団に座るよう弟子に言った。恐縮したように、暁斎の指した座布団にその弟子は腰を下ろした。

「まったく、これだからお武家上がりはよう」

「いや、師匠もお武家の出でしょう」

「んなことァどうでもいいんだよ」暁斎は顔を思い切り歪めてその弟子を睨んだ。「おめえの腕がいいのは認めるが、口ごたえは止めな」

「へ、へえ」

まったく、わかってるのかね。そうぼやきながら、暁斎は大きな体を折り曲げて恐縮する弟子を差した。

「ああ、紹介してなかったね。こいつは俺の弟子で、小林清親ってんだ」

清親？　まさかあの？　さすがに驚いた。

「光線画のお人かい」

「おう、そういうこった、じいさん」

さっきまで小さくなっていた大男――小林清親が、やけに居丈高に話しかけてきた。じ、じいさん……。そう呼びかけられる日がついに来てしまったか、と一人打ちひしがれている芳藤を前に、暁斎がその若造――清親をたしなめる。

「だから、そういうところだよ。このお人は俺からしたら――。ええっと、年上の弟弟子ってことになるんだから、ややこしいな。たぶん、おめえからすれば叔父分に当たるはずだ。礼は尽くせよ」

　暁斎はやくざの論理で説明する。絵師の師匠弟子筋はやくざの盃の関係にも似ていないことはない。

　しかし清親は、はん、と笑う。

「俺は師匠にしか礼は尽くしません。叔父分だかなんだか知らないが、俺が礼儀を尽くす道理なんざありません」

「てめえってやつぁ」

　あの暁斎が形無しだ。以前樋口屋が『暁斎ですら手を焼いている』と言っていたが、想像以上の難物だ。

　と、暁斎が突如として胡坐に組んでいた足を正して、手をついた。

「実はよう、今日は芳藤さんにお願いがあってな」

「は？　なんだい藪から棒に」

「実は……。この清親の面倒をしばらく見てやっちゃくれねえかって話なんだ」

「嘘だろう……？」

　清親と同時に芳藤は声を上げた。清親は目をしばたたかせて暁斎と芳藤を見比べている。明らかに芳藤を見る目には嘲りと不審の色が浮かんでいる。なんでこんな奴に、と言わんばかりだが、それはこっちの台詞だ。

「おいおい、何を言うんだよ。はっきり言うが、あたしは清親さんの面倒を見てあげられるほどの腕はないよ。お前が一番わかっているだろうに」

「へなちょこ絵師に教わることなんて何もありゃしません。俺は師匠に教わりたいんだ」

清親までも反対してきた。それにつけても、初対面の若造絵師に〝へなちょこ〟とまで罵倒される筋合いはない。

暁斎はそんな清親を目で射すくめ、また芳藤に頭を下げた。

「この通りだ。ほんの数か月、ほんの数か月だ。実はこれから大勝負がある。この大勝負が終わったら、必ずあんたに報いる。もちろん清親は手元に引き戻す。だから、しばらく預かってくれ」

暁斎の後ろに執念の炎がとぐろを巻いていた。暁斎の顔には、深い懊悩と覚悟が刻まれている。こんな暁斎を見るのは随分と久しぶり、いや、もしかしたら初めてのことかもしれない。

思わず、芳藤は胸を叩いていた。

「それなら、へっぽこ絵師だけれども協力しましょう。あとはそこの清親さんの意思次第だが」

暁斎と芳藤の視線が一気に清親に集まる。清親はその視線にたじろぎながら、不承不承を顔に滲ませながらも頷いた。

「わかりましたよ。数か月なら、へっぽこ絵師についていきますよ。その代わり、師匠。何が何でも迎えに来てくださいよ」

　暁斎は舌を打った。

「あのな、この芳藤さんはな、月岡芳年とか落合芳幾の手ほどきをした人なんだぞ。おめえ、もう少し礼ってもんをだな」

「とはいっても、結局はただのへっぽこ絵師でしょうが」

　清親は箸を手に取って、鍋の上に差し入れた。何の躊躇もなく鍋の上に残っていた泥鰌をすべて拾い上げて皿へと移してしまった。

「へっへっへ、喧嘩のあとは腹が減る、ってね」

「おい、その鍋……」

　煮えたぎった割下しか残っていない泥鰌鍋。まだ芳藤は箸すらつけていなかった。その横で、もしゃもしゃと鍋の中身をかっ食らう清親に怒りが湧かぬわけはなかった。

「うめえ……！」

　割下と泥鰌が混じり合い、香ばしい香りが立ち込めている。そんな中でなぜか一人空腹の憂き目に遭っている芳藤は、仕方なく店員に泥鰌鍋のおかわりを頼んだ。

　こんな奴の面倒を見なくてはならんのか、という言葉が喉から出かかって、すんでのところでこらえた。

「は？　清親？　このお人が小林清親なんですかい」

　樋口屋は帳台で顔をひきつらせた。すると、天を衝かんばかりの大男、清親はその分厚い胸を大黒柱のような手で叩いた。

「おう、俺が小林清親さ。以後よろしくな」

清親は目立つ。文明開化の世の中で、汽車が走り瓦斯燈が闇夜を照らす時代になっても、体つきはそう変わるものではない。そんな中で六尺を超える大男、しかも筋骨隆々たる風体ならば、相撲取りと勘違いして近づいてくる者さえある。樋口屋の周りは、清親目当ての野次馬たちで芋を洗うような混雑となった。

天性というものは確かにあるものだ。そんな当たり前のことに気づかされて、気分が悪くなった。世の中には、ただ突っ立っているだけで人に寿がれる存在がいる。ただ何か行動を起こすだけで周りから拍手喝采を受ける人間だ。たぶん国芳師匠はそういう人だったし、この清親などもそうなのだろう。

生まれながらに主役を張っているような人間。

それに対して、主役の栄光の背中をただ見送るだけの脇役、きっとそれが己なのだろう、という諦めが芳藤の心中でもやとなって広がる。絵師稼業はどうしたって主役であることを求められる。清親のような人間は、何の屈託もなくこの稼業を続けることができるのだろう。

樋口屋は手揉みでもしそうな勢いで続ける。

「いや、それにしても、まさか店にお越しになって頂けるとは嬉しいねえ、あの光線画の清親さんだ。もし何かお困りのことがあったら樋口屋まで来てくださいよ」

「困ることなんてありゃしないがね」

「まあまあ、そう言わず。浮世絵師稼業は浮き沈みがありますからね。あいや、そりゃあ前途が明るい絵師さんには失礼ですかな」

樋口屋は鷹揚な風を見せる。相手を怒らせるか否かのところを口舌でつついて懐に潜り込もうとするのは樋口屋流の会話術だ。本人曰く、『あっちも失礼なことを言っているんだから、こっちも失礼なことを言ってもよかろう、と本音を引き出せるくらいがちょうどいい』らしい。

確かに、あの清親も少し心を開き始めているようだ。眉間の険が和らいでいる。

「へえ、で、あんたは何をしてくれるんだい」

「日本橋の版元には横の繋がりがありましてね。いろいろ話をつけることができますよ。何か困ったことがあれば、あたしにご相談いただけましたらいくらでも火消しできますよ」

「そりゃあまた……。意外に役に立ちそうだね」

「意外に、ってェのが余計ですな」

「そりゃ失礼」

けらけらと笑い合う大人二人。その会話の輪から弾かれた芳藤は、ふと店の棚に飾られている一枚の役者絵を手に取った。

役者絵といえば、普通は全身像であったり大首絵であったりするが、この絵は違う。

弁慶を演じる役者を背中から描き、その役者の奥に観客たちの姿を描く。そしてその絵の欄外に、お芝居のあらすじや評判を彫ってある代物だ。新聞錦絵のやり方を役者絵に取り入れたものであるといえる。

筆の手癖に見覚えがあった。なにせ弟弟子だ。果たして画工名に目を落とすと、落合芳幾の名が大書されていた。

清親が周りの野次馬たちと話し出したのを見計らい、芳藤は樋口屋に問いかける。

「樋口屋さん、こいつァ」

「ああ、それかい」吐き捨てるように樋口屋は言った。「幾次郎の発行してる新聞だよ。なんでも歌舞伎新報とかいう新聞なんだと」

「なんで樋口屋さんがこれを商っているんだい」

「まあ、付き合いだね。この前、あいつがふらっと現れてね。店先にこれを置いてくれないか、そうすれば売れた分の価の一割があんたの懐に入る、買い取りはしなくていい、全部うちで持つ、っていうもんだから。まあ置いてやってるんだけどね」

「どうなんだい、売れ行きは」

「正直、さっぱりだねえ。もうそろそろ返そうかって悩んでるよ」

「そうかい」

西郷挙兵が鎮圧されたのを境に、あれほど濫発（らんぱつ）していた士族反乱が下火になった。あの大西郷ですら政府軍に勝てなかった、という揺るがしがたい事実が不平士族たちに冷や水を浴びせた格好だ。西郷は死して政府に奉仕したということになろうか。

士族反乱が一掃されたことによって、それまで売れ行きの良かった戦争画は棚で埃をかぶるようになった。『もしかしたら明日我が身に降りかかる災厄かもしれない』という、町の人々の危機意識をあおって売れたのが戦争画だったのだろう。戦争画の引き潮は、戦争画を生んだ新聞錦絵そのものの屋台骨をも軋ませた。

未だに新聞錦絵は健在だ。ただ、以前の勢いはなくなった。新規参入もあるというが、結局は今いる読者の奪い合いが実情だというし、あまりに残酷路線を競いすぎて客離れを起こしているという。

樋口屋は遠い目をして吐き捨てた。

「まあ、なあ。あいつはあいつなりに、思うところがあったんだろうしなあ。けれど、あたしからしたら裏切者でしかないよ」

幾次郎がやったのは、かつて浮世絵や戯作を買っていた客を、新聞社という新しい版元に引っ張っていった行ないだ。他の版元の中には、『絶対に許さねえ。恩義知らずの糞野郎が』と吐き捨てていた者すらあった。けれど、幾次郎には幾次郎なりの焦りがあったのだろう。そして、落ちぶれていく浮世絵の魂を明治の世に残そうとしたのだろう。

だから、と樋口屋は言った。

「あたしはね、芳藤さんに感謝してるんだ」

「なんだい藪から棒に」

「あんたはしっかりこっちに残ってくれてる。この前聞いたよ。何でも、あんたにも幾次郎の会社から引き合いがあったたっていうじゃないか。あんたはそれを蹴った」

「いや、あれは」

「言わなくともわかってる。あんたは恩を忘れないお人だからな」

　確かに引き抜きの話があった時、版元とのこれまでの付き合いのことが浮かんだ。だが、正直を言えば、版元にぶら下がっているだけではいけない、もうそんな時代じゃないという焦りは芳藤自身にもあった。結局、芳藤が新しい世界に飛び込まなかったのは、ただただ怖かったからに過ぎない。

　あまり褒められることでもない。

　芳藤は頭を振る。ここに来た目的をはたと思い出し、懐に忍ばせてあった紙を樋口屋に差し出した。

「おお、原画、上がったのかい。どれどれ。――おお、相変わらず細かい絵だね」

　浮世絵を三十の画面に分け、その中に人々の細かい姿を描き出す。今回頼まれたのは、商家の旦那から下働きの女中までの似姿絵だ。これを切ってままごと遊びの玩具にするもよし、眺めて楽しむもよし、という趣向だ。

「いやあ、うまいもんだ。実に細かく描いてくれてる。ありがとうな。――ただ、今後はもう、こんなに細かく描いてこなくてもいいぜ」

　仕事の丁寧さを誉められることがあっても、まさか止めろと言われるとは思ってもみなかった。その理由について樋口屋は一息に述べた。

「だってよお。あんたが描いてるのは玩具絵だぞ」

玩具絵。この一言が、振り下ろされた鉈のように心に深くめり込む。

「わかってるとは思うが——。玩具絵なんてそう残るもんじゃない。丁寧に仕事をしてくれるのはありがたいし、あんたの仕事ぶりはすげえと思うんだよ。でも、そこまでしたところで——」

言われなくともわかっている。

いくら丁寧に線を描いたとしても、いくら繊細に色をつけたとしても、所詮玩具絵は玩具絵だ。客である子供たちは決して絵の評価を口にすることはない。ただ玩具絵を眺め、切り貼りし、並べ、いつかは捨ててしまう。そんなものに精魂傾けてもしょうがないじゃないか、というのが樋口屋の謂いだ。

芳藤はその言に、精いっぱい抗った。

「あたしァ、国芳一門の芳藤ですよ。売れちゃいないがそれでも矜持はある。絵師たる者、自分が死んだ後にも絵が残ることを考えなくちゃならないよ。だってあたしァ、名門・歌川国芳一派の芳藤だからね」

たとえ己の描いた絵が一枚とて残らないとしても。その一言はさすがに口にしなかった。

「そう、かい。ならもう言わないよ」

樋口屋は会話を切った。

とそこに、野次馬たちをあしらい終えた清親が戻ってきた。

樋口屋はさっきの調子のいい口上を続ける。

「それにしても、清親さんの絵は本当にすごいねえ。道理で評判なわけだよ。まるで当世流行の写真みたいだ」

この一言がまずかった。

突如として、清親の顔に暗雲が垂れ込めはじめた。まずい、と気を揉むうちに雷神もかくやの形相へと変じていた。

「誰の絵が写真みたい、だあ？」

地の底から沸いて出るような低い声。さっきまで微笑んでいた野次馬たちも、一様に笑顔のまま表情を凍らせている。困ったのは樋口屋だ。清親の怒りを向けられて、泣くに泣けず、口角を上げたまま固まっている。

それでも、言葉の接ぎ穂を探すあたり、樋口屋は立派だった。

「あ、なにかまずいことを言っちまいましたかい……。御気に召さないことがあったならこの通り謝ります」

しかし、清親は不機嫌顔を浮かべてくるりと踵を返した。

「——邪魔したな。てめえんところにはもう来ねえ」

捨て台詞を吐いて、野次馬たちを強引にかき分けながらすたすたと歩いて行ってしまった。

「お、おい清親！」

制止を聞かぬ清親を見て、ため息をついた芳藤は、今度は樋口屋に頭を下げた。

「……すまねえ樋口屋さん。あとであいつにはいろいろと言い含めとく。今日はあたしの顔に免じて許しておくれ」

「いや、あたしは構わねえ。けど、清親さんを怒らせちまうようなことを言っちまったかねえ」

ああ言われて怒らない絵師もそうはおるまい。思わず噴き出してしまった。が、この細かい機微がわかるのは同業だけだろう、とも考え直した。

「んじゃあ、行きますよ」

「あ、ああ。何とか取り成してくれい」

芳藤は清親の後を追った。

そう遠くないところに清親はいた。道端に置かれている空っぽの天水桶を何度も蹴飛ばして、肚の内にたまっている思いを発散しているらしい。芳藤がやってきたのに気づくや、ばつ悪げに道端に唾を吐き、

「なんだよ」

と手負いの猫のように目を吊り上げて凄んできた。

「あのな、これでもあたしはお前の師匠筋なんだ」芳藤も負けてはいない。「数か月の

預かりとはいえ、師匠に対する礼儀を持ってもらいたいもんだ」

鼻で嗤う清親は地面に転がる桶を軽く蹴飛ばす。がらんがらん、とけたたましい音を立てる桶は芳藤の足元にまで転がってきた。それを拾い上げて埃を払ってやってから、芳藤は癇癪を起こした子供のように口をひん曲げる清親に目を向けた。

「大体、お前の考えていることはわかる」

「わかるわけねえだろ、あんたに」

「舐めるな。どうせ、〝写真みたいだ〟と言われたのが癪だったんだろうに」

すると、清親はぽかんと口を開き、

「なんでわかった？　師匠から聞いてたのかよ」

と、しおらしく聞いてきた。

「なにを言ってるやら。あんなもんと比べられるのは絵師なら誰だって不本意だろう」

絵師にとって、写真は脅威に他ならない。今はまだ写真をそのまま印刷にかけることはできないらしいが、そのうち方法が確立されれば……。恐らく、現在出回っている新聞錦絵などひとたまりもないだろう。所詮絵は嘘っぱちだ。新聞に求められるのは真。新聞が錦絵を用いているのは、あくまでそれに代わる手段がないからだ。

いつか写真は絵の占める地位を奪う。

清親は、誰よりも写真に恐怖を抱いている絵師の一人だろう。

〝光線画〟は、光と影の対比と、見たものをそのまま紙の上に映したような写実性に特徴がある。光と影はともかくとして、写実性は写真の一番得意とするところだ。この男は気づいているのだろう。自分の絵が、写真の在り方とぶつかってしまうことに。そうやってあがいている絵師に、『写真みたい』などと褒めたらどうなるか。火を見るより明らかだ。

清親は、芳藤が桶を拾い上げているのを見て、蹴り飛ばした他の桶を手に取り始めた。

「俺ァよ、ポンチ絵から絵の世界に入ったんだよ」

「む？」

「元々は武士でよ。でも、貧乏だったから絵師として名を上げようと思って、あの頃滅茶苦茶売れてたポンチ絵の絵描きのところに下働きに入ったんだよ。そこで絵を覚えた。知ってるか？　西欧では、日本みたいな絵はなくて、どれも俺が描くような――、写実の絵なんだと。んで、俺はそこで〝でっさん〟とか〝ぱあす〟とかを覚えさせられた。んで、ポンチ絵を離れてから、西洋技法を織り込んだ浮世絵を始めたってわけだ。でも――」

天水桶を並べる清親の顔には迷いがあった。

「そうなんだよ。写真なんてもんが広まってから、疑問で疑問でしょうがない。写真はなんでもそのままありのままを写す。もちろん、俺たち絵師はどこまでも細密に絵を描くことができるだろう。でも、どこまで描き込んでも写真には敵わねえ。だとすれば、俺たち絵師に存在価値はあるのかよ、ってな」

その問いに答えることができなかった。

芳藤ですら、その問いは多少なりとも自らに課してきたはずだった。けれど、答えに至ることはない。

「いつか、答えは出るだろう。描き続ければ」

「でもよお。もし俺たちのやっていることが、絶対に勝てない化け物相手に槍を突き立てるようなもんだとしたらどうするんだよ」

清親は今にも泣き出さんばかりに顔を歪めていた。

絵師の修練は一生ものだ。若い時分から絵筆を握り、研鑽を積むことでようやくものになる。絵師というのは、いつか大勝ちする日を夢見てひたすら賭け続ける、博打打ちにも似た人間だ。でもそれは『もしかしたらいつかは勝てるかもしれない』というささやかな望みがあったればこそだ。

「それでも、描くしかないだろう?」

芳藤の言葉を背に受けながら、清親は天水桶を組み上げはじめた。その背中は数段小さく見えた。

ふと、芳藤の脳裏に芳艶の顔が浮かんだ。

芳艶にいさん。今の浮世で一生絵師であり続けるってェのは、あまりに難しいみたいですよ。

そう、肚の内で呟いて、天水桶を元に戻した。

黒猫が、なーん、と鳴いた。

右手に筆を持ったまま紙に向かう芳藤は、左手に猫じゃらしを持ち黒猫の眼前で動かしてやる。すると黒猫は、前足をしきりに動かしてその先を追った。拾った頃には子猫だったが、既にいっぱしの大人になっている。

「無邪気でいいなあ、お前は」

ぼやいて机の上の紙に目を落とす。今回は兵隊を種にした切り絵だ。しかし、どうにも描線が定まらない。いくら描いても納得いかないのは、そもそも兵隊になど興味がないからだろうか。芳藤は紙の上に大きなバッテンをつけて筆を置いた。

清親は浅草見物に行くと言っていた。あの小生意気な若造の相手をするのはなかなか辛い。かつて国芳塾があった頃にはああいう生意気な手合いなど軽々とあしらっていたものだが、これが齢を取ったということなのだろうか。芳藤は意外なところで我が身の衰えを思い知る羽目になっていた。

家には静寂が横たわっている。生涯のほとんどを過ごしていた国芳塾はいつも嵐のようなやかましさだったし、お清のいた頃にはその大きな声が長屋中に響いたものだった。

「棺桶の中ってのは、こんな静かなものなのかもしれないね」

口に出してはうすら寒くなり、辛気臭い自分の連想に嫌気も差す。思わず立ち上がると、芳藤は三和土の履物をつっかけた。と、黒猫が背中に飛びつき、肩にまで登ってきた。どうやらこの猫は主人の帰りを待つつもりなど毛頭ないらしい。かくして、男一人と黒猫は浅草の町へと繰り出すことになった。

　裏路地を抜けて表通りに出たその時、めまいがした。江戸の町が突然目の前に現れたような心地がしたからだ。

　この町では、洋服を着ている人間を見かけることはない。道の真ん中では人々が着流しや羽織姿で闊歩し、道行く人々のために軽業師や傀儡師が道端で芸を披露して投げ銭を一身に受けている。この町には、御一新を経てもなお、江戸の香りを色濃く残した人々が集ってくる。

　芳藤が浅草に越してきたのは、お清の墓が近いこと、長屋の家賃が安いことがあったが、決め手はこの町の在り方だった。江戸の北、吉原遊郭近くの寺町である浅草は、海のただなかに取り残された小島のように、あの頃の空気をそのままに残していた。裏路地から突然国芳師匠がひょっこり顔を出してくるのではないか。そんな気さえした。

　あの頃はよかった、とは意地でも言いたくない。けれど——。やはり昔のほうが生きやすかったのは事実だ。何もかもが変わってしまった。その中で生きていくためには、己も時代に合わせて作り替えていかなくてはならない。でも、己の総身には打ち捨てられた鉄煙管のように錆が浮いていて、到底作り替えなど利かない。だったら、今は亡き幻影の過去を懐かしんで、朽ちるのをのんびり待っていたほうが幾分ましなやり過ごし方だ。

誰に向かって口にしたのかわからない言い訳を打ち切って、芳藤は仲見世へと足を向けた。

仲見世の辺りは人でごった返していた。吉原に向かう前に店でも覗こうかと歩いているのだろう若い男。たまには子供のご機嫌でも取ろうかとばかりに手を引く親子連れ。この町がまだ江戸であった頃を懐かしんでいるのか、目を細めながら店先を見て回る老人……。いつでも祭りさながらの賑わいを誇るこの泡のような町には、色んな思いを持った人がやってくる。

ある店の軒先で、子供が一人突っ立っていた。粗末な形をしたその子供は、店先に差してあった風車をしばらく見つめていた。と、後ろに立つ父親と思しき男に振り返り、何事かを言う。父親は懐から巾着を取り出して、いくばくかの銭を店の主人に渡した。そうして主人が風車を子供に差し出すと、子供は満面の笑みを浮かべて駆け出し、風車がからからと回る。

子供、か。

この町には、無くしたもの、手に入らなかったものばかりが転がっているものの、拾い上げたり取り戻したりすることは叶わない。ただ、燦然と輝くそれが格子の向こうにあり続ける。芳藤はといえば、狭い鳥籠の中で、外の景色を物欲しげに眺めるだけだ。きっと、死ぬまで。

心の奥底にある古傷が疼く。それでも、その緩い痛みに晒されているうちは生きている実感がある。

仲見世に、普段の賑わいとは違う色合いの喧騒が飛び込んできた。急に沸いたその声には、悲鳴や怒号が混じっている。

喧嘩か。江戸っ子の困った性である物見高さが頭をもたげ、光に集まる蛾のようにその喧騒の中心へと引きずられていった。

浅草寺の境内にも近い一角だった。参詣客や物見遊山の人々が行き交う道の真ん中で、大きな人だかりが出来ている。人垣のせいで何が起こっているのかわからない。

「何があったんですかい」

前の人に聞くと、腕を組んでいた俠客風の男が興奮気味に答えた。

「おう、喧嘩だ喧嘩。しかも、片割れが異国人だ。こりゃ面白いぜ」

異国人？　こんな町にか。

風に乗って、この人垣の中心にいる者たちの声が聞こえてきた。

「てめえ、こんなところに何しに来やがった！」

「なぜあなたはいつもそんなに攻撃的なのデショウ」

男二人だ。片方はもう既に火がついてしまっているのに対し、片言で言葉を話す男からは怒りの片鱗さえも感じられない。

片言の男が困惑の色を隠さずにこう切り出した。

「ですから、師匠の頼みでここに来たのデス。あなたの身柄をアツカってくれてイル……、ミスター芳藤に伝言がアッテ」

む？　異国人の言葉の端に、確かに『芳藤』という名があった。なぜ異国人があたしを探しているんだ？　疑問にかられた芳藤だったが、名指しをされて黙っているわけにはいかなかった。

「芳藤はあたしだよ」

名乗り出るや、野次馬たちは道を空けて——というか、芳藤を人垣の中へ押し込んだ。人垣の中には、ぎりぎりと歯嚙みして拳骨を固める清親と、困った顔をして天秤のように両腕を上げる異国人の姿があった。

鼻の下に髭を生やし、手にはステッキ、スーツを着こなすという、この町にはまるで似つかわしくない格好の異国人は、蒼い瞳を清親に向けたまま柔和に微笑んでいる。年はかなり若いようだが、肝が据わっているのか微動だにしない。

その異国人が輪の中に入ってきた芳藤に気づいた。

「む？　あなたは一体どなたデスカ」

と、清親が思い切り顔をしかめた。

「なんでここにいるんだよ、芳藤さんよぉ」

「へえ、この方がミスター芳藤なのですカ」

片言でそう独り言ちた異国人は、その意志の強そうな目を芳藤に向け、そのままつかつかとこちらへ歩いてきた。そして、親しげに相好を崩して、芳藤に手を差し出してきた。

「ジョサイア゠コンドルと言いマス。ミスター芳藤、あなたのことは師匠から聞いてマス」

「じょさい？　こんど？」

異国人の名前は聞き取るだけでも一苦労だ。

芳藤の戸惑いに気づいたのだろう、異国人、ジョサイア゠コンドルは続ける。

「これは失礼しました。ワタシ、暁斎師匠に弟子入りしているのデス。なので、ミスター芳藤とワタシは叔父と甥の関係デス」

え？　暁斎の、弟子？　奴は異国人まで弟子に取っているのか。

清親が吐き捨てるように口を開いた。

「ジョサイア゠コンドル。工部大学校で建築を教えている御雇外国人だよ」

政府は日本の文明開化を推し進めるべく、様々な分野の専門家を異国から高給で招いているという。そんな御雇外国人の多くは、本国に居られないような鼻つまみ者か、あるいは野蛮な三流国に渋々やってきたゆえに日本の学生に威張り散らす者が多い、と何かの新聞で読んだことがある。

その御雇外国人と、目の前にいる蒼い瞳の若者の姿が今一つ像を結ばない。

コンドルは差し出していた手を引っ込めた。

「失礼。ニホンではシェイクハンドの習慣がないのでしたネ」

「ああ、こちらこそ気づきませんで」

以前、東京日日新聞の条野採菊に無理矢理手を取られたことをふと思い出した。目の前の異国人は本国の習慣を強いてくることはなかった。それどころか、腰を折って会釈をしてみせた。

「これがニホン式の挨拶、デシタ」

「あ、ああ」

頭を上げた若き御雇外国人はにこりと笑う。その顔には屈託も屈折もない。しかし、笑顔ではできない話だったのか、顔を引き締めて頷いた。

「いきなりで申し訳ないのですガ、師匠がお呼びデス。今からお越しいただくことはできますカ？」

暁斎が？　なぜ？

けれど。あいつが呼んでいるならば。

「行きましょう」

芳藤は頷いた。

肩の上に乗っかっている黒猫も、なーん、と鳴いた。

暁斎の家の戸を開いたその時、墨独特の、甘い匂いが鼻を突いた。中に入ると、山のように積まれた巻物や書画の前で暁斎が墨を磨っているところだった。

髭は伸ばし放題、目を剝いて舌を出し、ひたすら一心に硯に墨を磨りつけている。水墨画を描くときには墨が命。そう国芳師匠も言っていたくらいだ。暁斎はその師匠の教えを忠実になぞっているだけとはいえ、その姿には迫力が滲んでいる。

しばらく経っても暁斎は硯を睨み続けていた。芳藤を始めとした者たちも声を掛けるのを憚らざるを得なかった。そんな中、ふとしたきっかけで顔を上げた暁斎が、ようやく芳藤に気づいた。

「おお、芳藤さん。忙しいところ悪いなあ……。コンドルさん、ご苦労さん」

なんと。芳藤は声をなくした。太鼓腹を叩き、乱杭歯(らんぐいば)を見せて笑うはずのこの男が、今日に限ってはまるで生気を失っていた。

いや、違う。芳藤は気づく。暁斎は、生気のすべてを指先に集中させている。持ちたる感覚をすべて指先に動員して、ただただ墨を磨っている。それゆえに、全身から生気が抜けているように見えただけだ。

芳藤はいつの間にか額に浮かんだ汗をぐいと拭いた。芳藤の肩に乗る黒猫も、瞳孔を開いて暁斎の姿を瞳の奥に捉えるばかりだった。

「平気か？　あたしがいちゃ邪魔じゃないかい」

「いや、芳藤さん、忙しいのはわかってるんだけどよ。ちょっと見ててくれねえか。じゃないと、俺、あっちに行っちまう」

「あっち？」

「ああ、見えたんだよ。あっちの光景がさ。だが、あっちに踏み込んだらいけねえ。人間を辞めることになっちまうよ。怖くなっちまってなあ」

全身に鳥肌を立てる暁斎は、目を白刃のように輝かせている。

「本当にすまねえなあ。本当は清親とかコンドルさんに聞いて貰えばいいんだが、こいつらじゃまだ修業が足らねえ。俺の言うことなんざ一つもわかりゃしねえんだ。いや、これァもしかしたらあんたにだってわからねえかもしれねえ。もし手に負えなかったら聞き流してくんな」

暁斎は、墨を筆に持ち替えた。真っ白な筆先を墨の中に落としたその時、筆先が漆黒に染まる。

「実は、よ。今、内国勧業博覧会に出す絵を描いているんだよ」

内国勧業博覧会。芳藤も知ってはいる。国内の工芸作品や機械技術、絵画や彫刻を一堂に会して競わせる、政府主催の展覧会だ。この展覧会には賞が設定されており、受賞を機に有名になることも多いだけに、我こそはと野心を抱く者たちが次々に出展するようになった。

「博覧会で爪痕を残してえ。そうすりゃあ、売れてねえ俺だって売れっ子になれる。そうだろう？　そのはずだろう？　違うかい。それこそ、芳年みたいに活躍できるようになるだろう？　俺は狩野の衣鉢を継ぐ最後の絵師だぜ？　こんなところで消えてたまるようやく芳藤は、暁斎の後ろに控える書画かよ」

「狩野？」

「ああ、俺は狩野最後の絵師だよ」

暁斎の口元は震えていた。

そうか。ずっとこの男はこうだったのか。

——粉本の数々の意味に気づいた。

この男は狩野派の絵師だった。時代と共に消えゆく狩野派を眺めつつ、自分こそが狩野の絵を後世に残さんと足掻いていた。そして、その機会にと選んだのが内国博覧会だったということか。国からお墨付きをもらうことができるこの博覧会は、狩野派の健在なるを世に示すこれ以上ない機会だろう。

「消えたくねえよなあ。消えたくねえよ。狩野ってのァ、そんなに小さいのかよ。永徳が戦国の世に大きな墨でつけて、探幽、山楽が広げた狩野の絵の天地は薄っぺらなのかよ。その道統の最後にいる俺が、御一新の波に飲まれちまうのかよ」

暁斎は筆を振るい始めた。それはさながら、草木生い茂る山の中で、鉈を振るって道を切り開いているかのようだった。今、暁斎は己の道を開いているところなのだろうか。真っ白な紙の上に、暁斎は己の熱をひたすらぶつけていく。

「そんなことあってたまるかよ。俺は河鍋暁斎だぞ、ふざけんなよ」

うわ言でしかない。師匠のさまを眺めているコンドルや清親も、心配げに目配せしはじめた。しかし、芳藤は暁斎から目を逸らすことがなかった。

暁斎の鼻から血が垂れた。事ここに至ってコンドルたちが暁斎に近づこうとするものの、獲物に食らいつき唸る虎と見まごうほどの顔を向けた暁斎に恐れをなして引っ込んでしまった。

「わかってねえなあ弟子どもは！　今俺にはすべてが見えてる。お前たちには何にも見えてねえだろうがな！　だったら黙って見てろ糞どもが」

目も充血している。強く歯嚙みしているのか、口元からも血が滴り始めた。無様な中に、神々しさ湛える姿を晒したまま、暁斎は呵々と笑う。

「俺は、届くぞ。今、古の絵師の見た光景に届く。届くぞ」

暁斎がそう叫んだ、その瞬間だった。

ぶっ。

確かにそんな音と共に、また鼻血が暁斎の鼻から飛び出した。かと思えば、一気に血の気を失って後ろに倒れてしまった。

「し、師匠！」

清親たちが暁斎に駆け寄った。鼻血をだらだら流し、手に筆を持ったまま、暁斎は大の字に寝転んだ。さすがは暁斎というべきか、あれほど鼻血を垂らしていたというのに、まるで絵には引っかけていなかった。

清親は大の字に斃れる暁斎をしばしさすっていたが、やがて、芳藤に顔を向けて、呆れにも似た声を上げた。

「ね、寝てる……」

なんと、その場で高鼾をかき始めた。

魔境に入っていたのだろう。ずっと絵を描きつづけていると現実と想像の境目があいまいになり始める。普段は峻別されているはずのその二つが心の中で混じり始めると、不思議な全能感が湧いてきて、その際には百枚でも二百枚でも絵が描けるような気になる。師匠はよくこの状態になって、弟子たちを困らせていたものだ。もっとも、芳藤はまだこの域に至ったことがない。そもそも、この域に至ることが正しいことかどうかもわからない。

あれこそが、芳艶の言っていた『忘我の域』なのかもしれない。

と、肩に乗っていた黒猫がひょいと下に飛び降りて、暁斎の腹の上で丸くなった。まるでそれは、暁斎の鬼気迫る絵筆の運びを誉めそやしているかのようだった。

「しかし、なぜこいつはこんなにも内国博覧会に入れ込んだんだ」

狩野の道統を残したい、己の名を轟かせたいという暁斎の気持ちもわかる。だが、まだ暁斎は元気そうだし、機会はいくらでもあるはずだ。だというのに、どうして――。

その問いに答えてくれたのは、清親だった。

「そりゃあ、そこのコンドルのせいだよ」

「へ？　コンドルさんの」

困った顔をするコンドルをよそに、清親は苦虫を嚙み潰したような顔を浮かべた。

「コンドルが、〝あーと〟の話をするからいけないんだからな」

清親が言うには——。

暁斎は弟子たちとのしょうもない会話を好み、筆を休めて白湯を飲み、絵の話や飯の話、はたまた女の話を繰り広げるのを常としていた。その日もそうで、この時も暁斎はどこそこの豆腐はまずい、それに比べてあそこの店の豆腐はぎっしりと大豆が詰まっている気がしておいしい、あれを食べると活力が湧くんだい、などと話していたという。

そんな会話の最中、コンドルがこんなことを言い出した。

『へえ、その豆腐、まさしく〝アート〟ですネ』

あん？　暁斎は顔をしかめた。

『なんだ？　その〝アート〟ってェのは』

コンドルは、伏し目がちにして答えた。

『アートというのは、絵や彫刻に与えられた役割のこと、といえばいいでしょうカ。——かつて、西欧において絵や彫刻は神への捧げものであり、神の物語を代弁するための道具だったのデス。しかし、レオナルド＝ダ＝ヴィンチやラファエロといった画工たちによって、かつて与えられていた役割から解放されたのデス』

『へえ、その〝れおなるど〟さんってェのがねえ。で、それから絵はどうなった』

『神の代弁をやめ、人の感動を呼び起こすためのものと位置づけられまシタ。そうして今では、絵や彫刻は神のためのものではなく、人のためのもの、〝アート〟と呼ばれるようになったのデス』

その時、確かに暁斎の目は輝いていた、と清親は言う。

暁斎は顎を撫でながら唸った。

『俺たちの国では、上古、絵とか彫刻はお寺さんにあった。やがて絵は天下人のためのものになった。時代が下っては分限者のためのものになったがね。そして今じゃあ、浮世絵を町人が買ってる。ってことは何か？　あんたら西欧の〝れおなるど〟さんがやったこと、ってえのは、もう俺たちもやっているってことか』

『はい。師匠の絵も、当然〝アート〟といえマス』

暁斎は叫んだ。

『よっしゃ、ってことは、俺たちの絵は〝あーと〟、つまりは異国でも通用するってことか！　俄然やる気になってきたぜ』

かくして、暁斎は差し当たっての目標を内国勧業博覧会での入賞に定め、その絵が仕上がるまで清親を芳藤に預けることにしたのだという。

「おかげで俺は一時のこととはいえ、へっぽこ絵師んところで修業だ、やってられねえよ。それに、なんで師匠は兄弟子である俺じゃなくて、弟弟子のコンドルを手元に残したんだか」

恨み節ここに極まれりな清親の言葉だが、痛いほど暁斎の気持ちがわかる。こんな扱いづらい弟子を大勝負の時に手元に置きたくはない。コンドルは始終控えめで飼い慣らされた犬のような性向と見える。手元に置くにはちょうどいい。

コンドルは言いたいことがあるのか、その青い目を何度もしばたたかせた。芳藤が水を向けると、口元の髭をいじりながらコンドルは続けた。

「あと、ワタシ、師匠に一つ、変なことを言ってしまったのデス。——実は、錦絵は、西欧では大人気なのデス。それこそ、向こうの貴族や金持ちたちが大枚叩いて買っていきマス」

到底信じられる話ではない。

コンドルは曇りのない誠実な目をこちらに向けた。

「日本人は錦絵を下に見ていマス。けれど、西欧人はニホンの白磁なんかより、その緩衝材として詰め込まれていた錦絵によっぽど魅了されているのデス。かつて、ワタシの母国である英国の倫敦で万国博覧会を行なった時、確かに日本の白磁は人気デシタ。が、あの博覧会でよほどワタシたちを驚かせたのは、日本人が見向きもしない錦絵だったのデス。ウタマロ、ヒロシゲ、クニヨシにクニサダ。それにキョウサイは、今や西欧ではアーティスト扱いデス」

気づかぬうちに国芳師匠は〝あーてぃすと〟なるものとして、とんでもない尊崇を集めているようだ。しかも、海を隔てた遠い国で。師匠は赤飯でも炊かせて喜ぶだろうか。

それとも、『訳のわからねえおだて方をしやがって、べらんめえちくしょうめえ』と怒るだろうか。きっととんでもない勢いで怒鳴り散らしてはにかみを隠すのではないだろうか。そんな気がしている。

「その、あーてぃすと、っていうのはなんだい？」

「ああ、〝アート〟をする人のことデス」

　悪くない響きだ。画工、という言葉には、絵を描く職人、程度の意味しかない。特に浮世絵師という肩書には、昨今流行の絵ばかり追いかける貧乏人の印象が付きまとう。それに比べて、〝あーてぃすと〟の響きはどうだろう。やっていることは一緒でも、一気に大層な者になった気がした。

　コンドルは目を輝かせながら続ける。

「ニホンの絵はとにかく面白い。水平線をまっすぐ描かナイ。それどころか、ものをそのまま描こうともしナイ。アーティストの思い描く印象をそのまま紙の上に描き出したようデス。西洋の絵画技法からすればグロテスクなそれらが、びっくりするほどファンタスティックなのデス」

　お国言葉を使っているのか、コンドルの発したいくつかの単語の意味を取ることができない。しかし、褒めているのは上気した顔からうかがうことができる。

「けっ。おめえの話はいつも西欧かぶれでいけねえよ」

　毒づく清親。しかし、コンドルは揺るがない。

「師匠の絵、そしてこの国で培われた絵は、世界にも例を見ないものなのデス。それを、清親サンのような人は振り返りもしナイ。いいものを持っているのに、西洋の文化を無批判に受け入レル。ワタシからしたら不思議でしょうがありまセン」

この青い目の若者は日本贔屓らしい。なるほどそう捉えれば、御雇外国人などという立場にも拘らず暁斎のところに弟子入りする行動も頷けるし、西洋人から見れば野蛮の地でしかない日本の現地人に折り目正しいのも、尊敬心の現れなのであろう。

清親は顔をしかめている。

「錦絵はそんないいもんじゃねえやい。十文足らずで投げ売りされてるもんを有難がるたあ、西洋人ってェのはへそ曲がりだな」

「何を言いますか清親サン。むしろ、こんなにハイクオリティなものがわずか十文で買えて、一般庶民の手に入っているんですから、やはりこの国は凄いデス」

「ええい、日本語を喋りやがれ。てめえの言ってることがびたいちわからねえ」

「びたいち？　びたいちトハ？」

「面倒くせえなあ、お前は」

鼻血を噴いて倒れている師匠を挟んで言い合う二人。西洋の伝統的な絵画技法に憧れた浮世絵師と、日本の浮世絵に傾倒した御雇外国人。こんな二人では、水と油なのは当たり前のことなのかもしれない。

と、ふと気づく。気絶している暁斎を放っておくわけにはいかない。

呻き声を放つ暁斎は、よっぽどいい夢を見ているのか、鼻血で汚した顔をほころばせていた。

「大丈夫か、暁斎」

芳藤は、思わず、へえと声を上げてしまった。これが上野山なのかい、と。

上野山にやってきたのは御一新のとき以来のことだった。アームストロング砲に打ち崩されてえぐれた山肌や、徳川の侍たちの死屍累々たるさま、そしてもうもうと黒煙を立てて燃える寛永寺の堂宇の姿……。あの地獄と見紛うばかりの光景が頭をかすめて足が遠のいていたのだが、かつての戦を思わせるものは毫も残っていなかった。

かつて堂宇があったあたりは整地されて石畳が敷かれ、道に沿って瓦斯燈が等間隔に立ち、その奥に赤煉瓦の建物がいくつもそびえている。かつては徳川の牙城であった上野山もついに文明開化の波に押し流されてしまったのかと思うとやりきれなかった。道行く人々の楽しげな様を見れば、ここがかつて徳川の霊廟であったことなど誰も覚えてはいないことだろう。

さすがは内国勧業博覧会だ。神田の祭もかくやの賑いに芳藤は舌を巻く。

このお祭りの話は色々と聞いていた。西郷挙兵のあとの不景気が長引いて中止の建議まであったというが、なんとか開催までこぎつけたこと。開会するや多くの人々がこの上野山に来場したこと。帝や皇后もこの博覧会を見て回り、いちいちお褒めの言葉を臣下にお伝えになられたこと——。

もちろん見て知ったことではなく、新聞が教えてくれたことだ。新聞が逐一内国博覧会の素晴らしさを喧伝するおかげで野次馬が増える一方だ。これもまた、この町が江戸と呼ばれていた頃には見られなかった奇観だ。

そろそろ開催期間も終盤に差し掛かっている。だというのに、というべきか、だから、というべきか。観覧者の列は上野山を黒く染め上げていた。

芳藤は他の観覧者たちのように一から順に観ることはしない。興味があるのは絵だけだ。本展覧会の目玉である産業機械部門や彫刻部門をすべてすっ飛ばして、芳藤はある煉瓦の建物へと入り、絵が集中して飾ってある一角へと至った。

日本中の我こそはという画家たちが描いた絵が順に掛けられていた。優れた絵は窓だ。絵師がどこかの屋敷から切り取ってきた窓を運んでここに飾っているようにも見える。

様々な絵があった。西洋画の影響を受けた風景画から、狩野派の粉本を丸写しにしたような絵、何を狙っているのか判然としないものまで玉石混交だ。

心が震えない。大体どれも技術はあるものの、こちらの心を鷲摑みにするような何かを持ちえていない。これなら国芳師匠のほうが万倍はいい絵をお描きだった、と心中で呟き、鼻高々な思いにもなる。

絵をつまみ見して歩いていると、一層の黒山の人だかりができている一角に出くわした。向かうと、そこには腕を組んで立つ黒羽織姿の暁斎がおり、客と思しき商人風の男と言い争いをしているところのようだった。

　また暁斎は何かやらかしたのか？

　訝しく思いながら近づいたその時、芳藤の目に、とんでもないものが写り込んだ。

　一目見た瞬間に、体中に稲妻が走った。

　他の絵よりも二尺ほど高い位置に吊るされたその絵は、明らかに異彩を放ってそこにあった。他の絵が目立とうと様々な染料で色彩豊かに描かれている中、この絵は墨絵だ。羽を膨らませて枯れ枝に留まってそっぽを向いている鴉。背景には何も描かれていない。寒々しい天地、枝の上に止まる鴉だけが、四角い枠の中に納まっている。だが、まるでそれは、檻の中に鴉を閉じ込めているかのようだった。絵の中の鴉は、今にもこちら側に飛び出してきそうな緊張感がみなぎっている。

　肩の震えが止まらない。

　梢に止まる鳥、という、それこそ狩野派絵師たちがこれまであまた描いてきた手垢のついた画題にも拘らず、この絵には粉本にありがちな陳腐さはない。

　舌を巻きながら暁斎たちに近づくうちに、客との言い争いの内容も聞こえてきた。

「はあ？　この墨絵一つに百円だと？　そんな法外な値段がつくわけもないだろう。墨絵だぞ。どんなに時をかけても一日で終わる仕事だろうが」

　そう商人風の男が言えば、暁斎は、

「百円。これ以上は負からないね。もし不服なら買わんでいい」

と切り返している。

絵を売る売らないで騒ぎになっているらしい。この展覧会は出展品の売買を禁止していない。絵や彫刻などの一点ものも、博覧会が終わったら引き渡せばよいことになっているはずだ。それどころか、先約のある展示品について売買契約をしてしまい、大騒ぎになったこともあったと聞く。しかし、二人の言い争いを見るに、そんな類のものではないようだ。

「暁斎、どうした」

声を掛けると、暁斎は、おお、と声を上げて乱杭歯を見せた。

「来てくれたのか。見ろよこの鴉。いい出来だろう」

やはり、あの鴉は暁斎の筆だった。だが、そんな場合ではない。目を三角にして此方を睨む商人風の男は、その鴉を見上げて指差した。

「確かに俺だってあの鴉がいい出来だとは認めてる。でも、さすがに百円は法外だって言ってるんだよ。百円っていやあ、親子三人が一年は暮らせるだろうが」

べらぼうに高い。巡査の初任給が四円だ。芳藤なら、一年と言わず五年は暮らしていける額だ。

しかし、暁斎は鼻を鳴らした。

「ふざけんない。百円だって端金(はしたがね)だぜ？　わかってねえな。仮に、だ。一刻ほどで描き終えた絵だろうが、座興で描いた絵だろうが、その絵を描くためには長い修練が裏にあるんだよ。人生を棒に振るかもしれねえ、ってびくびく怯えながらな。そんな俺たちからしたら、百円だって安いくらいだ。他にもあるぜ。この一枚の絵を描くためにはな、俺の師匠筋に当たる絵師たちの研鑽があるんだ。それをあんたは買い叩く気かよ」

「むう……。屁理屈だ、そんなのは」

ふん。暁斎はむすっと頰を膨らませた。

「なら買わなくていいって言ってるんだよ。おととい来やがれってんだ」

啖呵を切る。すると、その商人風の男は、お高く留まった糞絵師が、と吐き捨ててその場を後にした。

その後ろ姿を目で追いながら、芳藤は声を上げた。

「すごいな、お前は」

「は、何が」

「向こうは何円って言ってきたんだ？」

「五十円だよ。信じられるか、半値だぞ」

それとてかなりの値がついたといえるだろう。何せ、一年目の警官の年俸とほぼ同じだ。

呆れる芳藤をよそに暁斎の鼻息は荒い。

「この鴉には百円の価値がある。なぜなら、これが〝あーと〟だからな」

コンドルの日本贔屓に毒され過ぎてしまったか。とやかく言えることではないが、このままでは悪評がつくことになるやもしれない……。そう気を揉んでいると、突如として、黒山の人だかりの中にいた茶の着流し姿の老人が手を上げた。

「なあ、この絵なのだが」

「あ？　百円じゃねえと売らねえぞ」

老人の口から飛び出した言葉は、芳藤はおろか、辺りにいた者たち全員の度肝を抜いた。

「百円を出せば売ってくれるのか。それなら買おうじゃないか」

場がしんと静まる。そして遅れて、波紋が広がるように喧騒が戻る。人々の視線は暁斎と茶羽織の老人の二人に集まり、最後には鴉の絵に集まる。

「あ、ああ、もちろんだぜ」なぜか、値段を決めたはずの暁斎が狼狽えている。「いいのかよ、海のものとも山のものともわからない人間の絵だぜ」

老人は鴉の絵を見上げて腕を組んだ。

「いや、いい絵だ。軸に仕立て直して飾れば部屋も映えるだろうな」暁斎の顔を見て、老人は堪え切れぬとばかりに噴き出した。「いや、わしはただの菓子屋、絵の良し悪しなんかわからんよ。ただ、お前さんの心意気に惚れてねえ。そうだわな、絵を買うっていうのは、それまでの絵師の研鑽を寿ぐことだわな」

「じいさん……」

「すまんが持ち合わせがない。今すぐは払えんが、数日の内に運ばせる。それでよいかな」

「お、おう、もちろんだ」

あの暁斎が気圧されている。面白いこともあるものだと頷きながら眺めていた。すると——。

人々の波間に、知り合いの顔を見つけた。こちらを呆然と見遣り、ぽかんとしている。いや違う。その男が見ていたのは芳藤たちではない。そのはるか頭上に佇む、たった今百円の価値が定まった鴉の絵を見詰めている。そのうち芳藤の視線に気づいたのか、その男は何かに怯えるように逃げ出した。

「お、おい、待て」

呼び止めても男は決して振り返ろうとしない。芳藤もつられて駆け出したものの、数年で随分足腰も弱くなった。のっけからよろけて、絵を見ている客に肩をぶつけてしまう。怪訝な顔をする客に頭を下げて、逃げる男を追う。大して年齢は変わらない。こっちが衰えているなら向こうだって衰えている。果たして、前を駆けている男は、建物を出て上野の木々が茂るあたりで足を止めた。どうやら足腰の衰弱はあちらのほうがよほど進んでいると見える。

肩で息をしながら、芳藤はその男の肩に手を掛けた。

「おい、なんで逃げるんだ」

「なんで、って、そりゃそうだろうよ」

振り返った男は、やはり幾次郎だった。

だが、以前の自信に満ちた姿はどこにもなかった。慶応の頃までは必ず洒脱な羽織に清潔な長着を合わせていたし、明治になってからは西洋人が着るスーツ一式を綺麗に着こなしていた。だというのに、今、目の前にいる男は、襟元が垢じみた長着に手触りの悪そうな羽織を合わせ、そのくせ足元は薄汚れた洋靴を履いている。その上に散切りの頭はぼさぼさ、どこか浮かない顔つきをしていた。

いや、そんなことより――。芳藤は弟弟子の変化に気づいた。目が違うのだ、と。かつての幾次郎は、いつだって目が活きていた。新しいものを見つけよう、面白いものをこの双眸に収めよう、そんな進取の気概に溢れた目を輝かせていた。しかし、今の幾次郎の目をいくら覗き込んでも、そこは沼のように重苦しい色に染められているばかりだった。

芳藤は、久しいな、と声を掛けた。

諦めたようにかぶりを振って、幾次郎は頷いた。

「ああ、何年ぶり、かねえ。確か最後に会ったのが西南戦争の前だったと思うから

……」

「かれこれ五年、か」

「ああ、本当に久しぶりだね」

小生意気で自信の塊だった幾次郎はもういない。卑屈で伏し目がちで、ちょっとした

風に肩を震わせる枯れ葉のような中年がそこにいるばかりだった。

何があった、とは聞けなかった。代わりに、芳藤は訊いた。

「暁斎に逢っていかないのか？　あいつと逢うのも久しぶりだろう？」

「逢えねえよ、今更」

「なんでだ。声を掛ければきっと喜んで――」

「俺が逢いたかねえんだよ！」

怯え犬が吠え立てるように、幾次郎は怒鳴った。が、しばらくして何度か首を振って、小さい声で詫びを入れてきた。

「すまねえ、そんなつもりはなかったんだ」

つくづくこの男らしくない。幾次郎といえば多少の失礼などなんのその、己の思いのままを口にする男だったはずだ。卑屈さが、とにかく痛々しい。

ついに、こう聞かざるを得なかった。

「何があったんだ、幾次郎」

「ちっとばかり長い話になるから、あそこに座らねえか」

幾次郎が指差してきたのは、噴水近くに置かれた木製の長椅子だった。この博覧会に来ている男女がその椅子の多くを占めていたが、たまたま一つだけ空いていた。公衆の面前で睦む姿を隠そうともしない開化の男女の在り方を嘆かわしく思いつつも、芳藤はその椅子に腰を掛けた。

続いて腰を掛けた幾次郎は、あまりにも深いため息をついた。手を組んで、地面を睨み始めてしまった。だんまりを決め込むのか、まあいい、どうせいくらでも時間はあるのだから、と独り言ちたその時になってようやく、幾次郎は口を開いた。

「――あの鴉、いい絵だったなあ」

芳藤も頷いて、空を見上げた。

「そうだなあ。あんな絵、一生描ける気がしないな」

偽らざる本音だった。あの鴉の絵を見るまでは内心、内国博覧会が何するものぞ、と高をくくっていた。無論、その中に自分が混ざればその中の一人になってしまう気がしないこともなかったが、このくらいの腕の絵師たちと戦うのなら、もしかしたら万に一つは賞を狙えるのではないかという気がしたものだ。

だが、あの鴉の絵は、芳藤の甘い見通しを粉々にした。恐らくあの絵は、暁斎が大絵師――いや、〝あーてぃすと〟の階に足を掛けた里程の如き作品として語り継がれていくことだろう。

ははは。幾次郎は笑う。

「あんたが描けねえんじゃあ、俺に描けねえわけだよな」

「何を言う。お前は国芳一門でも一流の――」

「やめてくんな。俺はもう絵師じゃない。元実業家で、今は無職の幾次郎さ」

それからは、幾次郎の一人語りだった。その言はところどころ不明瞭で、本人も隠したいところがあるのか、口を濁す場面もあったから判然としないところも多いが、大体このようなことらしい。

　条野採菊らと始めていた新聞事業は確かに最初こそ順風満帆だったが、後に入ってきた社員たちによって変質を余儀なくされた。政府に物言う大衆のための新聞を、という条野たちの願いとは裏腹に、政府のやることなすことに拍手を送るだけの幇間と化していた。

　条野や幾次郎たちは起死回生の手を打つべく、東京日日新聞の資本を使って別の新聞を作り始めた。その一つが新聞錦絵版の東京日日新聞であったし、幾次郎が筆を執った歌舞伎新報だった。それらの経営も新聞錦絵の衰退に伴って左前になっていくにつれ、条野が突然、こんなことを切り出した。

『戻ろうと思うんだ、戯作者に』

　周りの反対を押し切って条野は浅草に戻り、戯作者稼業を再開した。そうして創業者のいなくなった会社の中に、旧経営者に近い立場の生え抜きであった幾次郎の居場所はなくなり、結局、半ば辞表を書かされる形で東京日日新聞を去らざるを得なかった。

「ひでえ話さ。言いだしっぺが、てめえの始めた事業を投げちまったんだぜ？　んで、後は知らねえのほっかむりだ。今の日日新聞には居たくなかったし、まあ、頃合いっちゃ頃合いだったがね」

「なら、絵師に戻ればいいじゃないか」

「戻れねえよ。にいさん、わかってねえなあ」

その芳藤の言葉を、幾次郎が嗤う。

東京日日新聞を追い出された幾次郎は最初、悲観などしていなかった。絵師に戻ればいいと高をくくっていたのだ。だが、どの版元に回っても、反応は芳しくなかった。ある者は『この裏切り者が』と塩を振りかけてきた。またある者には『お前が寄越してきた歌舞伎新報がまったく売れなくて困ってるんだ』と怒られた。それでも何とかある版元が機会をくれたのだが――。

「線画は描けるんだ。でもよ……。色の付け方を忘れちまった。どんなに上手に線画をものしても、あの頃みたいな色が出せないんだ。思えば会社にいた頃はよくて線画、最近はそろばん勘定ばっかりだったからなァ。俺はもう、絵師じゃねえ何かになっちまったんだ」

「……幾次郎」

「にいさん、あんたならわかるだろ？　俺は絵師なんだよ、これ以上なく。でも、もう絵が描けねえんだ。頭の中は絵師なのに、手はもう色の乗せ方を忘れてやがる。こりゃもう絵師じゃねえよ。でもよ、それでも俺は絵師なんだ」

言っていることは支離滅裂だ。だが、わかる。絵師という性を持ちながら、絵師ではない何かになってしまっている、そういうことなのだろう。そして、このちぐはぐな状態がとてつもなく辛いだろうということも。

何せ、芳藤自身がずっと、絵師でいられるぎりぎりの際から、向こう側に広がる残酷な地平を眺め続けてきたのだから。

もう、幾次郎の言葉は消え入りそうなくらいに小さかった。

「にいさん、俺ァ、いつ間違えちまったんだ？　条野が会社を放り出した時か？　条野と一緒に会社を作った時か？　いや、もっと前なのか？　さっぱりわからねえ。少なくとも俺は、あるときまで絵師だったはずなんだ。なのに、今はもう、何も残っちゃいないんだ」

芳藤にはどうと答えることもできなかった。

「にいさん、教えてくれよ。俺は何を間違ったのかなあ……」

目いっぱいに涙をためた幾次郎が、口をわななかせながらこちらを見据えてきた。

教えてやれるものならそうしてやりたかった。けれど、わからない。わかるはずもない。

だから、芳藤は心のままに口を開いた。

「わからない。あたしにも、わからないんだよ」

「そう、なのかい」

ああ、と呟いた幾次郎は、ふらりと立ち上がった。そしてそのままおぼつかない足取りで、風に吹き誘われるかのように歩き出した。

「おい、幾次郎」

「さよなら、にいさん」

幾次郎はそう言ったきり、振り返ることはなかった。

幾次郎は――。いや大絵師だった落合芳幾さえも筆を折ってしまった。きっとこれから、あの男は絵師であった頃の己の幻影に付きまとわれ、もがき続ける羽目になるのだろう。

本当なら、絵師としての道に立たせてやりたかった。でも――。かく言う芳藤自身、絵師としてどこに向かっていったらいいのかさえもわからずにいる。

ままならない、もんだねえ。

そんな言葉も、誰にも拾われないまま、上野山の風に吹き誘われていった。

小さな神社の境内で走り回る子供たち。やることは昔から変わらない。

変な符牒を使ったり新奇な遊びに興じたりしているのを見た大人が『今の子供はわからない』と言い出す。けれどよくよく思い返してみれば、自分だって子供の頃には友達との間に秘密の合言葉があったし、元あった遊戯の取り決めを作りかえることなどざらにあったはずだ。

自戒する芳藤ですら、子供たちは昔と比べて随分変わってしまった、と認めざるを得なかった。

洋服を着ている子供たちを見るようになったのは、一体いつ頃からのことだっただろうか。それに、町に子供の姿がない時間ができた。政府が政策として子供の教育に力を入れ始めた結果、子供たちは机の上に縛り付けられるようになった。子供たちが本来の性質を解放できるのは、午後の短い時間だけのことだ。

芳藤はその辺の石に腰を掛け、子供たちの姿を紙の上に写し取る。

変わらない。けれど、変わりゆく。

子供があったのなら、わずかな変化もたちどころに理解できたのかもしれない。しかし、どうしても手に入れたかったものは、ことごとく芳藤の手から零れ落ちていた。今は、何もない。ただただ空漠とした心をひきずったままここにいる。

芳藤は立ち上がり、子供たちの声を背にして神社の境内を後にした。そして、喧騒溢れる浅草の町へと足を向けた。

浅草の町は毎日がお祭りだ。大道芸人たちが参詣客たちのおひねりを巻き上げている。仲見世の屋台の威勢のいい声。並ぶ色とりどりの幟。遠くで芝居小屋の呼び込みの声もする。ふと脇を見ると、ほくほく顔で肩を組む官吏風の男たちの姿がある。これから吉原に登楼するのだろうか。そんな浮ついた空気は嫌いではなかった。

ほんのちょっと前まで江戸の匂いを残していたはずのこの町も、大きく変容を遂げようとしていた。

天婦羅屋や定食屋が並んでいた一角に洋食を供する店も増えてきた。洋食屋に惹かれたのか、洋装に身を包んでやってくる者もちらほら見える。伝統芸を興行する芝居小屋

など も『古い芝居ではいけない』とばかりに明治の世相を反映した劇を披露して拍手喝采を受けているという。

変わっていく。すべてが変わっていく。

神君家康公がこの江戸にやってきたときには、まだこの辺りは田んぼか畑が広がっていたことだろう。何物もそのままではいられない。けれど、幾度となく繰り返されてきた変化の波の中、その波に乗れずに沈んでいった者たちもいたはずだと気づかされると、足元がおぼつかなくなった。己と似た境遇の者たちが砕けてできた砂を踏んでいる、一度そう見立ててしまうと、おちおち立っていることすら憚られた。

それもこれも、すべては詮無きことだ。

芳藤は、どこか息苦しさを覚えながら、指定された店に向かった。

そこは、かつて芳藤たちが使っていた泥鰌屋だった。芳年や幾次郎、暁斎と共に鍋を囲んで口から泡を飛ばして議論し合った昔が懐かしい。この店も既に泥鰌屋ではなくなり、牛鍋屋と化していた。

中に入ると、獣の臭いが鼻についた。と、芳藤が入ってきたのを見計らうかのように、大部屋の奥に座る男が衝立の向こうから手を振ってきた。

「こっちデス、芳藤サン」

「お、おお」

文明開化の象徴である牛鍋屋といえども、異国人が莫蓙の上に胡坐をかいているのは珍しい。髭を撫でながらこちらに敵意の欠片もない笑みを向けていたのはコンドルで、その横でむすっとしているのは清親だった。

「久しいな。コンドルに清親」

そう声を掛けてやると、清親は、へっ、と顔をしかめた。

「あんたも元気そうじゃねえか」

「まあな。元より頑健に産んでもらったものだからね。親に感謝しないとだ。で、どうだ、最近調子は」

「ああ、画風を変えたからなあ。以前よりは景気が悪いや」

光線画で世に知られた小林清親だったが、明治十四年を境に西洋技法を駆使した本来の描き味を封印し、伝統的な浮世絵技法に立ち返った。この変化に驚いたのは何も彼の贔屓客だけではない。浮世絵に関わる多くの面々が面食らった。鮮烈で斬新な光線画で推していくのかと思いきや……、と生意気な若手絵師の〝変節〟に芳藤までも驚いたものだ。

清親はつまらなそうに酒をあおった。

「コンドルが言うことも気になった。それに――、師匠のあの絵を見ちまったらなあ。凄かったもんなあ、『百円鴉』。あれを見たとき、俺の描いた絵はただ上辺をなぞっただけのもんだとしか思えなくなっちまった」

内国博覧会に暁斎が出品した鴉の絵は、絵画部門で賞をもぎ取った。百円の値をつけ、会期中に言い値で売れてしまったことも相まって、暁斎の描く鴉は『百円鴉』と謳われるまでになった。

「おかげで師匠は、昨日も今日も鴉ばかり描いてマス」

苦々しくコンドルはそう言った。

「なるほど、それで今日は暁斎が来られないわけか」

「ハイ」

コンドルは申し訳なさそうに頭を下げた。

あの人好きのする暁斎が、集まりに顔を出さないというのも驚くべき話だ。暁斎は筆が遅いわけではない。座興でさらさらと絵を描いてしまうことからもわかる通り、筆そのものは誰よりも速い。しかし、内国勧業博覧会で得た『百円鴉の河鍋暁斎』の名が、粗略な筆を許さなくなった。『俺の鴉は百円鴉だ』と気炎を吐きながら絵筆を執る暁斎の姿が目に浮かぶ。

暁斎は売れっ子に――本人の言葉を借りるなら〝あーてぃすと〟に――なったわけだ。

「師匠からは、『芳藤さんによろしく言っておいてほしい』とのことデシタ」

「ああ」

そうこう言っている間に、三人の間に牛鍋が運ばれてきた。薄く切った牛肉とごぼうが割下で煮られている。牛の脂特有の甘い香りと獣臭さが割下の香りに混じっている。

「何故ニホン人は牛肉をこうやって食べるノカ。ワタシ、ニホン大好きですが、これだけはどうしても理解に苦しみマス」

「うるせえ、日本のやり方が嫌なら早く荷物まとめて国へ帰れってんだ」

牛鍋をつつき始める清親につられるようにして、コンドルも箸を伸ばした。なんだかんだでコンドルも口元を熱さで震わせながら、顔をほころばせて牛肉を嚙んでいる。

「で、今日は何の用だい。なんであたしを呼び出したんだい」

その問いに答えたのは、肉を一切れ食べて人心地ついたコンドルだった。

「ハイ。呼び出したのはワタシデス。実は、芳藤サンに折り入ってお願いがあるんデス」

「む？」

場に不似合いなスーツ姿の異国人が、座を正して切り出した。

「芳藤サンに、絵を描いて頂きたいのデス」

「あたしに、絵？」

「以前話したかもしれませんガ……。今、西欧では日本の絵がとてつもないムーブメントを生んでいるのデス」

「むーぶめんと？」

「失礼……。ニホンの言葉に直すと……。〝流行〟くらいの意味でしょうカ。ともかく、ワタシの祖国の英国でも、今、ニホンの浮世絵は本当に評価されているのデス。この国よりも、はるかにネ」

以前もそんな話を聞いた気がしたが、到底信じられる話ではなかった。浮世絵、錦絵なんていうのは、結局は鼻紙と同じようなものだ。古に名を売った歌麿、北斎、広重にしたって、肉筆画でもない限りいつかは捨てられる。

コンドルの言が本当なのだとすれば、まさに『何が当たるかはわからない』。版元が冗談めかして口にする責任感のないこの言葉が、こうもぴったり嵌(はま)る例も珍しい。

コンドルは牛肉を齧って後、続ける。

「祖国の英国にさまざまな知り合いがいるのデスが、その中に画商がいましてネ。彼から手紙で『ウキヨエの画工の絵を紹介してもらえないだろうか』って頼まれまシタ。もう既に暁斎師匠は有名なので、わたしは清親サンを紹介したんですヨ。でも、向こうの評価がよろしくナイ」

清親はごぼうを奥歯で嚙み砕く。

「勝手に送られて、勝手にいらねえって言われたこっちの身にもなれよ。しかも頼んでもいないのに講評まで送ってきやがって。それも、〝君の絵は西洋画の引き写しに過ぎない。これくらいの絵ならば我が英国にいくらでも描き手はいる〟ってよ」

なるほど。清親が光線画を捨てた理由は、案外コンドルの――、というか、西欧の意見を直に聞いていることもあるのか。大きな形をして思いのほか繊細な奴だ、と体を丸めて牛肉を齧る清親を眺めていると、コンドルが咳払いした。

「清親サン、その件は本当にすみませんデシタ。――さて、ここからが大事なんデス。芳藤サン、一度、肉筆画を描いてみるつもりはありまセンカ？」

「あたしが？　肉筆画を？」

「ハイ」

　コンドルの顔を見るに、大真面目に言っているようだ。

　浮世絵師にとって肉筆画の依頼は相当の誉れだ。浮世絵師というのは、錦絵を作ることを前提として絵を描く商売者で、そもそも一点ものを描くということをしない。描かせてもらえるのは、しっかりと画派に学んで絵を描いてきた者か、当代一流と謳われた浮世絵師か。そのいずれかだ。

　コンドルはごぼうを口に運んで後、続ける。

「今、英国では好事家たちが今や遅しと日本の絵を待っているのデス。ウタマロ、ホクサイ、ヒロシゲはわかったから、もっとほかに絵師はいないのカ、とネ。もちろんそれ相当のお礼はお支払いシマス。今なら、悪い話ではないデショウ？」

　悪いどころかありがたい。

　いい話だ。確かに頭ではそう思っている。ただ肚に落ちていかない。そんな不思議な感覚に襲われていた。

　仕方なく、芳藤はこう答えるしかなかった。

「すまないが……。ちょっと待ってくれ」

　コンドルは少し顔をしかめた。まるで、この話を受けないのは馬鹿か何かだろう、と言わんばかりだった。人当たりのいいコンドルのものだけに、他の人間にその顔をされた時よりもよっぽどきまりの悪い思いをした。

「ちょっと返事は待ってくれないかい」

「ええ、構いませン。けれど、あまり長く待てないというのも本音デス。実は他の絵師にもお願いしようと思っているノデ」

「そうかい」

結局、あたしはその他大勢でしかなかったというわけか。いじけた考えになってしまうのは己の悪い癖なんだろうか。そんなことを頭の隅で考えながら、芳藤は牛鍋に箸をつけた。久々に食べた牛肉は噛み切れないほどに硬くなっていた。


「おお、芳藤さんじゃないかい」

「ああ、樋口屋さん。久しいね」

芳藤が頭を下げると、帳台に肘をついて心ここにあらずであった樋口屋が、軒先の上がり框に座るように勧めてきた。しばらく誰も座っていないのか、なんとなく埃っぽい。そのことに気づいたのか、樋口屋は白いものが混じるようになった髪の毛を掻きながら箒で床を掃いた。そうしてようやく腰を落ち着けると、相好を崩した。

「いやあ、本当に久しいねえ。元気にしてたかい」

「元気だよ。とはいっても、最近は節々が痛いくらいじゃあ、不健康だとは思わなくなったね」

「はは、違いない」

樋口屋とは同い年だ。ということは、今年で樋口屋も五十五ということになる。人生五十年とはよくぞ言ったものだ。老いの影はしっかり樋口屋に覆いかぶさり始めている。髪の毛に白いものは混じっているし、笑い皺はすっかりその顔に刻まれている。きっとあと十年もすれば、白湯でも啜りながらひねもす縁側で日向ぼっこする隠居に納まっているだろう。そんな樋口屋の姿は、鏡写しにした自分自身の姿に他ならなかった。

樋口屋は表情を崩した。

「どうしたぃ、今日は」

「御用伺いさ。何か絵の仕事はないかと思ってね」

「ああ、絵の仕事かぁ……。悪いが、今はないねえ。正月前にはいくつかお願いできるとは思うんだけれどなあ」

今は七月だ。絵描きからすると閑な時期ではある。版元は正月の売れ筋を狙って本や錦絵を企画するからだ。

でもよお。樋口屋は笑う。

「あんた、今、決して閑ってわけじゃあないだろう？　他の版元から絵の依頼がひっきりなしらしいじゃないか」

「ああ、まあねえ。とはいっても、不本意な仕事さ」

今は若手の絵師たちも下積みを嫌って玩具絵の仕事を引き受けないのだという。ある版元などは、『最近の若いもんは基礎もできていねえくせに、いきなり清親だあ芳年だあの名前を出してきやがる』と怒り心頭だった。だが逆に、芳藤はそういう生意気な若手のおかげで仕事を拾えているともいえた。

慰めのつもりか、樋口屋は言った。

「いや、昨今は仕事があるだけましさ。ここんところ、仕事が来ねえ、自分から売り込みに行っても駄目、ってェんで廃業しちまう人も多いんだ。そん中には、次の正月に仕事をお願いしようって人も混じってるんだよなあ」

「だったら、日頃から仕事を出してやればいいんだ」

「そう苛めないでくれい」樋口屋は哀しげに目を伏せた。「出してやりてえのはやまやまだよ。でも、無い袖は振れないからね」

店先の棚の隅っこには埃がこびりついていた。その上に並べてある戯作は数年前に発行されたものだ。錦絵も、よくよく見れば二年前の正月に刷られたものがそのまま残っていた。版元は息長く一つの商品を売るものだが、今もこうして残っているのはさすがに景気が悪い。

樋口屋は頭を掻いた。

「いくら仕事を出したい絵師がいたって、てめえの首をくくってまで仕事を出すわけにいかねえだろ？　俺だって人間だもの、生きなくちゃなんねえ」

「そう、だね」

義理が通らねえだのなんだのといって、幾次郎を追い出したのはあんたたち版元だろうが、と反感が湧かないでもなかった。あんたらが義理云々言うんだったら、あんたらから範を示したらどうだ、と言ってやりたかったが、もはや詮無きことだ。口にはしなかった。

その代わりに、芳藤はある絵を拾い上げた。芳年の武者絵だった。

「そういやあ、芳年は今何をしてるんだい」

「一時は新聞錦絵を描いていたんだけども、隠れて版元にも絵を描いてくれてたんだ。それがばれちまって新聞錦絵から追われちまった。今はあたしたち版元に絵を卸してくれてるよ。あの人のおかげで、あたしたちはこうして店を開いていられるんだ」

あいつらしい。国芳一門の中でも一番おどおどしていたくせに、なんだかんだで師匠の気風を強く引き継いでいるのは奴なのかもしれない。もしも師匠が同じ立場だったなら、『ああ？　版元が困ってるのに見て見ぬ振りするなんて絵師の風上にもおけねえな』くらいの啖呵は切りそうだ。

樋口屋は少し顔をしかめた。

「ただねえ、悪い噂も聞くんだ。芳年さん、弟子が多くいるんだけれど、浮世絵師になりたいっていう弟子に西洋画をやらせたりして諦めさせてるんだと。どういうつもりなのかねえ」

芳年なりに先を見て、弟子を指導しているのだろう。それだけの話だ。芳藤に弟子がいて、西洋画の画人と付き合いがあったなら、芳年と同じことをしただろう。不景気だ不景気だと言われているところに、あたら自分が手塩にかけた弟子を送り込めというのか。

だが――。芳藤は息をついた。国芳一門も、ばらばらになってしまった。

いつぞや撮った写真を懐から抜き出した。あの頃の四人は、あの頃のまま、写真の中に納まっている。

ある者は、浮世絵界の第一人者になった。

ある者は、〝あーてぃすと〟の道を選んだ。

ある者は、筆を折った。

じゃあ、あたしはどうなるというのだろう。芳藤は己に問うた。

ただただ玩具絵を描くだけの絵師。守りたかったものをすべて亡くして、己の糊口を凌ぐためだけに若手すら嫌がる仕事に手を染めている。矜持などはない。ただ、絵師という生き方しか知らないから絵師をやっているに過ぎないと、己を卑下する心の声が肩にのしかかってくる。

昔。それこそ国芳塾の門を叩いた昔、どんな気持ちでいたのだろう。国芳師匠にどんな顔をしてお目にかかったのだろう。そして、どんな思いで絵筆を執ったのだろう。そんなことさえ思い出せなくなっていた。

「樋口屋さんよお」

「へえ？」

「あんた、仕事は楽しいかい」

「……へ？　そうだなあ、そう言われると、わかんなくなっちまったなあ。昔は確かに楽しかったんだけど、今はどうも、なあ」

「そうかい。変なことを聞いちまってすまないね」

「いや、構わねえよ」

首を振ると、芳藤は立ち上がり、樋口屋を一瞥して、力なく笑った。

「どうやらあたしたちは、生まれる時を間違えたのかもしれないねえ」

すぐにその言葉の意味するところを理解したのだろう。樋口屋は、へえ、と頷いた。

「そうだね、間違えたんだろうねえ。でも、誰を恨めばいいのやら」

「さあねえ」

思えば何にだって恨みをぶつけることはできる。政府のせい、徳川のせい、時代のせい、不景気のせい、開国のせい、文明開化のせい、西洋画のせい、活版印刷のせい、新聞のせい……。いくらそうやって理由をあげつらったところで、何が変わるわけではない。今日は昨日までの積み重ねに過ぎない。その積み重ねの中に間違いがあったとして、今更その部分だけ組み替えるなんてことはできない。間違いの上に日々とめどなく更なる間違いが積み重ねられていく、そんな不安定な足場の上で振り子細工のように釣り合いを取って生きていかねばならないのだ。

時々辛くもなる。

そうやって生きていくのは力が要る。日々に倦んでもなお、諦めずに振り子に徹するだけの強さが。

「なあ、樋口屋さん、実はね、ある人から肉筆画を描かねえか、って依頼が来てるんだ」

「そうなのかい」

「驚かないのかい？　おめえみてえなへっぽこにそんな仕事が来るはずもないだろうって」

何を言うやら。樋口屋は柔和に笑って見せた。

「あんたは、時を得なかっただけさね。頑張ってくんな」

その一言で、随分心が軽くなった気がした。

「ありがとよ、樋口屋さん」

立ち上がって会釈すると、芳藤は樋口屋を後にした。

黒猫が長屋の薄い床の上でごろごろと転げ回っている。しかし、芳藤が戸を開いて入ってきたのに気づくや、悪戯が見つかった子供のように、だらんと頭を下げて箱座りをしてみせた。

「いいんだよ、別に」

そう声を掛けても、黒猫はその姿勢を崩そうとしなかった。

近づいてきた黒猫を撫でる。すると、嫌がりもせずに猫は頭を撫でられるに任せて、なーん、と嬉しげに鳴いた。

「不思議な奴だ」

顎のあたりを撫でながら、芳藤は小首をかしげた。

国芳塾を潰したときから飼っているのだから、かれこれ五年は一緒に暮らしている。けれど、未だにこの猫との間合いが摑めていない。猫という生き物が持っている気儘(きまま)さは国芳塾でさんざん見てきている。むしろこの猫は、今まで見てきた猫と比べても人懐っこい気がしている。犬みたいな性格の猫。なまじ猫の姿をしているだけに戸惑っているのが実情だ。

「さあさ、餌だよ」

買ってきた鰯を鼻先にぶら下げる。すると黒猫は、嬉しげに両手を広げてかぶりつき始めた。

猫はいい。二食ともああやって雑魚(ざこ)を一尾与えておけば文句を言わないのだから。尻を振って鰯にかぶりつく黒猫を横目に、生臭い手を甕(かめ)にためていた水で洗うと、芳藤は文机の前に座った。

他の版元の仕事はほとんど終わっている。ということは――。墨を磨りながら、芳藤の脳裏に浮かんでいたのは牛鍋屋でコンドルが見せたあの顔だった。

肉筆画。それも、異国に向けた絵、か。

　何とも欣快にたえない話だ。この国でまったく評価されていない絵描きが、遠い西欧で評価されるかもしれないのだ。江戸っ子からしたらこれ以上ない諧謔味（かいぎゃくみ）だといえる。それ見たことか、見る目がねえのはお前らのほうだ――。そうやって鼻を膨らますことだってできるだろう。

　描こう。

　芳藤は絵筆を握り、硯にその先を浸した。そして、真っ白な紙に筆先を躍らせる。

　絵筆を握ってきた。雨の日も風の日も。酒を飲んだ日であろうが、割れるように頭が痛い日だろうが。お清が死んだ日、枕元で鈴を鳴らしながら絵を描いていた。それは、芳艶の最期の姿を見てからのことだ。

　最期まで絵筆を執って、死ぬまで絵筆を握ったままだったと喜んだあの芳艶の死相が頭から離れない。あんなに満足げに死ねるのなら、死ぬまで筆を握るのは悪くない。瞼の裏に刻まれた死相をかつての兄弟子が残した遺言と捉え、ずっと絵筆を握り続けてきた。

　だが――。

　いくら首をひねっても、明確な像が頭の上に浮かんでこない。

　絵を描くとき、芳藤はいつもお手本を頭の中に浮かべ、紙の上になぞることで絵を描き出している。以前なら、あれを描こうと思えば頭の中の書棚からお手本が一瞬で飛び出してくるような感覚があった。なのに今は錠でもかかっているかのように出てこない。どうしたのだ、と焦れば焦るほど頑なまでに書棚が開かず、筆は止まったままとなってしまう。やがて、その筆から零れ落ちた墨が紙の上にしみを作る。

駄目だ。何も見えない。まさかここにきて絵が描けなくなるのかい。

芳藤は心底げんなりとする。もう筆しか残っていないのに、それさえ鈍ってしまっているんじゃあ、何にも残っちゃいないじゃないか、と。

苛立ち紛れに線を引きまくる。もしかしたらこれがきっかけで頭に何か浮かぶかもしれない。だが、いくら筆を動かしても紙が黒くなっていくばかりで何の構想も浮かばない。

芳藤は真っ黒になった紙を脇に置いた。すると、飯を終えたのか、口元をベロで舐めていた黒猫がこちらに近寄ってきてその半紙を覗き込んだ。黒猫は、大きな犬に出会ったかのような顔をして、ふーっ、と唸り始めた。

「わかってるよ」

芳藤は半紙を丸めて屑箱に投げた。けれど、丸めた反故紙は山なりを描いたものの、屑箱の中に入らずに床にころころと転がってしまった。

と、黒猫はその真っ黒な丸い紙に向かって駆け出した。恐らくは鼠か何かに見えているのだろう。爪を伸ばして手で殴りかかる。すると紙はまたあらぬ方向に転がっていく。その紙を追って、黒猫はまた手を繰り出す。その繰り返しを延々とやっている。

芳藤はため息をつく。結局、あたしがやっているのは、あの猫のようなことなのではないか、と。絵の仕事、特に錦絵の仕事というのは客の顔が見えない仕事だ。たとえば魚屋は客の顔色を窺って商う魚を替えることができる。絵描きはそうもいかない。のっぺらぼうでどこにいるのかもわからないお客に向かって、自分の『これはいい』と思うものを投げつけるしかない。そのはずなのに、一度たりとも自分のいいと思ったものを受け取ってもらったためしがない。独り相撲にも似ている。地上のどこにも存在しない鼠を追いかける、今の黒猫のようだ。

芳藤は筆を措いた。

ゆっくりと立ち上がると、飽きもせずに丸めた紙を追いかける猫に話しかけた。

「ちと、出かけてくるよ。待っておくれ」

猫はこっちを向いて、なーん、と鳴いた。そしてまた紙玉を追いかけはじめた。

「やれやれ。猫になりたいもんだよ」

独り言ちると、芳藤は長屋から町に出た。

行く当てはない。しかも、この暑い盛りのことだ。ところどころ糸のほつれた紗（しゃ）の着物越しに差し込んでくる強い日差しから逃げるように、家々の庇（ひさし）の下を通る。歳を取っても夏は暑い。背中に流れる汗を感じながら、それでもあの淀んだ空気には戻りたくなかった。

道行く犬さえも虚ろな顔をしてとぼとぼと歩いている。はるか向こうで揺らめく陽炎（かげろう）

を眺めながら、芳藤が向かったのは日本橋だった。

なんという理由はない。樋口屋なども日本橋にあるが、今日は樋口屋の顔は見たくなかった。ただ、芳藤の五十数年にわたる人生の中で、縁の深い地に引き寄せられてしまっただけのことだ。そうして、日陰を求めてふらふらと歩いていくうちに、懐かしい一角へと迷い込んでいた。

かつて国芳塾があったところだ。

もうそこに国芳塾はなかった。いや、長屋そのものが潰されていた。跡地には三階建ての赤煉瓦建物が立っていた。どうやら何かの会社らしい。時折洋服姿の男が玄関を土足のまま出入りしている。

長屋を潰すつもりらしい、とは聞いていた。だが、あまりに酷なことのように思えた。中年絵師の感傷のために長屋を残しておこうなどという酔狂者がいたとしたら、その方がどうかしている。そんなことはわかっている。けれど——。ただ独り、見知らぬ天地に取り残されてしまったような気がしてならなかった。

帰るところをなくしてしまった雛鳥は、こんな思いで空を見上げるのだろうか。芳藤は一人、打ちのめされていた。

どんどん変わっていく。何もかもが変わっていく。あたしだけを残して。

その時、足元にふわりとした感触が走った。

慌てて下を見ると、黒猫が芳藤の足に体をなすりつけているところだった。

「なんでお前がここに」

特に首輪などはつけていない。毎日一緒に過ごしているだけあって、一目見ただけでこの猫が自分の家の子だということくらいはわかる。

なーん、と猫は鳴いた。そして、こっちへこい、とばかりに、顎をしゃくって歩き始めた。

ついてこい、というのか。

俄かに猫の言うことを聞く気にはなれなかった。しばらく呆然と猫の行く先を見遣っていると、猫は不満げに目を細めて振り返り、何をしているんだのろま、と言いたげに、なーんとまた鳴いて歩き始めた。

おいおい、どこへ行く。

芳藤はそう独り言ちて、黒猫の後を追いかけた。

猫は、芳藤でも充分に追いかけることができる程度の歩みで道を歩いている。猫なら猫らしく小道や塀の上を歩けばいいものを、人の通れるところを選んで悠々と歩いている。それがこの猫の性向なのか、それともこちらのことを慮っているのかはわからない。

お前は、あたしをどこに導こうというんだね。

芳藤は心中で猫に話しかける。けれど猫は何も答えようとしない。

どれだけ歩いただろう。裏路地を右に左に歩き回った。中には万年水たまりがあるような水はけの悪い道や、古びた商売道具が散乱している悪路もあった。しかし、そのたびに水たまりを飛び越え、道具を始末して前へと進んだ。そうして歩くうちに汗だくにはなったものの、心の奥底に積もっていた埃は少しずつ払われていった。気づけば心地いい疲れと玉のような汗が芳藤の全身を包んでいた。

と、黒猫は足を止めて、鳴いた。

目の前に現れたのは、さっきまでの苛烈な日差しから一転した柔らかい光に包まれ、涼しげな風が吹き渡る、ある版元の店先だった。屋号を見ても、まったく記憶にない。まあ、元々版元などというのは大小様々あるものだし、人気のない版元が潰れるのも、新進気鋭の商売人が古い店を買い取って開店するのもよくある話だ。知らなかったとして、なんら不思議はない。

店の品揃えに興味が引かれた。昨今のケチな版元たちの赤絵ではなく、様々な色合いの錦絵が飾られていた。子供の頃、親に手を引かれて来たときに目にした鮮やかな色遣いが、あの頃のままで残っている。

「おっと、お客さんですね、ようこそいらっしゃい」

芳藤の気配を感じ取ったのだろうか。店の奥から現れたのは、赤と黒の縞の着流しを身にまとう洒落た男だった。頭が切れそうなその顔を自信たっぷりに歪め、芳藤のことを見据えている。今時、こんな鯔背(いなせ)な版元がいたのか。そう驚いていると、店主の男は口を開いた。

「なんだ、同業ですか」

「いや、絵師だけれど……なぜわかった？」

「そりゃあわかりますよ。だって、うちの店先を見てそんな顔をしてくれるのは同業者だけって相場が決まってますから」稚気を滲ませて笑った赤黒縞の男は続ける。「あたしァ、赤絵ってのがどうも嫌いでしてね。赤ってのはいざって時に使うもんですよ。だから、古い版を買い集めて、あの頃みたいな色遣いの絵を作ってるんですよ」

「てェことは、化学染料は使ってない？」

「いやいや、そうはいきません。天然の顔料は高すぎますからね。昔の版元さんってェのはすごいですよ。あんなお金のかかる物を経費として呑んでたんですからね」

若き版元はそう言った。言葉の端からは昔の版元に対する尊敬の念がうかがえた。

いや――、しかし。芳藤は舌を巻いた。化学染料を使って、こうも鮮やかになるものか、と。絵師から言わせると、自然顔料に比べて化学染料は強い色合いが出てしまう。繊細さに欠け、全体にべったりと派手派手しく色がついてしまう。しかし、この店に置いてある絵は、色の置き方から重ね方まで、とんでもなく繊細で、途轍もなく鮮やかだ。

ただ、惜しむらくは――。芳藤は錦絵の描線を見遣りながら若き版元に言った。

「見たところ、どいつもこいつも版がへたれてるぞ。もうそろそろ彫り替えの時期なんじゃないのかい」

輪郭線がばれんで取り切れていない。何度も刷りを重ねて版が削れることによって起こる劣化のしるしだ。

「ええ、そうしたいのはやまやまなんですがね、そこまで手が回らないんですよ。お金が貯まったら、何が何でもやりたいんですけどね」

その版元が言うには――。実は数年前に開業したばっかりでまったく資金がなく、腕のいい摺師は確保できたものの専属の彫師や絵師や戯作者を囲い込めていない。そのため、他の版元が手放した木版を格安で買い取って再版しているのだという。

「そうかい、頑張んな。あんたならできるさ」

そう声を掛けたその時だった。棚の端っこに、ある絵を見つけた。

これは――。

思わず手に取ると、主人が「お目が高い」と声を掛けてきた。

「ああ、この絵、よく売れるんですよ。版元が潰れるというので、版を買い取ったんです。十年くらい前の絵ですし、時事を扱ったものなので正直売れないかなと心配していたんですが、そんなことはなくて」

「売れているのかい？　この絵が？」

「ええ」力強く版元は頷いた。「あまり有名な方の絵じゃありませんけど、やっぱり皆、昔が懐かしいのかもしれませんねえ」

そうこうと話しているうちにも、通りから客がやってきた。洋服にステッキを持った、いかにも文明開化の紳士然とした客は、棚のその絵を前に顔をほころばせると、手に取り代金を支払っていった。その紳士と入れ違いのようにやってきたどこかのお内儀さんも、やはりその絵を手に取り、幸せそうなため息をついて買っていった。またお越しください、と客の背中を見送った主人は顔を上げて、芳藤に悪戯っぽく微笑みかけた。

「ねえ？　売れているでしょう？――この絵は明治五年頃に描かれたようですが、きっと、生まれたのが早すぎたんですよ」

「どういうことだい」

「お客さんを馬鹿にするわけじゃありませんがね。時たまあるんですよ。描かれた当時には不遇でも、時を隔てて光り出す、狂い咲きみたいな絵がね。きっと、お客さんよりはるか先を描いてしまったがゆえに、その時は理解されなかった。きっと、これはそんな絵なんですよ」

頷く主人の眼前にあるのは、芳藤の筆による絵だった。

以前描いた、『舶来和物戯道具調法くらべ』だ。明治の世になって入ってきたさまざまな文物と、昔から日本にあった文物を人に模して合戦をやらせる、国芳一派ならよくやる戯画だ。しかし、かつて芳藤がつけた題名は改められていた。

「『開化旧弊興廃くらべ』……。なるほど」

「以前の題名がちょっとこねくり回し過ぎかなあと思いまして、そこと版元印は彫師さんに頼んで直させたんですよ。でも、この絵はいい、ってあたしは思ったんです」

「ん？」

「見てくださいよ」版元は絵の中央辺りを指した。「この日本米と南京米の戦いを。日本米が南京米を投げ飛ばしているでしょう？　あたしが最初にこの絵に惚れたのはここなんですよ。何でもかんでも異国からやってきたものが素晴らしい、ってェ言われてる世の中で、しっかりこっちの勝っているところも拾い上げてる。そこがいいなあって思ったんですよ。明治五年の頃といえば、文明開化で舶来のものが踏ん反り返っていた時代です。あのご時世に、日本にだっていいものがあるってことに気づいていた人がどれだけいたか、って話です。裏を返せば、文明開化も一段落して、お客さん方もようやく醒めた目で振り返る余裕ができたんじゃないでしょうか。なくなりつつある、江戸の香りを惜しむことができるようになったんじゃないですかね」

けどね。そう版元が続けた。

「この絵のいいところは他にもあるんですよ。郵便が飛脚に客を寄越せ、って言ってるのは、国が飛脚を苛めてる、ってえ諧謔にも見えますし、人力車が駕籠を追いやってるのはまさしくその通りですしね。けど、あたしが一番好きなのは――」

版元は、左下辺りを指した。

「この、写真と浮世絵の戦いなんですよ」

芳藤は版元の指の先に目を落とした。そこでは、写真が『俺は正確に物を写すのが得意だ、俺の写したものはいつまでやってもお座が醒めない』と粋がっている横で、浮世絵は『こっちは美しく綺麗に見せるのが得意なんだ、そこは俺には敵わねえだろう』と負けていない。

「いや、そうだなあと思ったんですよ」版元はしみじみと言う。「いくら新しいものが出たからって、そう簡単に古いもんが滅ぶなんてありえませんよ。特に絵ってのはそういうもんでしょう？　だって、絵っていうのは、ただ現にあるモノを写すだけじゃないですから」

「そうだね」芳藤は目から零れ落ちそうなものをこらえながら、あえて素っ気なく答える。「絵ってェのは、絵師の生き方を映すもんだものねェ」

「ええ、絵師の方がそうおっしゃるなら、きっと絵はなくなりませんよ」

十年も前の絵だ。どういう思いでこの絵を描いたのかなどさっぱり覚えていない。きっとその時の気分で描き入れたものなのだろう。けれど、十年前の自分は『写真になんざ負けてたまるか』、『文明開化なにするものぞ』と気炎を吐きながら描きつけていたはずだ。

あの時の自分だって、そうやって肩肘張って生きていた。

なら、今の自分だって、そうやって生きてもいいじゃないか。

人知れず涙を拭うと、猫が腕から肩に飛び乗ってきた。芳藤を慰めるかのように首に巻きついてきた。

「変な奴だね。これを見せるために、ここに案内したってのかい」

猫の頭を撫でた芳藤は懐をまさぐった。

「なあ店主、この浮世絵を一枚おくれ。おいくらだい」

「そうですねえ、百円頂きましょうか」

「ひゃ、百円？　おいおい、いくらなんでもそりゃあ高いだろうよ。せいぜい三銭が関の山だろうに」

　すると、版元は、ははと笑った。

「冗談ですよ、冗談。でもね、もし次、この絵師さんの絵に出会ったら、何処の版元のものでも結構ですから買ってあげてください。そうすれば、その人のためになりますから」

「……ああ。そうするよ」

　芳藤がゆっくりと頷くと、頷き返した版元は柔和に微笑んだ。

「この絵は持って行ってください。今日に限って進呈しますよ」

「いいのかい？」

「そりゃそうですよ。版元が絵師さんから銭を取るなんて道理に合いませんよ」

「そうかい。じゃあお言葉に甘えるとしようかね。——ありがとうな、若い版元さん」

　芳藤は踵を返した。そして何歩か歩いたところで、その返事が響いた。

「こちらこそ、素晴らしい絵をありがとうございます。歌川芳藤さん」

　聞き間違いかと思って振り返った。しかしもうあの若き版元の姿はどこにもなく、かつて、まだこの町が江戸であった頃のまま、極彩色の錦絵が並べられている版元の店先があるばかりだった。

錦絵の端が緩やかな風にはためいて、拍子木にも似た音が芳藤を包んだ。

赤絵でいっぱいの樋口屋の店先だが、以前ほど、見ていて嫌な気分にはならないのが不思議だった。

その帳台の前で、樋口屋は短く唸った。

「あんたの絵の再版、かあ……。まあ確かにこの絵は出来が良かったからね」あの版元から貰った『開化旧弊興廃くらべ』を見下ろしながら、ふふ、と樋口屋は笑う。「泣かせるよな。『絵はとにかく綺麗で美しい』ってよ。きっとそのために、あたしたち版元は頑張らなくっちゃいけねえんだろうなあ」

「そうじゃないよ、樋口屋さん」

「え？」

「皆、頑張ってるんだよ。昨日も今日も、そしてこれからも、ね」

「あ、ああ……」

しばらく無言で下を向いていた樋口屋は、ぽつりと切り出した。

「そういやあ、この版元、どこにあるんだい？」

「ああ、それが不思議なんだよ」

あれから、もう一度あの版元に行こうといろいろ探し回っているのだが、どうしても見つからない。あれから二か月余り。まさかそんな短い間に店じまいをしたはずもない。

けれど、この東京の町はどんどん開化の波に攫われて、古い建物が消えて新しい建物へとすげ替わっている。もしかすると、目印にと記憶していた建物が短い間に取り壊されたのかもしれない。

いずれにしても、あれからあの版元に辿りつけていない。

「うん、聞かない版元なんだよなあ。あたしが知らないはずはないんだけど……。まあ、最近は開店したのに挨拶に来ない不届き者もいるからねえ」

「まあ、しょうがないね」

あの版元は幻だったのだ。きっと——。

二人の会話に飽いたかのように、首に巻きついていた猫がするりと下に降りて芳藤を見上げ、なーんと鳴いた。

「なんだ、連れて行ってくれるのか、また」

黒猫はそっぽを向いて首筋辺りを後ろ足で搔きはじめた。

腕を組みながら、樋口屋は顔をしかめる。

「黒猫は冥府の案内役だって言う人があるがね……」

「脅かしっこなしだよ、樋口屋さん。あっ、そういえば——」芳藤は切り出した。「もう九月だよ。いい加減、正月向けの絵の企画に入っているんじゃないのかい。あたしに仕事をくれるんだろうね」

「へ？　そうだけど……。あんた、今忙しいんじゃなかったのか。どうしたんだよ、確か肉筆画の仕事があるって」

「ああ、あれか、断ったよ」

「え？　そんな、もったいないよ」

「元より、あたしには向かない仕事さ」

あの版元との出会いのあと、コンドルのところに出向いて断った。最初、コンドルは、

『そんな馬鹿な話がありますカ？　異国に持ち出せばあなたの絵は高く売れル。しかも名前まで上がル。なのに、そのチャンスをみすみす逃すなんて理解できまセン』

と首を横に振った。

けれど、芳藤は静かにこう応じた。

『これが、あたしの選んだ道なんだ。理解しちゃくれないか。あたしはね、一画工として生きようって決めたんですよ』

知ってしまった。あの戯画『開化旧弊興廃くらべ』を誉められた時に感じた、満たされた思い。そう、芳藤が欲しいのはそれだった。富も名声も欲しいと思っていた頃もあったが、絵師である芳藤が心から欲したものではなかった。すべてを脱ぎ捨てた、裸の芳藤が欲しかったもの、それは、〝あーてぃすと〟なんていう仰々しい呼び名ではなかった。

コンドルは首を横に振った。

『偏屈な人ダ』

『そうかもしれないね。でも、あたしはそういう人間なんですよ』

それっきりコンドルとは半ば喧嘩別れの形になってしまったものの、異国向けの絵を描くという大仕事を手放してみると、錆びついた筆先がまた元の雄弁さを取り戻した。

芳藤はゆっくりと頷いて、樋口屋に言った。

「あたしはね、好きなんだよ。こうやってちまちまと絵を描いているのが。子供相手の玩具絵のことを考えているのが、案外性に合っているんだ」

樋口屋の軒先に拳骨を握った子供たちがやってきた。子供たちは芳藤の描いた立版古を指し、握っていた金を樋口屋に渡す。その代わりに立版古を受け取ると、子供たちは満足げに鼻の穴を膨らませて、会心の笑みを浮かべた。

虚飾でも虚勢でもない。玩具絵を作っているとき、どうすれば子供が喜ぶだろうかと首をひねったり、新しい趣向をどう取り入れようかと唸っているのが好きだった。たまに戯画を描かせてもらったときには、どうやって毒を潜ませようかと企むのが好きだった。海を隔てた客、時代を隔てた遠い客を狙って絵を描くことなんてできない。目の前の子供たちのこの顔が見たいだけだった、そんなことに気づく。

鼻の下を指でなぞる子供たちは、まるで宝物を手にしたかのように立版古を掲げて、向こうへと走って行ってしまった。

遠い目をしていた樋口屋は、踏ん切りをつけるように膝を叩いた。

「よおし、わかった。じゃあ、あんたに仕事をお願いしたい。正月向きの玩具絵を一つ、あと戯画を一つ頼めないかね。あんたのことだ、玩具絵はきっと想像以上のものを作ってくるだろう？　そっちはいいとして戯画のほうなんだが、そっちは猫絵でやっておくれ」

「へえ、猫絵……。それァ面白そうだね」

新しいことを企んでいるこの時間が案外好きだったと気づくのに、あまりに時がかかってしまった。それでも、ようやく自分なりの答えを見つけた芳藤は、どこか心が軽やかだった。

芳藤たちの間に座る黒猫が、芳藤を寿ぐように、なーん、と鳴いた。

紙燭の明かりを前にため息をついて、描き上がったばかりの絵を両手の指でつまんで掲げる。悪くない。あまり自分の絵をいいと思うことはないが、最近は納得できる絵に出会うことが多くなった。

踏ん切りがついたからだろう。

コンドルの仕事を断った頃から、玩具絵芳藤という名の響きが以前ほど嫌いではなくなっていた。

一心不乱に絵に向き合っていたゆえに気づかなかったものの、周りを見渡すと玩具絵をものする絵師は数えるほどになっていた。新人は修業を嫌って描こうともしないし、大御所は今更こんな仕事ができるかと敬遠する。そのくせ、芳藤が細かい仕事をするものだから他の絵師たちが尻込みしている、ついにはあんたの偽者まで出る始末だ、とある版元がぼやいていた。

仕事が増えたことについて、樋口屋は「これまでのあんたの仕事が認められたんだよ。仕事が評価されるのは、積み上げた仕事がある嵩(かさ)を超えたときだからね」と言っていた。けれど、コンドルの絵の依頼を断る前だったら、この状況を喜ぶことはできなかっただろう。

おかげで最近は忙しい。ここのところ駄菓子屋もおまけに玩具絵を付けるようになった。千代紙屋もより複雑な図案を欲しがった。芳藤はその依頼に応えた。絵師や版元の中には『絵師の仕事じゃない』と顔をしかめる者もあるが、ちゃんちゃらおかしい。絵師が必要とされていて、絵師としてお呼びがかかっている。それならば、絵師の仕事だ。

絵弟子たちにも会えていないが、風の噂に色々な評判を聞いている。皆それぞれに大変そうだが元気らしい。いつぞや撮った写真を見遣りながら、芳藤は絵に向かう。

独りぼっちはかくも寂しいものか、と思わぬこともなかった。とにかく寒い。誰にも会えず、愚痴も吐けず、ただただ絵筆を運んでいる日々。真っ白な紙に向き合い、そこに何を埋めようかと思案し続けていると、雪降りしきる真っ白な原に一人ぼっちにされたような心地に襲われる。

恐らくこれは芳年や幾次郎、暁斎たちが通った道のはずだ。あの三人も冬の雪原のような冷ややかで寂寞としたこの地平を睨み、打ち震えながら絵筆を運んでいた日もあったのだろうと思うと、俄然筆を持つ手に力が入る。傍らに四人で撮った写真を置いて、筆が止まっては眺め、意気を取り戻しては筆を握り直す。

黒猫が近寄ってきて、芳藤の背中にぴたりとくっついた。

「どうした？」

なーん、と鳴いてすりすりと体をすりつけてくる猫は、芳藤の絵を一瞥して、肩に乗った。そうして、目を真ん丸にする。

芳藤は猫の顎を撫でた。猫はくすぐったげに目を細める。このあまりに冷え冷えとしている地平のただ中で、温かなものが居てくれることがとにもかくにも心強い。師匠がなぜ猫を好んだのか、その理由がわかった気がした。

「さて」

今日はもう一枚描かなくてはいけない絵がある。やはり玩具絵だ。

芳藤は絵筆を手に取って、すらすらと筆を遊ばせる。この間はどうしても考え事をしてしまう。手が構想を覚えているから、もはや絵について思い煩うことはない。

任されたのは――絵双六だ。頭の中に描いた構想を紙の上に写しながら、芳藤は双六の狭量ぶりを思わずにはいられなかった。なんで双六ってェのは上がりが一つしかないんだろう。実際にァ、上がりは人の数だけあるってェのにね、と。

芳藤の名前など、そう遠くない未来に忘れ去られることだろう。死してなお名前を取り沙汰される絵師なぞごくごく一握りだ。狩野永徳、狩野探幽、英(はなぶさ)一蝶、喜多川歌麿、歌川広重、葛飾北斎、歌川国芳、歌川国貞といった大名跡の陰で、幾千もの名もなき絵師たちが蠢き、忘れ去られてゆく。次代に名を残せずとも、当代において名を得た者はまだましだ。当代ですら知られることなく、時の狭間に追いやられてしまった絵師など枚挙に暇があるまい。芳藤の名とて、最初っから存在しなかったものとして闇から闇に消えていくものに違いない。国芳や暁斎、芳年や芳幾といった大きな名の狭間に押し潰され、はかなく忘れ去られていくのだろう。

名が消えても絵は残る。虎が皮を残すように、絵師は絵を残す。

いや、絵すらも残りはしない。

それでいい。あたしはあたしの上がりを見つけたんだから。ひとり、芳藤は頷いた。

その時、強い動悸が芳藤を襲った。

左胸を鷲摑みにされるような鈍痛。そして、大八車に正面からぶつかったような衝撃が芳藤に走る。

初めてのことだった。呼吸もできず、身動きもほとんど取れない。けれど、やけに頭だけは明瞭だった。そして、これから自分の身に降りかかる命運にも想像がついた。

あたしァ、死ぬのか。

気づけば六十だ。人生五十年とすれば十年余計に生きた。

芳藤は絵筆から手を離そうとはしなかった。

あたしは絵師だ。死ぬまで絵師だ。死んでも絵師だ。

もう手は動かない。けれど、絵筆だけはどうしても手放す気になれなかった。筆を持ったまま死んだ国芳師匠の後ろ姿が脳裏に浮かぶ。絵筆を持ったまま死ぬことに拘泥した芳艶の姿も瞼の裏に広がる。

国芳師匠、芳艶にいさん――。

ようやく芳藤は、師匠と兄弟子の拘ったものに手が届いた気がした。

だが、あるとき、全身から力が漏れ出て、体勢を保つことができなくなった。前に斃れるか、後ろに斃れるか。

芳藤は前を選んだ。

机に突っ伏す形になった芳藤は、敷いてある紙に頬をこすりつけながら、体の内からせり上がってくる痛みと闘っていた。しかし、それでも芳藤は絵筆を放さない。

「ようやく……、見えたんだよ。あたしにァ……。ようやく、名前と居場所を手に入れたんだよ……。あと一年、いや、半年、いや、一月でもいい、時が欲しい……」

命数は今まさに尽きようとしているようだった。

芳藤は、絵筆を動かし始めた。否、何十年にもわたって動かし続けた右腕が己の意志を超えて動き始めていた。

ああ、これが、芳艶にいさんの言っていた『忘我の域』かい……。ちょっとここに至るのが遅いんじゃないかい……？　他人事のように独り言ちながら、もはや自分のものではないかのように動く筆先を芳藤はずっと眺めていた。

描き出されたのは、産着に包まる赤ん坊だった。今にもむずかって顔をしかめそうな一瞬をとらえている。次に描き出したのは、鞠つきに興じる子供。さらには追いかけっこをする子供たちや、羽根突き遊びに興じる子供たちの姿が続く。凧揚げ、独楽回し、メンコ、ままごと……。芳藤の右手が描き出すのは、どこまでいっても子供の絵だった。

芳藤は右手に任せるがまま、ひとりでに結ばれていく絵の数々を見送っていた。

右手は、やがて一つの場面を描き出した。

角隠しをかぶる女を見送り、肩を落とす老いた夫婦の姿。お互いを支え合うようにして立っている夫婦は、どこかはかなく、けれどひどく満たされているようにも見える。

ははは。

短く芳藤は笑う。

あたしはきっと、今になって手に入らなかったものを並べているんだなァ。馬鹿みたいだ。もっとお清と生きたかったなあ。子供が欲しかったなあ。お清と一緒に、子供を育ててみたかった。きっとお清との子供は娘だろう、なら、婚儀のときにめそめそと泣いて婿を困らせてやりたかった。娘が嫁に行ってがらんとした家で、お清と共に老いて共に死にたかった。

芳藤の思いとは裏腹に、筆先はある情景を描き出す。黄色い小袖をまとった女人と共に、弟子たちに絵の手ほどきをする老絵師の姿だった。

そういえば、こんな人生もあったんだっけなァ。

後悔だらけの人生だ。臆病なせいで、目の前にあった色んなきらめきを悉く摑み損ねている。傍から見れば馬鹿げた人生だと笑われることだろう。

けれど。

あたしの人生は空っぽだったかもしれない。それでもあたしの筆先にはすべてが詰まってるんだねえ。だから、絵師は止められないんだねえ……。

何も持っていない。最期は素寒貧だ。

だとしても、筆の下にはすべてがある。富、名声、手に入ることのなかったもの。名前なんぞ残らなくてもいい。もう、すべてを手に入れているのだから。

あはは。

力なく笑う芳藤は、右手が勝手に描き出す、もしかしたら自分の手に届くかもしれなかったものたちを眺め、満たされた気分に浸っていた。

やがて、温かく柔らかな眠気に包まれた。抗うこともなく、芳藤はゆっくりと目を閉じた。

遠くで、猫の鳴く声がした。

主な参考文献

『よし藤・子ども浮世絵』中村光夫編著（富士出版）
「季刊銀花」１９７５春21号（文化出版局）
『最後の浮世絵師　河鍋暁斎と反骨の美学』及川茂（ＮＨＫ出版）
『河鍋暁斎』ジョサイア・コンドル（岩波書店）
「河鍋暁斎　奇想の天才絵師（別冊太陽）」安村敏信（監修）（平凡社）
「月岡芳年　幕末・明治を生きた奇才浮世絵師（別冊太陽）」岩切友里子（監修）（平凡社）
『開化の浮世絵師　清親』酒井忠康（平凡社）
「浮世絵師列伝（別冊太陽）」小林忠（監修）（平凡社）
『浮世絵の歴史』小林忠ほか（美術出版社）
『浮世絵の見方事典』吉田漱（北辰堂）
『江戸の出版事情（大江戸カルチャーブックス）』内田啓一（青幻舎）
「江戸の本屋さん　近世文化史の側面』今田洋三（平凡社）
『博覧会と明治の日本（歴史文化ライブラリー）』國雄行（吉川弘文館）
『文明開化の錦絵新聞　東京日々新聞・郵便報知新聞全作品』千葉市美術館（編集）（国書刊行会）

解説

岡崎琢磨

谷津矢車さんと初めてお会いしたのは、二〇一五年十一月十七日、いまはなき豊島公会堂でのことだ。

天狼院書店主催のトークイベントに、そろって登壇することになっていた。控え室でお目にかかった谷津さんの気さくな人柄と聡明な語り口に惹かれ、さらには同い年の気安さからすぐに打ち解け、歴史小説とミステリというジャンルの違いはありながらも親交を結ぶようになった。

その年の暮れ、私が旗振り役となり、当時若手だった作家やイラストレーター、編集者を数十名集めて忘年会を開いた。誰が呼んだか《ザキ会》である。

若手すなわち同世代の方々だけにお声掛けしたのには狙いがあった。ベテランの方と同席する場合、若手はありがたいお話を拝聴できる反面、どうしても畏縮してしまい、本心から発言しづらくなる。この会ではそういった遠慮を取っ払い、のびのびと言葉を交わしてほしかった。

主催者の目からは見えづらい部分もあっただろうが、目論見はある程度、成功したように思う。第一線を目指して日々研鑽を積む若手どうしの活発な議論が飛び交う、刺激的な夜になったと記憶している。

その会に、谷津さんにもご参加いただいた――そして『おもちゃ絵芳藤』は、そんなザキ会に端を発して書かれた作品なのだという。

戯作者・谷津矢車。

二〇一二年、「蒲生の記」で第十八回歴史群像大賞優秀賞を受賞し、翌年『洛中洛外画狂伝　狩野永徳』（学研M文庫／徳間時代小説文庫）でデビュー。一八年『おもちゃ絵芳藤』で第七回歴史時代作家クラブ賞作品賞受賞、一九年に刊行した『廉太郎ノオト』（中央公論新社）は翌年の青少年読書感想文全国コンクール課題図書（高等学校の部）に選出されるなど、いま最注目の歴史小説家だ。

本作『おもちゃ絵芳藤』は、そんな谷津がデビュー作や出世作となった第二長編『蔦屋』（学研プラス）などでもたびたび扱ってきた、絵師を題材として書かれた作品である。

歌川芳藤はうだつの上がらない絵師だ。大絵師・歌川国芳の画塾で学び、筆一本で生計を立てるも、当たり作に恵まれず、彼のもとに来るのは新人の修行のためにあてがわれることの多い玩具絵の仕事ばかり。恋女房のお清とは仲睦まじいが、念願の子供はいっこうに授からず、どこか満たされない日々を送っている。

師匠の国芳が逝去したことを受け、その娘のお吉とともに、芳藤は画塾を守る決意をする。文明開化という激動の時代の中で、弟弟子であり人気絵師の月岡芳年や落合幾次郎、さらには狩野派絵師の河鍋暁斎らと交流しつつ、芳藤は自身の絵師としての存在価値に煩悶し、懊悩しながら、居場所を模索していく。


クリエイターというのは因果な商売である。

みずからの才能を信じ、惜しみなく心血を注げる人間でなければとうてい務まらない職業だ。しかし一方で、そこには絶えず世間の評価や売り上げといった数字がつきまとい、ときに才気あふれる同業者に出会い、劣等感に打ちひしがれながら、それでも己の成功を夢見てもがき続けなくてはならない。

そして谷津もまた、同世代の作家と交流した先に、本作の筆を執った。これほどまでに赤裸々に語られる芳藤の心境を読むにつけ、私には谷津が主人公に自分を重ね合わせたとしか思えない——そう感じさせるところに、谷津の筆力が表れている。

門外漢の私が語るのはおこがましいが、そもそも歴史小説は史実を正確に伝えるための専門書とは違う。あくまでも小説であり、そこに読みものとしての醍醐味が備わって初めて成立するジャンルだろう。

そして谷津は単に面白おかしく小説に仕立て上げるだけでは満足せず、確信的に現代を生きる私たちにも響くテーマを、歴史上の人物や出来事に仮託して投げかけている。本作で描かれる、文明開化によって浮世絵が過去の遺物になりゆくことに対する絵師たちの恐怖はそのまま、出版不況がささやかれるようになって久しく、エンタメの選択肢が広がった現代において存在感を失いつつある文芸に携わる小説家の嘆きでもある。

とはいえ私はむろん、芳藤が繰り返す《へっぽこ》という自虐が谷津にも当てはまると考えているわけではない。谷津の小説家としての適性は、たとえば年間千冊を数えるという常人離れした読書量にも裏打ちされている。読書量が少なくても小説を書ける作家はいるが、インプットが無駄になることはない。それほど本を愛せる作家が小説の神様に愛されないはずもなく、事実、谷津は作を追うごとに目に見えて成長を続けている(同業者が成長などと評するのは僭越だが、あえてこの表現を用いたい。谷津矢車ほど読むたびに飛躍を感じさせる作家を、私はほかに知らない)。

しかし、それでも谷津は芳藤に、才能に恵まれない絵師の苦悩を語らせる。その心境が、私には痛いほどわかる――私もまた、同じ苦悩を抱える作家の一人なのだから。

率直に言えば、私は作中で芳藤に対し、幾度となく苛立ちを覚えた。

大絵師にはなれないといういじけた思いを抱えながらも、芳藤は筆を折ろうとはしない。矜持があると言ったりないと言ったり、弟子の苦しみを人気作家ならではだとひがんでみたり、それでいて現在の地位を一変させる望みのある大勝負に打って出ることには終始及び腰だ。

世をねじ伏せるような圧倒的な才能があるに越したことはない。誰だってそれを渇望している。だが、持たざることを自覚したときに開ける道もある。一度志した世界にしがみつきたければ、開き直ってしたたかになればいい。もらえる仕事は何でもこなし、流行に絶えず気を配り、積極的に自分を売り込む。そういう生き方もあるだろう。けれども芳藤にはその割り切りもない。変化を恐れ、時代の流れに逆らうあまり、弟子の顔を潰し、大事な女性の思いを退け、版元をも啞然とさせる。たとえ間違いだったとしても、確固たる信念をもって決断するのならいい。しかし芳藤の口をついて出るのは、「しょうがない」「どうしようもない」といった消極的な言い訳ばかり。長い目で見れば正しい選択も、彼にとっては結果オーライでしかないのだ。

そのどっちつかずの態度が、私にはもどかしい。なぜなら私も、現代に生きる芳藤だからだ。しっかりしろ、芳藤。何を迷うか、行け、芳藤――そんな鼓舞は、自分自身に向けられたものでもある。

だからこそ終盤、芳藤が自身の居場所を見つけていく過程に胸が熱くなる。詳しくは記さないが、芳藤が訪れたある版元で自身の絵の価値を見直す場面は、本作で描かれる数多くのエピソードの中でも白眉だ。私は真っ先にネットで当該作品を閲覧し、微笑ましくうれしい気持ちになった。派手さはなくともまじめに丁寧に仕事をやり続ければ、必ず誰かが見ていてくれる。そんな希望を、本作は読み手に与えてくれる。

うか。
最後まで読み終えたとき、読者の皆さんは芳藤の生涯に、どのような印象を抱くだろ

昨年、とある美術館を訪れた際に、歌川芳藤作の玩具絵を目にする機会があった。
玩具絵は後世に残らない、自分の名は二十年もすれば忘れられる——芳藤は作中でそう語るが、実際には百年以上の時を超え、現代に伝えられている。この状況を知った芳藤が、あの世でいくらか照れくさそうに、それでいて誇らしげにしている様子が目に浮かぶようだ。

谷津は自身の note に、本作に関連して「《創作の永遠性》に懐疑的だ」と記している。だが、もしかすると作者が考える以上に、創作には時を経てなお毀損（きそん）されない力が宿るものなのかもしれない。そうであればいいな、と私は思う。

なお本作に登場した幾次郎は、谷津が本作の約二年後に上梓した『奇説無惨絵条々』（文藝春秋）では語り手の役割を果たしている。本作では描かれない彼の揺らぎを垣間見られる、併せて読みたい一冊だ。さらに、谷津は新作『絵ことば又兵衛』（文藝春秋）でも絵師を主役に据えた。本作を楽しんだ読者は、そちらも要注目だ。

（作家）

単行本　二〇一七年四月　文藝春秋刊
文庫化にあたり加筆しました。
DTP制作　エヴリ・シンク

文春文庫

おもちゃ絵芳藤（えよしふじ）

定価はカバーに表示してあります

2020年10月10日　第1刷

著者　谷津矢車（やつやぐるま）
発行者　花田朋子
発行所　株式会社　文藝春秋

東京都千代田区紀尾井町 3-23　〒102-8008
TEL　03・3265・1211㈹
文藝春秋ホームページ　http://www.bunshun.co.jp

落丁、乱丁本は、お手数ですが小社製作部宛お送り下さい。送料小社負担でお取替致します。

印刷・萩原印刷　製本・加藤製本

Printed in Japan
ISBN978-4-16-791577-3

（　）内は解説者。品切の節はご容赦下さい。

小前 亮
月に捧ぐは清き酒
鴻池流事始
尼子一族を支えた猛将の息子は、仕官の誘いを断って商人の道を歩む。日本を代表する鴻池財閥の始祖が清酒の醸造に成功するまでの波乱の生涯を清々しく描く。（島内景二）
こ-44-2

堺屋太一
豊臣秀長
ある補佐役の生涯（上下）
豊臣秀吉の弟秀長は常に脇役に徹したまれにみる有能な補佐役であった。激動の戦国時代にあって天下人にのし上がる秀吉を支えた男の生涯を描いた異色の歴史長篇。（小林陽太郎）
さ-1-14

早乙女 貢
明智光秀
明智光秀は死なず！　山崎の合戦で生き延びた光秀は姿を僧侶に変え、いつしか徳川家康の側近として暗躍し、二人三脚で豊臣家を滅ぼし、幕府を開くのであった！（縄田一男）
さ-5-25

佐藤雅美
関所破り定次郎目籠のお練り
八州廻り桑山十兵衛
河童の六と、博奕打ちの定次郎。相州と上州。二人の関所破りを追いかけて十兵衛は東奔西走するが、二つの殺しは意外な展開に……。十兵衛は首尾よく彼らを捕えられるか？
さ-28-24

佐藤雅美
頼みある仲の酒宴かな
縮尻鏡三郎
日本橋の白木屋の土地は自分のものだと老婆が鏡三郎に訴え出た。とはいえ、証拠の書類は焼失したという。老婆の背後には腕利きの浪人もいる。事の真相は？　人気シリーズ第八弾！
さ-28-23

佐藤雅美
大君の通貨
幕末「円ドル」戦争
幕末、鎖国から開国へ変換した日本は否応なしに世界経済の渦に巻込まれていった。最初の為替レートはいかに設定されたのか。幕府崩壊の要因を経済的側面から描き新田次郎賞を受賞。
さ-28-7

酒見賢一
泣き虫弱虫諸葛孔明　第壱部
口喧嘩無敗を誇り、自分をいじめた相手には火計（放火）で恨みを晴らす、なんともイヤな子供だった諸葛孔明。新解釈にあふれ、無類に面白い酒見版「三国志」、待望の文庫化。（細谷正充）
さ-34-3

梶　よう子

みちのく忠臣蔵

旗本の嫡男・光一郎は、友が盛岡・弘前両藩の確執に絡み、不穏な計画を立てていることを知る――。〈陸奥の忠臣蔵〉といわれた事件を背景に、武士の〝義〟を切実に描く傑作。（末國善己）

か-54-3

北原亞以子

ぎやまん物語

秀吉への貢ぎ物としてポルトガルから渡来したぎやまんの手鏡が映し出す、於祢、淀君、お江、尾形光琳や赤穂義士らの心模様。著者の遺作となった華麗な歴史絵巻。（清原康正）

き-16-9

北原亞以子

あこがれ

続・ぎやまん物語

八代将軍吉宗と尾張藩主宗春との確執から、田沼意次、平賀源内、最上徳内、シーボルト、そして黒船来航、新撰組や彰義隊の闘いと、ぎやまんの手鏡は映し出していく。（米村圭伍）

き-16-10

北原亞以子

初しぐれ

夫に先立たれた女の胸に去来するむかし言い交した男の顔。表題作など晩年に発表した時代小説五篇と、椅子職人だった祖父をモデルにした幻の直木賞受賞第一作を収録。（鈴木文彦）

き-16-11

木下昌輝

宇喜多の捨て嫁

戦国時代末期の備前国で宇喜多直家は、権謀術策を縦横無尽に駆使し、下克上の名をほしいままに成り上がっていった。腐臭漂う、希に見る傑作ピカレスク歴史小説遂に見参！

き-44-1

木下昌輝

人魚ノ肉

八百比丘尼伝説が新撰組に降臨！　人魚の肉を食べた者は不老不死になるというが……舞台は幕末京都、坂本竜馬、沖田総司、斎藤一らを襲う不吉な最期。奇想の新撰組異聞。（島内景二）

き-44-2

木下昌輝・髙橋直樹・佐藤巖太郎・簑輪　諒
天野純希・村木　嵐・岩井三四二

戦国 番狂わせ七番勝負

戦国時代に起きた、島津義弘、織田信長、真田昌幸などの七つのストーリーを歴史小説界気鋭の作家たちが描く、想定外にして予測不能なスピード感溢れる傑作短編集。（内藤麻里子）

き-44-51

文春文庫　最新刊